아직도 난,
그래도 넌

아직도 난, 그래도 넌

1판 1쇄 찍음 2015년 11월 26일
1판 1쇄 펴냄 2015년 12월 3일

지은이 | 이서원
펴낸이 | 고운숙
펴낸곳 | 봄 미디어

기획·편집 | 장수경 박혜진

출판등록 | 2014년 08월 25일 (제387-2014-000040호)
주소 | 경기도 부천시 원미구 소향로17, 304(두성프라자) (우)420-864
영업부 | 070-5015-0818 편집부 | 070-5015-0817 팩스 | 032-712-2815
E-mail | bommedia@naver.com
소식창 | http://blog.naver.com/bommedia

값 9,000원

ISBN 979-11-5810-154-1 03810

아직도 난, 그래도 넌

Still, into you,
Nevertheless, in love with you,

이서원 장편 소설

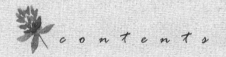

contents

prologue

한 달 전만 해도 스키장 슬로프를 방불케 할 만큼 눈이 쌓여 있었던 언덕길 위로 하늘하늘 꽃잎이 날리기 시작하였다. 꽃잎을 바라보는 여대생들의 고운 눈길, 그런 여대생들을 바라보는 남학생들의 따스한 시선에서도 봄은 움트고 있었다.

"날씨 참 좋다."

일홍은 공방 쇼윈도 밖을 내다보며 봄날처럼 나른한 목소리로 속삭였다. 돌아가신 부모님의 추억이 고스란히 배어 있는 학교 후문 언덕길에 자리를 잡은 건 2년 전 일이었다.

고등학교를 졸업한 뒤 아르바이트를 닥치는 대로 해 대다 종로로 흘러 들어갔고, 종로 바닥에서 버틴 지 딱 8년 만에 일홍은 이 작은 공방을 하나 얻을 수 있었다.

온 마음을 다해 그리워해도 부족한 이들의 추억이 알알이 박혀 있는 이곳에서 일홍은 추억을 되새기고, 엄마를 그리고, 아빠를 불러 보았다.

봄이면 개나리 동산을 따라 산책을 했고, 여름이면 아빠가 강단에 섰던 원형관 계단을 그리움에 숨이 턱 막힐 만큼 오르락내리락했고, 가을 바람결에 아빠의 그윽했던 향기를 기억해 내려 애써도 보았고, 눈이 많이 오는 날에는 아빠의 퇴근길을 걱정하시던 엄마 얼굴을 떠올리며 전철을 타고 집으로 향했다.

새로 사들인 원석을 정리하며 인생에서 가장 빛났던 어느 시점을 더듬고 있는데 짜르릉 하고 풍경 소리가 들려왔다.

"어서 오세요."

가게 문을 열고 들어온 이들은 다정한 연인이었다. 남자는 들어서자마자 서툰 솜씨로 여자의 머리카락을 한데 모아 쥐고는 일홍을 향해 말했다.

"이렇게 묶을 때, 쓰는 리본 만들려고 하는데요."

뺨을 붉힌 채로 서 있는 여자와 그런 여자가 사랑스러워 죽겠다는 듯한 표정을 짓고 있는 남자의 모습을 마주하자, 일홍의 얼굴에도 아스라한 미소가 피어올랐다.

"여기에서 리본이나 레이스 고르시고요. 장식품은 이쪽에서 보시면 되고, 자동 핀으로 하실 거면 이쪽 부재료에서 고르시면 돼요. 여기 검은색 고무줄을 이용해서 만들 수도 있어요."

"자, 자동 핀이요?"

당황해 되묻는 남자에게 여자는 싱긋이 웃으며 고무줄이 더 편할 것 같다고 다소곳이 말했다. 그 미소를 마음속 깊은 곳에 간직하겠다는 듯 남자는 여자의 얼굴을 물끄러미 바라보다 리본을 고르기 시작했다.

버건디 색상에 심이 들어가 있는 두꺼운 공단 리본을 고른 남자는 일홍이 알려 주는 대로 검은 고무줄에 투박한 리본 모양을 만들어 냈다. 뿌듯한 미소를 지은 그는 손수 여자의 머리를 묶어 주고는 빙그레 웃었다.

생전 여자 머리 한 번 묶어 본 적 없는 듯 솜씨가 서툴러 머리카락이 이리저리 삐죽삐죽 튀어나와 있었지만, 여자는 예쁘게 웃으며 남자를 올려다보았다.

"고마워요. 예뻐. 너무 마음에 들어요. 나도 승우 씨 위해서 만들어 줄래요."

남자의 머리카락을 잡고 리본 하나 달면 귀엽겠다며 키득거리는 여자의 모습에 일홍도 피식 웃음을 터뜨렸다.

결국 여자는 남자에게 검은색 실을 꼬아 만든 소원 팔찌를 선물했다. 일홍이 알려 주는 대로 열심히 실을 꼬아 대는 여자를 남자는 은근한 사랑이 담긴 시선으로 바라봤다. 가게를 연 뒤 수많은 연인들을 봐 왔지만, 이토록 애틋한 이들은 또 처음이었다.

남자의 손목에 검은색과 붉은색 실을 꼬아 만든 예쁜 팔찌가 채워졌다. 왜 하필 검은색과 붉은색이냐고 묻는 남자에게 여자는 나긋나긋한 목소리로 대답했다.

"예전에 난 이렇게 검고 어두운 사람이었어요. 모든 것을 감춰 버릴 수 있는 일종의 보호색이 검은색이죠. 그런데 붉은색처럼 열정적인 승우 씨를 만나서 조금씩 바뀌었어요. 보호색이 될 수 있다는 것은 검은색이 모든 색을 다 지니고 있다는 의미일 거예요. 승우 씨의 열정으로 내 안에서 가장 좋은 색들만 지금 발색되고 있잖아요. 앞으로 곁에서 계속 그렇게 날 이끌어 달라는 의미예요."

부럽다. 무의적으로 떠오른 생각에 일홍은 깜짝 놀라 얼굴을 붉혔다. 검고 어두웠던 이가 가장 좋은 색만 보이고 있다는 말에 심장이 두근두근거렸다. 저런 사랑을 하는 이들의 삶은, 마음은, 생활은 어떤 것일까?

어쩐지 일홍의 얼굴에 쓸쓸한 미소가 새겨졌다.

삐죽이 머리를 묶은 여자와 이 팔찌가 끊어지면 정말 소원이 이루어지는 거냐며 골백번은 더 물어보던 남자가 돌아간 뒤, 일홍도 천천히 가게를 정리했다.

해는 이미 서쪽으로 갸우뚱 기울어져 있었고 이른 봄 저녁의 기운은 스산했다. 일홍은 간판 불을 끄려 계산대 바로 옆에 있는 액자 뒤 차단기에 손을 넣었다가 도로 빼내었다.

"문을 너무 빨리 닫나."

어쩐지 집에 일찍 들어가 버리고 싶은 날이었다. 반길 사람 아무도 없는 집이었지만, 혼자 떠들어 대는 텔레비전 앞에 우두커니 앉아 있는 것밖에는 할 일이 없지만.

얼마 전 끝난 드라마를 재탕해야 할까. 수십 번 봐서 대사까지 외우고 있는 러브 액츄얼리나 로맨틱 홀리데이도 좋을 것 같고, 그도 아니면 대박 맛집을 소개한다는 평일 저녁 생활 정보 프로그램을 봐도 괜찮겠다 싶었다.

약하게 틀어 놓았던 히터를 끄고 보안 시스템을 작동시켰다. 마지막으로 안을 한 번 휘둘러본 뒤 전원을 내리려는데, 누군가 가게 문을 열고 들어왔다.

"어서 오세요."

스카프를 코 바로 아래까지 칭칭 동여맨 탓에 딱 그만큼 답답하게 목소리가 흘러나왔다. 일홍은 스카프를 검지와 중지로 턱 아래까지 끄집어 내리며 멀끔한 양복을 차려입은 남자를 바라봤다.

"오랜만이다. 딱 10년 됐나?"

깜빡깜빡, 두 눈을 깜빡거리는 소리가 들리는 것처럼 사위가 고요했다. 일홍은 마른침을 한 번 삼켰다. 스카프를 하고 있는 덕분에 긴장한 목울대를 숨길 수 있어 다행이라 여겼다. 그런데 민준서가 눈앞에 서 있는 이 순간은 그 다행 중 불행으로 느껴졌다.

서글서글한 눈매가 웃을 때면 기가 막힌 호선을 그리며 휘어지던 준서였다. 그때 그 시절 그는 그저 소년이었는데, 지금은 대단히도 멋진 남자가 되어 일홍의 눈앞에 서 있었다.

"나 가게 문 닫던 중이었는데."

"이렇게 일찍 닫아? 약속 있어?"

"어."

준서의 물음이 채 끝나기도 전에 일홍이 대답했다. 다급한 대답이 뻔한 거짓처럼 보일 것 같아 얼른 재킷 주머니에서 휴대전화를 꺼내 만지작거렸다. 손끝이 파르르 떨렸다.

"누구? 남자?"

일홍은 입을 꾹 다무는 것으로 대답을 대신했다.

갈기갈기 찢어졌던 심장을 겨우 그러모아서 살아가고 있는데, 왜 갑자기 날 찾았어?

"데려다줄까?"

자상한 물음에 일홍은 마른 입술을 깨물었다. 10년의 세월이 무색하리만큼 준서는 태연해 보였다. 그런 태연자약함에 기가 눌리고 싶지 않았던 걸까. 일홍은 평소처럼 침착하게 대답했다.

"아니, 이 근처야."

일홍은 액자 뒤에 손을 넣어서 가게 불을 꺼 버렸다. 아직 해가 완전히 지지 않은 바깥보다 더 어두워진 가게 안에 서 있는 남자가 정말이지 낯설었다. 꿈쩍도 않고 서 있는 준서를 두고 일홍은 가게를 나섰다.

유리문을 열고, 이쪽을 등진 채 여전히 그 자리에 그대로 서 있는 그의 등을 일홍은 멀거니 바라봤다. 살면서 언젠가 우연히라도 부딪히게 될까 생각했었다. 어떤 모습으로 변해 있을까, 상상해 보지 않았다고도 할 수 없었다.

갑작스레 돌아가신 부모님을 그리워했던 것만큼이나, 준서를 그리워했는지도 모른다.

"나, 지금 갈 건데."

뜻하지 않게 날카로운 목소리가 흘러나왔다. 그 목소리에 천천히 돌아서는 준서를 바라보는 일홍은 심장이 한 올, 한 올 깎아내려지는 기분이었다.

좁은 문 앞을 지나는 준서의 어깨가 일홍의 옷자락을 스쳤다. 심장이 쿵쿵 울렸고 또다시 마른침이 넘어갔다. 일홍은 한숨을 집어삼키며 유리문을 잠그고 주변을 두리번거렸다.

셔터를 걸어서 내리던 쇠꼬챙이를 찾고 있는데, 준서가 다가와 셔터를 내리고는 바닥에 있는 고리를 걸어 자물쇠를 잠가 주었다. 고맙다는 말이 나와야 하는데 마른 눈가가 따끔거리기 시작했다. 모든 것이 갑작스러워서 심장이 왈칵 쏟아져 나올 것만 같았다.

좋은 사람이 그리운 매일, 나한테도 고운 시절이 있었지 하고 떠올렸던 하루하루, 열정적으로 사랑하는 연인들의 모습을 바라보며 나도 누군가와 저런 사랑을 할 수 있을까 하고 생각했던 시간.

하필 그 누군가의 후보 중 한 사람이었던 민준서가 나타났다. 수십 번 상상했던 우연한 만남 속에 이런 장면은 없었다. 당연히 그 상상이 현실이 되리라고 여겼던 적도 없었다. 그래서 비슷한 사람만 봐도 심장이 벌컥 솟아올랐던 일홍이었다.

쉽게 정리할 수 없는 일이기에, 회복이 더뎠던 상처였기에.

가까스로 살고 있는 삶의 한가운데, 넌 도대체 왜, 어떻게 알고 여기 나타났니?

"고마워, 잘 가."

준서가 뭐라 말을 걸까 두려워 일홍은 그렇게 먼저 돌아섰다. 어떻게 왔는지, 무슨 일로 왔는지 알고 싶지 않았다. 그저 지금껏 묵묵히 걸어온 삶의 궤적을 따라 걷듯이 일홍은 계속 걸었다.

또각또각, 뚜벅뚜벅, 또각또각또각, 뚜벅뚜벅뚜벅.

일홍은 바보가 된 것처럼 길에 우뚝 멈춰 섰다. 그리곤 뒤로 돌아섰다. 서너 걸음 뒤에 준서가 서 있었다. 아련한 그의 눈빛에 심장이 저며 왔다.

아무렇지 않은 척해, 그런 거 잘하잖아.

"반대쪽으로 가야 하는데, 깜빡했네."

그렇게 준서를 스치고 일홍은 반대 방향으로 걷기 시작했다.

또각또각, 뚜벅뚜벅.

또다시 가까워 오는 발걸음 소리. 일홍은 한숨을 내쉬며 다시 멈춰 섰다. 그리곤 피하는 게 능사가 아니라는 것을 지금 바로 깨우친 사람처럼 물었다.

"왜 따라와?"

"나도 이쪽으로 가야 하는데 깜빡해서. 이 방향으로 전철역까지 걸어가려면 오래 걸리는데 요롱이, 너 구두 새 거 같다? 발 괜찮겠어?"

"전철 안 탈 거야."

일홍, 발음 나는 대로 쓰면 이롱, 뒤늦게 키가 커서 허리가 긴 것 같다며 고등학교 시절 준서가 부르던 별명 요롱. 10년 만에 듣는 살가운 별명에 헛웃음이 삐져나왔다. 그리고 심장은 심각하다 싶을 정도로 요동쳤다.

그리워서, 반가워서, 그런데 화가 나서, 외면해 버리고 싶은데 그게 잘되지 않아서.

그런 마음을 아는지 모르는지 준서는 계속해서 일홍을 따라왔다.

전철로 네 정거장이면 되는 거리를, 엉뚱한 방향으로 걷는 바람에 빙 둘러오는 버스를 탔다. 평소 30분이면 충분한 귀가길이 한 시간 반이나 걸린 것도 그 때문이었다.

낡은 빌라 앞에 도착하자 준서의 말을 증명하듯 새 구두에 쓸린 뒤꿈치가 빨갛게 벗겨져 있었다.

"그거 봐. 너 신발 불편하지 않냐고 했잖아, 내가."

툭툭 내뱉는 자연스러운 준서의 물음이 이제는 기가 막혔다.

"여기까지 왜 따라왔어?"

준서는 겸연쩍은 미소를 지으며 일홍을 바라볼 뿐이었다. 일홍은 됐다는 듯 손사래를 치며 빌라 지하로 내려갔다. 현관문 열쇠 구멍에 열쇠를 꽂자 그림자가 드리워졌다. 일홍은 열쇠를 돌리고 문을 열어 안으로 들어섰다. 쾅 하는 소리라도 내고 현관문을 닫으려는데, 무언가에 걸려 문이 닫히질 않았다.

"왜 이러는데?"

"사과하려고."

일홍은 멍해진 얼굴로 두 눈만 껌뻑거리며 준서를 바라봤다.

"너 지금 사과라고 했어?"

"어."

"네가 잘못한 건 맞고?"

"내가 잘못한 일 아니어도, 내가 사과하는 게 맞는 것 같아서."

헛웃음이 흘러나왔다. 일홍은 비소 어린 얼굴로 준서를 쏘아보았다.

"사과할 필요 없어. 가라."

일홍은 준서를 밀어내고 현관문을 닫아 버렸다. 닫힌 현관문을 사이에 두고 그 누구도 먼저 움직이지 않았다.

문 안쪽에 있는 일홍은 스무 살 늦겨울을 떠올리며 얼굴을 구겼고, 문 바깥쪽에 있는 준서는 스무 살 때부터 현재까지 그녀의 삶이 어땠을까를 헤아리며 한숨을 내쉬었다.

이제 와서 네가 나한테 사과해 봐야 무슨 소용인데.

발뒤꿈치가 따끔따끔 아파 왔다. 가슴도 따끔따끔 아파 왔다. 일홍은 찬장 문을 열고 플라스틱 상자를 꺼내어 뒤지기 시작했다. 겨우 하나 찾은 밴드를 왼쪽 발뒤꿈치에 붙였다.

가슴에 붙여 겨우 막아 놓았던 밴드가 너덜너덜한 기분이었다. 다 헐어 말라비틀어진 줄 알면서도 모른 척했던 그 밴드를 떼어 내고 이제서 약이라도 발라 주겠다고 나타난 녀석.

대체 어떻게 해야 할까.

chapter
01

"아, 수학 완전 망했어."

재희가 울먹이며 책상 위로 엎어졌다.

"이롱이롱, 너는?"

"지금 채점해. 으윽!"

"왜, 왜?"

일홍의 바로 뒷자리에 앉아 있던 재희가 가녀린 어깨 너머로 시험지를 들여다봤다.

"뭐야, 이리 줘 봐."

재희는 손을 뻗어 일홍의 시험지를 낚아챘다.

"아니, 이 기집애는 인간이야? 고3 2학기 중간고사 수학을 또 다 맞으셨쎄여? 아, 우울해!"

"우리 재희 왜 우울해?"

재희의 책상 위에 턱을 얹으며 묻는 이는 정식이었다.

"이롱이롱, 수학 다 맞았다?"

"엄청나게 비인간적인 행위를 저질렀네, 일홍이가. 지극히 인간인 우리끼리 떡볶이 먹으러 갈래?"

"뭐야, 문정식! 정재희! 치사하게, 나도 같이 가."

고개를 돌리며 살갑게 물었는데도, 정식은 아랑곳하지 않고 재희만 바라보고 있었다. 재희는 초등학교 시절부터 단짝이었고 정식은 중학교 때부터 알고 지낸 친구였다. 그런데 요즘 저 둘의 분위기가 요사스럽기 짝이 없었다.

"천요롱, 어딜 같이 가?"

등 뒤에서 들려오는 음성에 일홍은 새초롬하게 고개를 돌려보았다. 민준서다.

"한 번만 더 그렇게 불러 봐!"

"그러니까, 어딜 같이 가자고 그렇게 꼬랑지 흔들고 있는 건데?"

일홍은 입을 꾹 다물어 버렸다. 열한 살 때부터 봐 온 준서가 요즘 따라 부쩍 성숙해진 것 같아서, 갑자기 말을 걸면 이렇게 말문이 턱 막혀 버릴 때가 왕왕 있었다.

"내일 영어 시험인데 나 좀 봐주지?"

"저건 맨날 우리 이롱이롱 부려 먹더라. 비싼 과외 선생도 달고 있으면서."

재희가 입을 삐죽거리며 준서를 노려보았다.

"넌 그럼, 우리 이롱이롱은 왜 떡볶이 먹으러 안 데려가는 데?"

"아니, 그거야……."

재희가 말꼬리를 흐리자 정식이 정의감으로 들끓는 표정을 지으며 준서를 도발하듯 노려보았다.

"그럼 일홍이도 내가 데려갈게. 민준서 넌 빠져."

아, 또 시작이다.

그런 애 아니라고 그렇게 말을 해도, 친구들은 부잣집 귀한 손인 준서를 고깝게 봤고, 준서는 그런 친구들에게 굳이 친한 척할 필요 없다며 더 차갑게 굴곤 했다.

물론 처음부터 준서가 이렇게 다른 친구들에게 매서웠던 건 아니었다. 오는 게 있으면 가는 게 있듯이, 노력해도 풀리지 않는 관계에 지쳐 버린 것 같았다. 그런 준서를 잘 아는 일홍이었기에 안타까운 마음이 컸다. 재희와 재희를 통해 친해진 정식과 가끔 함께 어울리기도 했지만, 준서는 매번 겉돌았다.

또 정식은 그럴 때마다 일홍을 걸고넘어지며 준서의 심기를 불편하게 했다. 그나마 다행인 건 그런 정식에게 준서가 무심하게 군다는 점이었다.

"영어 필기를 제대로 못 했어. 그때……."

어머니 기일 즈음 학교를 며칠 나오지 않았던 준서였다. 그 말에 일홍은 알겠다며 고개를 끄덕였다.

"가자. 내가 정리해 줄게."

"고마워."

"민준서, 너희 할머니 또 학교 오신 것 같더라? 시험 기간에 왜 와? 시험지도 돈 주고 사?"

같은 반 남자애의 거들먹거리는 물음에 대답을 한 건 준서가 아닌 정식이었다.

"미친 새끼야. 민준서 졸라 똑똑하거든? 시험지를 사? 돌았냐? 얘네 할머니가 손주 졸업하는 고등학교 명문 만들어 보겠다고, 학교 뒤에 짓는 도서관 건물 후원한 거 모르냐? 씨발, 감사한 줄 알아. 너 같은 병신 새끼가 나온 학교가 명문이 된다는 데."

주먹깨나 쓰는 정식의 말에 남자애는 입을 꾹 다물었다. 준서, 일홍, 재희는 묘한 눈빛으로 정식을 바라봤다.

"왜, 뭘 봐? 나대려면 뭘 좀 알고 나대야지. 병신 같은 게 병신 같은 소리만 해."

정식은 계속 궁시렁거리며 가방을 챙겨 댔다.

"뭐, 까도 내가 깐다 이건가?"

어이없다는 듯 픽 하고 웃으며 묻는 준서의 모습에 정식은 아무런 대꾸 없이 교실 밖을 나가 버렸다.

"아, 뭐야. 문정식! 같이 가!"

그 뒤를 쪼르르 따라 나가던 재희가 멈칫하더니 일홍에게 손을 가볍게 흔들고는 사라졌다. 어쩐지 친해지면 엄청나게 잘 지낼 것 같은데, 준서와 정식은 마치 물과 기름처럼 잘 섞이질 않았다.

"시험 끝나고 재희랑 정식이랑 영화나 볼까?"

"쟤 성질 좀 죽으면 생각해 볼게. 가자, 우리도."

"응."

10월임에도 불구하고 날은 더웠다. 구름 한 점 없이 새파랗기만 한 하늘에서 내려온 햇살이 고스란히 일홍의 까만 정수리 위로 떨어졌다. 일홍은 손부채질을 하며 한숨을 폭 내쉬었다.

"너무 더워. 10월인데 왜 이렇게 더워?"

"교실에선 춥다고 난리였으면서 지금은 더워?"

"어."

일홍은 고개를 끄덕끄덕하며 준서를 올려다보았다. 이놈은 뭘 먹고 이렇게 쑥쑥 자랄까 싶을 정도로 준서는 하루가 다르게 길쭉해지고 있었다. 벌게진 얼굴로 입술을 살짝 벌린 채 자신을 관찰하고 있는 일홍을 준서는 물끄러미 내려다보았다.

"왜?"

"넌 뭘 먹고 이렇게 컸냐?"

"왜 너도 내가 먹은 거 따라 먹고 크게?"

"엉, 나도 좀 커 보자."

"요롱이, 너 그러다 허리 더 길어진다."

일홍이 손을 뻗어 준서의 팔뚝을 찰싹 내리친 순간이었다.

"우리 강아지 이제 끝났니?"

날카로운 목소리의 주인은 준서의 할머니였다. 검은색 외제차 창을 내리고 앉아 있는 고집스런 얼굴을 마주하자 일홍은 심장이 보스스 얼어붙는 기분이었다.

"어? 할머니. 여기 어쩐 일이야?"

준서가 개구쟁이처럼 웃으며 차가 멈춰 서 있는 길가로 다가섰다.

"안녕하세요."

일홍은 자신을 쏘아보고 있는 백발 노인을 향해 고개를 숙여 인사했다. 차창 안으로 보이는 준서의 할머니, 남궁 여사는 연미색 한복에 알이 굵은 진주 목걸이를 하고 있었다.

어릴 적 부모님이 돌아가신 준서는 친할머니인 남궁 여사의 손에 자랐다. 하나밖에 없는 귀한 손주라는 타이틀을 갖고 있는 준서가 여사님에게 어떤 존재인지 일일이 설명하지 않아도 알 만했다. 하필 준서의 팔뚝을 내리치는 모습을 보이고 말았으니 일홍은 또 한 소리 듣겠지, 싶었다.

"천 교수는 잘 지내시는가?"

"네, 어르신. 잘 지냅니다."

남궁 여사는 머리를 조아리며 대꾸하는 일홍을 매섭게 쏘아보았다. 부친이 교수인 걸 빼고는 뭐 하나 마음에 들지 않는 아이였다. 친가도 외가도 별 볼 일 없는 데다 집안에서 제일 잘된 인물이 천 교수라는 말도 들었다.

그런 집안에서 가정교육은 어찌 받았는지, 일홍은 자신을 보면 '어르신, 어르신' 하며 예의를 차려 댔다. 어린 것이 나이답게 어리숙하지 않고 학교 성적도 언제나 준서를 앞선다고 했다.

게다가 뽀얀 피부에 빨간 입술이 도드라지는 얼굴은 교복을 입혀 놓았는데도 불구하고 그윽한 여인의 분위기를 풍기고 있었다. 그 옆에 선 손주 준서는 등신같이 팔뚝을 얻어맞았는데도 해사한 웃음을 짓는 중이었다.

일홍이 굵직한 집안의 여식이 아니라는 사실 말고는 흠잡을 곳이 없다는 게 남궁 여사는 여간 마음에 들지 않았다.

어릴 적엔 저렇게 어울리다 말겠지 싶었다. 중학교 땐 사춘기니 틀어질 사이겠거니 싶었다. 그런데 고등학교에 들어가고 서서히 세상에 눈을 떠 갈 나이가 되도록 둘은 붙어 다녔다.

아들 내외가 먼저 세상을 떠나고 준서가 일홍을 의지했다는 것은 알고 있다. 그런데 하필 왜 일홍을 의지했는지 남궁 여사는 그것도 불만이었다.

돈은 차고 넘쳤다. 돈으로 가진 권력도 얼마든지 부릴 수 있었다. 그런데 옛날 사람인 남궁 여사에게 중요한 건 돈으로 살 수 없는 그 무언가였다. 유서 깊은 가문의 자손이라는 타이틀을 손주에게 쥐어 줄 수 없었기에, 어린 손주의 곁에 머물 이는 반드시 그런 격을 갖춘 이여야 했다.

여사의 일그러진 기준으로 본다면 일홍은 격이 떨어지는 아이였다.

"시험은 잘 봤고?"

"어, 할머니. 근데 일홍이가 더 잘 봤어. 얜 미쳤나 봐. 수학을 어떻게 다 맞아?"

남궁 여사가 으흠, 하고 헛기침을 해 대자 일홍은 준서의 교복 셔츠 자락을 슬쩍 잡아당겼다. 어려도 자신을 예뻐하는지 고깝게 생각하는지는 알기 마련이다. 일홍은 늘 서릿발 어린 시선으로 자신을 바라보는 남궁 여사가 어려웠다.

그런 어려운 사람을 전혀 어렵지 않게 생각하는 준서가 그와 일홍을 동급으로 놓고 남궁 여사에게 지껄일 때는 정말 이놈과 절교를 해 버릴까 하는 생각도 들 정도였다.

"할머니, 나 일홍이한테 영어 특강 받아야 하거덩? 먼저 집에 가 계셔."

"타고 가든지."

"아냐! 햇볕도 적당히 쐐야 건강에 좋다며? 나 그럼 가요!"

"얘, 준서야. 이거 받아 가거라."

남궁 여사는 차창 너머로 준서에게 수표 서너 장을 내밀었다.

"굶지 말고, 허튼 거 먹지 말고, 좋은 거 먹고 다녀."

날름 돈을 받아 주머니에 구겨 넣은 준서가 피시식 웃었다.

"어. 가요, 할머니!"

차가 신작로를 따라 멀어질 때까지 손을 흔들어 댄 준서는 눈을 가늘게 뜨고 돈을 세어 댔다.

"자, 이로써 3,350만 원!"

일홍은 고개를 슬슬 내저으며 그런 준서를 한심하다는 눈으로 쏘아봤다.

"스무 살엔 이 오빠가 꼭 독립할 테니까. 일홍이 넌 와서 밥 좀 해 줘라."

"웃기시네. 네가 퍽도 집에서 나올 수 있겠다!"

남궁 여사가 주는 용돈을 열일곱 살 때부터 착실하게 모아 두었다는 준서였다. 가볍게 웃으면서도 저렇게 집을 벗어나고 싶어 할 정도면 얼마나 갑갑한 걸까 싶어 일홍은 준서를 붙잡은 손을 놓지 못했다.

"있잖아. 너네 집에 가서 점심 먹으면 안 돼?"

"너 되게 새삼스럽다?"

"뭐가?"

시치미를 뚝 떼며 목을 벅벅 긁어 대는 준서를 마주한 일홍에게서 피시식 웃음이 흘러나왔다. 시선을 돌려 앞을 바라보는데, 머리 위로 그늘이 지는 게 느껴졌다. 고개를 들어 위를 보니 준서가 들고 있는 파일이 머리 위에 그늘을 드리우고 있었다.

"너 머리에서 김 나. 그렇게 더워?"

짜식. 가끔 이렇게 아무것도 아닌 걸로 사람 두근거리게 한다니까. 일홍은 떨리는 입술을 꾹 깨물었다.

"민준서, 내기하자."

"뭘?"

"우리 집까지 먼저 가는 사람이 시험 끝나고 영화 보여 주기!"

일홍은 그리 외치고 냅다 달리기 시작했다. 준서도 뒤늦게 발을 구르며 달렸다.

교문 앞에서 일홍의 집까지는 겨우 5분, 당연히 집 앞에 먼저 도착한 사람은 준서였다. 일홍은 숨을 헉헉 몰아쉬며 대문 앞 계단에 주저앉았다.

"헉헉. 네가, 헉헉. 이겼다."

"그래, 내기할 걸 해야지. 영화 뭐 보여 줄 거야?"

신이 나서 묻는 준서를 일홍은 정색하고 바라봤다.

"영화는 네가 보여 줘야지. '우리 집까지 먼저 가는 사람이!'라고 분명히 말했는데?"

준서의 얼굴이 멍해졌다. 저놈은 맨날 저렇게 당한다니까, 귀엽게.

"야, 그런 게 어디 있어? 오빠 돈 모아야 돼. 대학 입학하자마자 독립하려면 한 푼이 아쉬운데 영화는 무슨 영화야."

"몰라, 됐어. 영화 안 보여 주면 영어 단원 정리한 것도 안 보여 줄 거야."

"치사해! 천요롱!"

두 사람은 옥신각신하며 하얀색 주물 대문과 까만색 현관문을 지나 집 안으로 들어섰다. 당연히 집에 있을 거라고 생각했던 엄마의 모습이 보이지 않자 일홍은 고개를 갸웃했다.

"엄마아! 어엄마!"

시험이 끝나고 돌아오면 늘 점심상을 거하게 차려 주었는데 오늘따라 엄마가 집에 없었다.

"어디 나가셨나 보네."

식탁 의자를 하나 빼내어 가방을 올려놓은 일홍은 싱크대 앞에 서서 손을 닦았다. 밥통에 밥이 있을 게 분명하건만, 일홍은 다용도실에서 주황색 라면을 들고 나왔다.

"몇 개 먹을래?"

"난 두 개."

"그럼 세 개 끓여야겠다."

라면 물을 올리는 일홍을 물끄러미 바라보던 준서는 식탁 의자를 빼내고 앉았다. 둘이 라면을 끓여 먹는 것은 아주 익숙한 일이라는 듯 그녀가 움직이는 모습을 관찰했다.

달걀 두 개를 풀어 넣은 라면 세 개와 국물에 알차게 말아 넣은 밥까지 들이마신 두 사람은 영어 책을 사이에 두고 마주 보고 앉았다.

"여기 Lesson 7에서는 복합 가정법 문제 꼭 나올 거야. 그러니까 이 두 문장을 아예 통으로 외워 둬."

"어떤 거?"

"세 번째 문단 첫 번째 문장이랑, 한 장 뒤에 보면."

준서가 은근슬쩍 일어나 일홍의 옆자리에 앉았다.

"왜?"

"안 보여서 옆에서 보려고."

"그래."

설명은 계속해서 이어지고 있는데 어쩐지 준서의 눈빛은

영어 책이 아닌 일홍의 입가에 가 있었다. 마른침이 꼴깍 그의 목구멍을 넘어갔다.

설명이 뭔가 복잡해졌다 싶었는지 일홍이 윗니로 입술을 꾹 깨물었다가 놓았다. 준서의 시선은 빨갛게 부풀어 오른 일홍의 입술에 계속해서 머물렀다. 심장이 쿵쿵 울리고 등허리에서 식은땀이 흘러내렸다.

아무도 없는 집, 슬쩍 한 번 입 맞춘다고 해서 이 계집애가 날 죽이기야 하겠어?

"야, 민준서. 듣고 있어? 왜 표시 안 해? 어라? 펜도 안 들고 있네."

일홍은 손을 뻗어 빨간색 볼펜 하나를 들고 준서의 손에 쥐어 주었다. 준서의 손이 닿자 괜히 심장이 두근두근 뛰었다. 아까부터 계속 얼굴에 닿아 있는 준서의 시선을 일홍은 알아차리고 있었다.

왜 자꾸 쳐다봐? 내 얼굴에 뭐 묻었어? 김칫국물이라도 튄 거야?

왜 그렇게 보냐고 물으면 뭔가 분위기가 이상하게 흘러갈 것 같아서 일홍은 책만 뚫어져라 바라봤다.

"If you had not……."

"천일홍."

일홍의 이름을 부르는 준서의 목소리가 너무도 또렷했다.

똑딱똑딱, 시계 초침이 가는 소리가 귓가에 스며들었다. 살짝 열어 놓은 부엌 창문 밖에서 지나가는 차 소리가 우웅 하고 들려왔다. 바람이 심하게 부는지 갑자기 우수수 떨어지는 낙엽 소리도 들려왔다.

세상의 모든 소리가 별안간 들려와서 일홍은 머리가 어질 어질했다.

"일홍아."

그렇게 진지하게 부르지 마, 너 이상해. 그렇게 웃어넘기고 싶었는데, 어쩐지 입이 딱 굳어서는 말이 흘러나오질 않았다.

따르르릉.

그 순간 집 전화가 요란하게 울려 댔다. 감전이라도 된 것처럼 일홍이 자리에서 벌떡 일어나자, 준서가 오른쪽 손목을 잡아서 다시 의자에 앉혔다.

"왜, 왜?"

그리 물으며 바라본 준서의 얼굴은 심각하다 못해 곧 울 것 같았다.

"준서야……?"

떨리는 음성이 겨우 새어 나왔다. 잔뜩 굳어 있던 준서의 얼굴이 그제야 스르륵 풀어졌다.

"얼른 전화받아."

"응, 그래."

전화를 받으러 가는 그 짧은 시간 동안 일홍은 오만가지 생각을 다 했다. 전화받으란 놈이 왜 도로 앉혀? 전화 못 받게 하려고 했나? 아니, 전화 안 받고 뭐하려고? 침을 꼴깍꼴깍 삼키며 일홍은 수화기를 집어 들었다.

"여보세요?"

—어, 일홍이니?

"아빠?"

—응, 아빠야. 엄마는?

"몰라, 집에 왔더니 없어."

—그래? 오늘 어디 간다는 말 없었는데. 아빠 오늘 저녁 먹고 들어가니까 기다리지 말라고 해. 그리고 전화 못 받을 수 있다고도. 학회 내려가기로 한 학과장님 댁에 갑자기 일이 생겨서, 아빠가 대신 갔다 와야 할 것 같네.

"응."

짧은 통화를 마치고 일홍은 수화기를 내려놓았다. 어쩐지 준서가 앉아 있는 식탁 앞으로 갈 자신이 없어 괜히 수화기를 다시 집어 들었다. 엄마의 휴대전화 번호를 누르는 손길이 파들파들 떨렸다.

—여보세요?

"엄마! 나 집에 왔어. 아빠 늦으신대. 그냥 라면 먹었어,

귀찮아서. 근데 엄마 어디야?"

뭐라 대꾸할 시간도 주지 않고 일홍은 와다다 말을 쏟아
냈다.

—어, 금방 갈게. 얼른 갈게.

툭탁툭탁. 바닥과 부딪히는 단화의 둔탁한 소리가 수화기
너머로 들려왔다. 어쩐지 엄마의 목소리가 한없이 떨리고 있
는 것 같았다. 마치 울먹이는 것처럼.

"엄마, 무슨 일 있어?"

—아니, 일은 무슨. 버스 놓칠까 봐 뛰어서 그래. 엄마 얼
른 갈게.

버스에 올라탄 건지 엄마의 목소리가 가라앉고, 단화가 바
닥을 구르는 소리도 멈췄다.

"응, 빨리 와."

엄마, 빨리 와. 이상해. 준서가 이상해. 내 기분도 이상해.
준서가 싫지는 않은데, 오히려 좋은데. 아, 모르겠어. 빨리
와, 엄마.

학생 신분으로 부모님을 실망시킬 만한 행동은 절대 하면
안 된다는 거부감이 준서를 좋아하는 마음을 넘어서고 있었
다.

"어디까지 했지?"

일홍은 쭈뼛쭈뼛 식탁가로 다가가서는 준서의 앞에 마주

보고 앉았다. 그저 느낌뿐일지 모르겠지만, 준서의 눈빛도 많이 서늘해져 있는 것 같았다.

"복합 가정법 표시하는 데까지."

"그래, 그럼 예문 몇 개만 만들어 보자. If had p.p 써서……."

준서는 연필을 움직이는 일홍을 가만히 바라보았다. 슥삭 슥삭, 연습장 위에 흑연이 그리는 알파벳 모양이 참으로 묘했다. 어느 순간 일홍이 그리는 손글씨조차 어여뻐 보였다. 샤프를 쥐고 있는 작은 손을 꼭 쥐고 싶었다.

새하얀 교복 셔츠를 따라 시선을 옮겨 가자 봉긋 솟은 일홍의 가슴이 눈에 들어왔다. 순간 단전 아래가 묵직해져서 준서는 한숨을 크게 내쉬었다.

"천……일홍."

"응?"

일홍은 연습장에 시선을 박아 놓은 채로 대답했다.

'너 언제 이렇게 예뻐졌냐?'

아무도 없는 텅 빈 집. 손만 뻗으면 저 애를 안고 입을 맞출 수 있었다. 아니, 그보다 더한 것도 할 수 있을 것 같았다. 준서는 두 주먹을 불끈 쥐고는 자리에서 일어나며 가방으로 앞을 가렸다.

"나 가야겠다."

"어, 어. 그래."

왜 가? 다 끝나지도 않았는데? 짜식이 빠져 갖고. 이렇게 쏘아붙여야 하는데, 입이 떨어지질 않았다. 준서는 인사도 하는 둥 마는 둥 하고 일홍의 집을 뛰쳐나갔다.

일홍은 헐레벌떡 도망치듯 뛰어가는 준서의 뒷모습을 물끄러미 바라봤다. 어쩐지 저렇게 멀어지는 준서의 마음이 자신의 것과 같은 것처럼 느껴져서 심장이 두근두근거렸다.

스무 살이 오기까지 100일도 남지 않았음에 일홍의 얼굴에는 불긋한 미소가 피어났다. 누가 본 것도 아닌데, 괜히 부끄러워져서 심통 맞게 혼잣말을 내뱉었다.

"복합 가정법 문제 틀리기만 해 봐, 민준서. 오늘 왜 도망갔냐고 꼬치꼬치 물어볼 거다."

일홍은 준서가 떠난 식탁 앞에 다시 앉아서는 연습장에 무언가를 끼적이기 시작했다.

민준서. 천일홍. 한 획, 한 획 세어 가며 이름 점도 보고. 94%? 되게 높다?

민준서는 A형, 천일홍도 A형. 그러니까 둘 다 소심해서 이러고 있지. 애들 다 남자 친구 사귀고 그러더라, 뭐.

민준서는 황소자리, 천일홍은 전갈자리. 겨우 6개월 빨리 태어났다고 맨날 오빠래지, 칫.

어느덧 연습장 한 바닥이 전부 민준서의 이름으로 가득 찼다. 그러다 무심코 그려진 모양은 아주 조그만 하트. 그 앙증

맞은 모양새를 마주한 일홍은 깜짝 놀라 얼굴을 붉히며 지우개를 찾아 댔다.

열심히 식탁 위를 더듬고 있는데 현관문 열리는 소리가 들려왔다.

"엄마아?"

"어, 일홍아."

부엌으로 걸어오는 엄마의 얼굴은 새하얗게 질려 있었다.

"엄마? 어디 아파?"

"아니, 안 아파. 멀미를 좀 했나 봐. 일홍아, 엄마 물 좀."

"어, 알았어."

비틀비틀 걸어서 소파에 철푸덕 앉는 엄마의 표정이 넋이 나간 것처럼 이상했다. 얼른 미지근한 물을 유리잔에 따라서 들고 가자, 잔을 받아 든 엄마는 두어 모금 물을 넘기고는 말했다.

"일홍아. 다음부턴 쟁반 받치고."

"알았엉."

일홍은 애교스럽게 대꾸하며 엄마의 팔에 팔짱을 끼었다.

"밥 다 해 놨는데, 왜 라면을 먹었어?"

"라면이 더 먹고 싶어서."

"혼자?"

"아니, 준서랑 같이 먹었어."

"준서는 갔어?"

"어."

어쩐지 엄마의 얼굴이 파리하게 굳어 갔다.

"일홍아, 조심해. 준서도 다 컸고, 너도."

"알아, 엄마."

모범생 콤플렉스, 어른 눈에 벗어나는 행동을 하는 건 죽어도 싫은 일홍이었다.

엄마가 잔소리를 늘어놓으려는 순간, 일홍은 다 안다며 고개를 끄덕였다.

"알긴 뭘 알아. 엄마가 있는지 없는지도 모르고 남자애를 집으로 불러들이면 어떡해? 앞으로는 엄마 없을 때 준서 데리고 오지 마. 알겠어?"

"아, 알았어."

정 많고 여린 엄마는 준서의 부모님이 돌아가신 후, 아들처럼은 아니어도 친조카처럼 준서를 대해 주었다. 그런데 그런 엄마가 오늘따라 왠지 날카로워 보였다.

"엄마 좀 씻어야겠다. 이따 저녁에 뭐 먹고 싶은 거 있어?"

"그냥 엄마 하기 편한 거. 아빠는 늦으신대. 뭐 학과장님 대신 학회에 가야 한다고."

"그래……. 씻고 나와서 토마토 갈아 줄게."

"응."

엄마는 보드라운 손으로 일홍의 머리를 슥슥 쓰다듬고는 안방으로 들어갔다.

방문은 닫은 은희는 그대로 자리에 주저앉았다. 꾹꾹 참았던 눈물이 후드득 뺨을 타고 흘러내렸다.

애 아빠가 출근하고, 일홍이 등교하고 난 뒤의 시간은 은희에게 가장 여유로운 때였다. 커피를 내리고, 토스트 한 조각을 접시에 담아서는 거실 소파에 앉아 TV를 켰다. 상담 프로그램에서는 오늘도 시댁과의 갈등을 겪고 있는 며느리가 나와서 얼굴을 가린 채로 하소연을 하고 있었다.

처음 만난 자리에서 일홍 아빠는 이렇게 말했었다.

"저는 부모님이 계시지 않습니다. 할 줄 아는 건 공부밖에 없어요. 장학금으로 대학원 공부하고 있고요. 야간에는 일도 합니다. 아직 많이는 못 법니다. 교단에 서고 싶은데 빽도 없고, 아무것도 없어서 안 될 수도 있습니다. 그래도 저랑 살 수 있습니까?"

군 시절 아버지가 돌아가셨고, 그 이듬해 전역 직후 어머님까지 돌아가셨다는 일홍 아빠에게 유일한 혈육은 배다른 형과 누나뿐이라고 했었다. 그마저도 연락조차 하지 않아 죽었는지 살았는지 모른다고.

맨땅에 헤딩하고 있는 남자를 돕고 싶었나, 비쩍 마른 모습을 보고 밥이라도 해 주고 싶었나, 이 남자라면 믿고 살겠다 하는 확신이 대체 어디서 솟아났는지. 은희는 '살 수 있을 것 같아요' 하고 대답해 버리고 말았다.

가정을 이루고 나서 그 사람은 끔찍이도 은희를 아꼈다. 일홍을 낳고 둘째가 갖고 싶다는 은희의 말에 두 눈에 쌍심지를 켜고 반대하던 사람. 어떻게 그 힘든 모습을 다시 보느냐고 절대 안 된다며, 난 애보다 당신이 항상 먼저라고 말하던 사람. 지금은 물론 일홍이 부리는 애교에 껌뻑 죽는 아비지만 말이다.

고부 갈등에 대해 심각하게 떠들어 대는 프로그램을 먼 나라 이야기처럼 보고 있는데 휴대전화가 울려 댔다.

"여보세요?"

—안녕하세요, 사모님. 여기 연희동이에요. 저 천안댁이고요.

"아, 안녕하세요? 학장님 댁에는 별고 없으시죠?"

—그럼요. 다름이 아니라, 오늘 저녁에 귀한 손님이 오시는데 사모님께서 좀 와 주십사 하시네요. 지난번에 알려 주신 소갈비 찜이 영 손에 안 익으신다고.

"그래요? 언제까지 가면 될까요?"

얼마 전 재혼을 했다는 애 아빠 대학교 단과대학장의 아내는 은희 또래의 여자였다. 무용을 전공했다는 이는 요리에 영 소질이 없다며 은희에게 여러 번 도움을 요청했었다. 애 아빠가 알면 펄쩍 뛸 일이었지만, 학장 부인이 하는 부탁을 마다할 수 없었다. 이것도 내조라면, 내조랄까.

다른 교수 부인들처럼 집안이 좋은 것도, 돈이 많은 것도, 학벌이 좋은 것도 아니었기에 은희는 자신이 할 수 있는 한 최선을 다해 그를 내조했다.

연희동에 도착하자 대문 앞에 천안댁이 나와 있었다.

"저 때문에 나와 계시던 거예요?"

"아, 아녀유. 마침 국간장이 떨어져서 잠시 마트 좀 갔다 올라고."

"네, 그럼 다녀오세요. 사모님 안에 계시죠?"

"예, 예. 들어가셔유."

천안댁은 황급히 길을 따라 내려갔고, 은희는 대문 안으로 들어섰다.

천안댁이 나오면서 열어 둔 것인지 현관문이 활짝 열려 있었다.

은희는 인기척을 내며 안으로 들어섰다.

"사모님, 저 왔어요."

현관에 서서 조용히 외쳤는데 아무런 대답이 없었다. 은희는 조심스레 중문을 똑똑 두드렸다.

"사모⋯⋯."

그때 드르륵 전자동 중문이 열리고 누군가가 모습을 드러 냈다.

"오, 천종현 교수댁 아니신가?"

"아, 안녕하세요, 학장님."

문을 열어 준 이는 뜻밖에도 학장이었다.

"들어와요."

"네. 학장님."

집으로 들어서는데, 고요하고 적막한 실내 분위기에 뭔가 싸한 기분이 들었다.

"이리 와서 앉아요."

학장은 자연스레 은희를 데려다 소파에 앉혔다. 심장이 기 분 나쁘게 콩닥거렸다.

"저, 사모님은⋯⋯."

"응? 아. 안사람도 곧 올 거요."

학장은 다른 자리를 두고 굳이 은희의 옆에 자리했다. 슬 쩍 몸을 비키자 그가 노골적으로 다가왔다.

"이 사람 뭘 이렇게 긴장을 하고 그래."

두터운 학장의 손이 은희의 뒷목덜미를 잡았다.

"왜, 왜 이러세요?"

휙휙 하는, 이상하게 흥분한 학장의 숨소리가 가까이에서 들려오자 온몸에 소름이 돋아났다.

"우리 천 교수가 참 바람직한 인재지. 근데 뒷배가 없으니 사람이 크질 못해요. 내가 말이야, 그래서 우리 천 교수 좀 밀어주려고 하는데, 안사람 생각은 어떠신가?"

학장은 그리 말하며 은희의 허벅지 위로 올린 손을 스윽 쓸어 내렸다. 스커트 자락 끝까지 닿은 손이 스타킹을 신은 무릎 아래를 매만졌다.

은희는 화들짝 놀라 자리에서 일어났다.

"죄, 죄송합니다. 저는 바깥일은 잘 몰라서……."

울컥 울음이 차오른 은희가 얼른 발걸음을 옮기려는 순간이었다. 두꺼운 학장의 손이 은희의 허리를 낚아채 잡아당겼다. 외마디 비명이 새어 나왔다. 그녀의 몸이 주저앉은 곳은 학장의 허벅다리 위였다.

"바깥일을 모르면, 잘 아는 사람의 뜻을 따르면 되는 거지."

징그러운 손이 옆구리를 타고 가슴께로 올라왔다. 은희는 비명을 지르며 있는 힘을 다해 학장의 가슴을 팔꿈치로 내리쳤다.

정신을 차리고 보니 단화 두 켤레를 손에 들고 아스팔트 위를 달리고 있었다. 은희는 단화를 한 짝씩 바닥에 내려 신고는 다시 달리기 시작했다. 빨리 그 동네를 벗어나고 싶었다.

버스 정류장을 향해 있는 힘껏 달리는데, 일홍에게서 전화가 왔다. 그리고 그 통화를 마치자마자 기다렸다는 듯 천안댁에게서 전화가 걸려 왔다.

—사모님, 다음에 다시 꼭 오시라고.

"이봐요. 대체 뭘 받고 이런 짓 하는지 모르겠는데, 이렇게 살지 마세요. 내가 당신들 다 신고해 버릴 거야."

버럭 소리를 지르자 수화기 너머에서 뭐라고 떠드는 소리가 들려왔다.

—사모님, 따님은 잘 지내느냐고 물으시네유.

머릿속이 하얗게 비어 갔다. 제 아빠를 닮았는지 유독 영문학에 관심이 많은 아이였다. 아빠랑 나란히 등교하면 차비도 절약되고 좋지 않겠느냐는 딸과, 학교에서 딸내미 실컷 볼 수 있다며 좋아하는 애 아빠의 얼굴이 눈앞을 스치고 지났다.

은희는 아무런 대꾸도 하지 않고 전화를 끊어 버렸다.

집에 도착해 보니 환하게 웃으며 반기는 일홍이 있었다. 딸애의 얼굴을 마주하고 보니, 불과 한 시간 전에 겪은 일이 허상처럼 느껴질 정도였다.

은희는 손가락이 쪼글쪼글해지고 하얗게 변할 때까지 욕

조 안에서 몸을 씻어 냈다.

일홍이는 안 돼. 절대 안 돼. 아무리 애 아빠가 있어도 그 학교는 절대 안 돼.

뭔가에 홀리기라도 한 것처럼 은희는 계속해서 일홍은 안 된다고 읊조렸다.

chapter
02

또 있다. 준서를 발견한 일홍은 작게 한숨을 내쉬었다. 대체 언제부터 저기 서 있던 건지, 준서가 보도블록 끝에 서 있었다. 일홍이 나오는 걸 발견한 그는 서너 걸음 만에 다가와 셔터를 내리고 자물쇠를 걸었다.

"오늘도 집으로 바로 가?"

벌써 일주일째, 준서는 이렇듯 일홍이 끝나기를 기다리고 있었다. 무슨 말을 해 주기를 바라는 건지는 모르겠지만 한결같은 얼굴로 찾아오니 여간 난감한 게 아니었다.

"왜 자꾸 찾아와?"

한숨과 함께 질문이 흘러나왔다.

"찾아오면 안 돼?"

일홍은 기가 막혀서 헛웃음이 나올 것만 같았다.

"나 안 반가워?"

고개를 비스듬히 기울이며 묻는 준서의 시선을 일홍은 슬그머니 피해 버렸다.

"반갑고, 안 반갑고를 가늠할 만큼 짧은 시간은 아니었는데?"

그리 말하는 일홍의 머릿속은 복잡했고, 복잡한 머릿속만큼이나 가슴속은 답답했다. 무슨 이야기를 하려는 건지 모르겠지만 준서도 많이 망설이고 있는 듯 보였다. 알고 망설이는 건지, 모르고 망설이는 건지.

아무것도 묻지 않는 이에게 무언가를 먼저 대답해 주는 것도 우습게 느껴졌다.

"그래도, 난 반가운데."

10년의 세월이 무색하도록 살가운 미소를 머금는 준서를 일홍은 애써 외면하고 돌아서 걷기 시작했다. 준서는 그런 일홍의 뒤를 말없이 따랐다.

차라리 이러저러해서 왔으니 어떻다 저떻다 대답을 해 봐라, 하면 좋으련만.

준서를 외면하고, 돌아나려는 아련한 그리움을 숨기고, 반가움을 무심함으로 위장하는 건 두렵기 때문인지도 모른다.

가장 소중했던 기억 저편에 있는 이에게 상처를 받을지도 모른다는 그 무시무시한 일, 말이다.

"봄인데도 아직 좀 쌀쌀하다. 내 차로 안 갈래?"

일주일을 버티다 겨우, 준서가 건넨 직접적인 질문이었다. 그동안 반갑니 어쩌니 하는 수박 겉핥는 질문과는 그 뉘앙스가 상당히 달랐다.

"좀 걸어야겠는데? 운동할 시간이 없어서."

"그래. 그럼 나도 걷지, 뭐."

서툴게 둘러댄 변명이 확실한 거절과 부정임을 알면서도 준서는 알겠다며 일홍의 뒤를 따랐다.

"민준서."

"응?"

가만히 서서 부른 이름에 뒤따르던 준서가 걸음을 옮겨 일홍의 앞에 섰다.

"이래 봐야 무슨 소용이니? 가."

"어디 가서 저녁이라도 같이 먹을까? 좀 출출한데."

"이제 와서…… 우리가 뭘."

한숨을 폭 내쉬며 곤란한 듯 이마를 쓸어 넘기자, 준서가 장난스럽게 대꾸했다.

"누가 뭐하재? 그냥 밥이나 먹자. 우리 오랜만에 봤는데 얘기나."

"난 너랑 할 얘기 없어. 오지 마, 이제. 따라오지도 말고."

일홍은 준서를 지나쳐 걷기 시작했다. 저 앞에 손님을 내리고 있는 택시가 보였다. 그녀는 한달음에 달려 주황색 택시에 올라탔다. 오래되어 향이 변질된 방향제 냄새가 코끝을 스쳤다.

"신림동 주민 센터 앞이요."

말이 떨어짐과 동시에 택시는 출발했다.

오래 두어 좋은 것이 있고, 오래 두면 상하는 게 있다. 사람 관계도 그렇다. 오래 두면 좋은 친구가 있는 반면, 변질되어 버리는 관계도 있는 거다. 변질된 모습을 마주하기 전, 그때 그 모습으로 남겨 두고 싶은 마음만 들 뿐이었다.

이튿날 저녁, 가게 문을 닫으려 나선 일홍은 일주일 동안 준서가 서 있던 자리를 흘끔거렸다. 시선 한 번 주지 않아도 꼿꼿하게 서 있던 그가 오늘은 보이지 않았다.

전철역으로 걸어가면서 일홍은 자꾸만 뒤를 돌아보았다. 혹시나 뒤를 따르는 누군가가 있지는 않을까 싶어서. 그런데 없었다. 이제 와서 이래 봐야 소용없다는 말의 뜻을 정확히 알아들은 것이라며, 일홍은 실소했다.

인생에 한 번쯤 이런 해프닝이 있을 수도 있지.

전철역에서도, 전철에 올라타면서도, 내리면서도. 일홍은 무의식적으로 주위를 두리번거리고 있는 자신을 발견하고는 흠칫 놀랐다.

왜? 민준서가 계속 찾아오다가 갑자기 안 오니까 아쉽니, 천일홍?

스스로 건넨 질문에 일홍은 고개를 절레절레 저었다. 그리고는 마음을 다잡기 시작했다. 이런 해프닝조차 없었던 것처럼, 예전처럼 살아가자고 말이다.

그렇게 며칠, 준서는 가게 앞에 나타나지 않았다. 가란다고 그렇게 쉽게 갈 성격은 아닌데⋯⋯. 너무 무례했나 하는 생각이 들 정도였다. 택시를 타고 무심히 가 버리는 게 아니었나. 저녁이라도 먹으면서 이제껏 어떻게 살았는지 이야기라도 나눠 볼걸.

요즘 들어 허공에 대고 고개를 휘젓는 일이 부쩍 많아진 일홍이었다.

그래 봐야 소용없을 일이라는 걸 잘 알지 않는가. 그래서, 우리가, 뭘.

많은 이야기를 나누지 않아도, 느낌으로 알 수 있는 것도 있다. 일홍은 준서가 나타난 순간부터 눈치채고 있었는지도 모른다. 차라리 엮이지 않으면 모를까, 가볍게 엮이고 말 수는 없다는 것을 말이다.

그래서 준서도 가라는 말에 그대로 물러났을지 모른다고,

그게 아니라면 그냥 우연히 소식을 듣게 된 오랜 친구를 찾아와 밥이나 한 번 먹으려 했는데, 까칠한 모습에 심상해서 돌아섰을지도 모른다고.

어느 쪽이든 끝났으니 된 거다. 그런데 마음 한구석이 괜히 허전했다. 집으로 향하는 길, 마음이 깊게 가라앉는 기분이었다. 불 꺼진 집으로 들어가는 게 오늘따라 무척이나 싫었다. 일홍은 휴대전화를 들고 재희에게 문자를 보내려다 말았다.

신혼인 친구에게 연락을 해 봤자 나오지 못할 게 뻔했고, 그래서 친구에게 마음의 짐을 지게 할 수는 없었다. 터덜터덜 어두컴컴한 지하로 향하는 계단이 괜히 쓸쓸했다.

"이제 오는 거야? 오늘 좀 늦었네?"

등 뒤에서 들려오는 나지막한 목소리에 일홍은 화들짝 놀라 주저앉을 뻔했다. 마음을 들킨 것도 아닌데 내내 준서를 생각하고 있던 머릿속이 발가벗겨진 듯한 기분이었다.

"깜짝이야."

"미안, 놀라게 해서. 며칠 야근했어. 반쯤 보이는 창문으로 불 들어와 있는 거 보고 집에는 왔구나 했었는데."

놀란 가슴이 진정되질 않아 재차 한숨을 내쉬었다. 갑작스레 나타난 준서의 존재감에 핑그르르 눈물이 고이고 말았다. 일홍은 눈을 길게 늘이며 물었다.

"왜…… 자꾸 와?"

서툰 거짓말에는 소질이 없었다. 머릿속으로는 열심히 밀어내고 있었지만, 그렇게 열심히 지워 내는 동안 가슴속에는 아릿한 무언가가 되살아나고 있었다.

"오고 싶어서."

건조하게 내뱉은 말에 일홍의 미간이 구겨졌다.

"오고 싶어서 오는 건 네 마음이지만…… 나 들어간다."

모진 말도 내뱉지 못하고 일홍은 집 안으로 들어섰다. 현관문을 닫는 순간까지도 무언가 아쉬움이 남는 듯해서 일부러 급하게 문을 닫아 버렸다.

저녁을 제대로 먹지 못한 탓인지 현기증이 몰려왔다. 일홍은 싱크대 문을 열고 라면이 자리한 곳을 더듬거렸다. 하필 이런 순간에 찬장은 텅 비어 있었다.

일단 씻자.

뜨거운 물줄기가 머리 위에서 떨어지는데도 불구하고 몸이 달달달 떨렸다. 가게 앞에 나타나지 않았을 뿐, 매일같이 준서가 찾아왔다는 사실 때문이었다.

이렇게까지 서늘하게 굴 필요가 있을까.

혹시나 준서가 돌아가지는 않았을까, 생각하며 일홍은 서둘러 수전을 잠갔다. 라면을 사러 가야 한다는 핑계를 스스로에게 대며.

젖은 머리의 물기를 대강 털어 내고 현관문을 열자, 1층 공동 현관문 앞에 선 그림자가 눈에 들어왔다. 계단을 오를수록 매캐한 담배 냄새가 강하게 느껴졌다. 준서는 담배를 태우다 말고 고개를 돌려 일홍을 바라봤다.

"너 왜 안 갔어?"

준서는 손가락 사이에 낀 담배를 눈짓으로 가리키며 빙그레 웃었다.

"어디 가?"

"편의점. 가라, 그럼."

그의 존재가 신경 쓰여 나왔으면서 일홍은 미지근하게 돌아섰다.

봄은 일홍의 마음만큼이나 이상한 계절인 듯했다. 차가운 밤은 여전히 겨울처럼 시린데, 고개를 들어 보면 까만 밤 하늘 아래로 올망졸망한 꽃들이 퍼져 나가고 있었다.

차가운 대기를 밀어내려는 듯 아름답게 피어나는 꽃을 겨울이 시샘하여 생기는 거라는 꽃샘추위.

기상예보에서는 올봄 더 이상의 꽃샘추위는 없을 거라고 했었다. 그런데 옷을 얇게 입고 나온 탓인지, 아니면 뒤를 따르고 있는 존재에 또다시 어설피 등을 돌린 탓인지 한기가 돋아났다. 일홍은 얇은 카디건 앞섶을 단단히 여몄다. 그러자 앙상하게 마른 등이 더욱 도드라졌다.

풀썩, 어깨 위로 따스함이 내려앉았고 푸근한 우디향이 몸을 휘감았다. 일홍은 우뚝 멈춰 서서 갑작스러운 무게감의 정체를 살폈다. 남자 슈트 상의. 일홍은 미간을 좁히며 재킷을 걷어 내었다.

"왜 이렇게 입고 나왔어? 저녁엔 아직 추워."

일홍은 이렇다 할 대꾸 없이 준서에게 재킷을 건넸다.

"고집 피우지 말고 걸치고 있어. 여전히 성격은 급해 가지고. 씻고 바로 나온 거야? 머리가 다 젖었네."

언제나 제자리에서 조용히 뛰어 대던 심장이 길을 잃고 갈팡질팡했다. 일홍은 한숨을 폭 내쉬며 재킷을 흔들었다. 얼른 가져가라고 채근하는 것이었다.

"뭐 사러 나왔어? 멀리 가는 것 같지는 않고. 라면?"

속을 읽을 수 있는 것도 아닐 텐데, 준서의 질문에 일홍은 아랫입술을 꾹 깨물었다.

"나도 아직 저녁 전인데. 라면 하나 끓여 줄래?"

태연자약한 목소리로 물은 준서가 일홍을 지나쳐 걷기 시작했다.

어느 동네는 골목 안에 편의점이 종류별로 들어차 있어 장사가 안 된다는데, 일홍이 살고 있는 낡은 빌라 근처에는 딱 그 편의점 하나만 있었다. 그녀는 보폭을 넓게 해서 준서를 앞질러 걸어갔다. 그러자 피식 웃는 소리가 들려왔다. 오랜 세월을 떨어져 지냈는데도 그 웃음소리가 무척이나 익숙해서 일홍은 적잖이 놀랐다.

사실 따지고 보면, 그게 준서의 잘못도 아닌데.

한숨을 폭 내쉬며 편의점 유리문을 밀고 들어갔다. 알록달록한 라면들이 늘어선 곳 앞에 서서 일홍은 잠시 고민에 빠졌다. 라면이 다 떨어져서 사다 놓기는 해야 하는데, 따라 들어온 준서가 자꾸만 걸리적거렸다.

그러다 주황색 라면과 햇반 하나를 집어 들었다. 생각해 보니 김치도 다 먹은 것 같아 작은 플라스틱 병에 든 맛김치도 집었다. 계산대 위에 물건을 우르르 올려놓는데, 일홍이 올려놓은 물건들 옆으로 라면 두 개와 햇반 하나, 그리고 먹기 좋게 썰린 노란 단무지 팩이 올려졌다.

"같이 계산하실 거예요?"

"네."

"아니요!"

편의점 알바생은 심드렁한 표정으로 두 사람을 번갈아 보았다.

"같이 계산할까요?"

"네."

"아니요! 따로 해 주세요."

"같이 담아 주세요."

알바생은 다시 묻기 귀찮다는 얼굴로 바코드를 찍고는 검은 비닐 봉투에 물건을 담기 시작했다.

"어머, 일홍 씨네. 또 라면이야?"

계산대 옆으로 어린이용 우유 한 팩과 식빵 한 봉지를 올려놓는 이는 빌라 1층에 사시는 아주머니셨다.

"안녕하세요. 장을 못 봐서."

"내일 집에서 겉절이 좀 담글 건데, 그거 가져가. 작년에 김장 김치 준 거 떨어질 때 됐지?"

아주머니는 환히 웃으며 일홍의 등을 한 번 쓰다듬어 주었다.

"네."

"그래. 그럼 내일 저녁에 잠깐 들러."

일홍은 고개를 끄덕이며 살포시 미소를 지었다. 여관 달방에서 모텔 달방으로, 모텔 달방에서 월세방으로, 월세방에서 반전세로, 그러다 이곳 빌라 지하에 전세를 얻은 지 3년쯤 되었다. 수더분한 주인 덕에 전세 보증금을 올리지 않고 재계약을 할 수 있었고 그 덕에 푸근한 이웃을 잃지도 않았다.

"16,700원입니다."

"여기요."

카드를 건네는 준서에게 1층 아주머니의 시선이 닿았다. 딱 보기에도 이 동네와는 어울리지 않는 복장과 용모가 아주머니의 관심을 오래도록 끄는 듯했다. 게다가 일홍의 옆에 서서 라면값을 대신 내고 있는 상황이니, 궁금하지 않을 리가 없었다.

"동창이에요."

"아아."

짧은 설명에 아주머니는 겸연쩍어하며 시선을 옮겼다.

"가자."

"어? 어."

동네 사람 앞에서 얼굴을 붉히고 정색할 수는 없으니 일홍은 그저 아무렇지 않은 척 대꾸했다.

"그럼 저희는 먼저 가 보겠습니다."

예의도 바르지. 준서는 아주머니께 꾸벅 인사를 하며 성큼 앞서 나갔고, 아주머니는 흐뭇하면서도 므흣한 표정으로 준서에게 목례를 했다. 동창이랑 라면 하나 끓여 먹을 수도 있지, 하며 생각을 다잡고 있는데 앞서 가던 준서가 손을 뻗더니 어깨에 팔을 두르고 끌어당겼다.

"춥겠다."

확 밀쳐 버리면 뒤통수에 꽂혀 있는 시선이 더욱 집중될 듯해 일홍은 아랫입술을 꾹 한 번 깨물었다. 발걸음이 바닥 위를 동동 떠다니는 것만 같았다. 불편해 죽겠는데, 밀어내고 싶은데, 준서에게 기댄 오른쪽 어깨가 생각했던 것보다 훨씬 더 따뜻했다.

10년의 세월 동안, 그 누구에게도 기대려 하지 않았던 일
홍이었다. 오롯이 세상에 혼자 남겨졌다는 사실을 절절히 느
꼈던 시간. 그러면서 스스로가 참 강하다는 생각을 했었다.
험한 세상에 홀로 뚝 떨어졌는데도 불구하고, 바르게 돈 벌
어서 착실하게 사는 삶이 무척이나 뿌듯했다.

돌아가신 엄마, 아빠도 그런 자신을 뿌듯하게 생각할 거라
여겼다. 그리고 혹여 몰래 숨어 자신을 감시하고 있을지 모
를 누군가에게 이런 모습을 보여 주고 싶었을지도 모른다.

나는 그런 사람이 아니다, 라고.

아무리 삶이 힘겨워도 경우를 아는 사람이고, 정도를 아는
사람이라고.

그런데 어깨를 감싸고 있는 커다랗고 따스한 손길에 지금
까지 고수해 왔던 삶에 대한 믿음이 흔들리기 시작했다.

그런 사람이면 어때?

나쁜 마음을 단 한 번도 먹어 본 적 없는 범생이 천일홍의
얼굴에 설핏 조소가 어렸다.

일홍은 고개를 돌려 가만히 준서를 올려다보았다. 잘생긴
얼굴로 중·고등학교 때 여학생들에게 선망의 대상이었던 그
였다. 짙은 검은색 눈썹은 보기 좋은 모양으로 윤기가 났고, 그
아래 속쌍꺼풀이 진 기다란 눈, 그리고 그 속의 검은 눈동자는

어느새 어리숙한 소년이 아닌 남자의 것이었다.

선이 고왔던 콧날은 조금 더 높아지고, 그 선이 굵어져서 성숙한 이미지가 더해지고, 여리여리했던 턱 선도 남자답게 변해 있었다. 미완의 소년이 완벽한 남자가 된 것이다.

울퉁불퉁한 빌라 앞 골목에 들어서자 아스팔트 위를 걸을 때보다 흔들리는 발걸음 탓에 일홍의 작은 어깨가 준서의 단단한 가슴에 닿았다. 어릴 때도 일홍보다 훨씬 컸던 준서였는데, 지금은 그 가슴마저 넓었다.

심장이 두근거렸다. 설익은 봄의 추위 탓을 하고 싶었지만 자꾸만 머릿속을 채우는 불온한 생각에 입술이 파들파들 떨렸다. 일홍은 아랫입술을 꾹 깨물었다.

"너 요즘 무슨 일해?"

일홍의 질문에 준서가 해맑게 웃었다. 그 미소에 심장이 뛰는 박자를 더해 갔다.

"이제야 제대로 된 질문이 나오네?"

준서는 작게 한숨을 한 번 내쉬고는 말을 이었다.

"할머니 회사 내가 맡아서 하고 있어."

"아……."

한식 뷔페 프랜차이즈를 시작으로 일식, 중식, 퓨전 양식, 인도식, 동남아식 그리고 디저트 카페와 영국식 티 카페, 한국식 찻집 프랜차이즈를 갖고 있는, 한국 외식 산업의 중심에 서 있는 회사. 그게 바로 준서 할머니가 일군 것이었다.

케이터링 분야에도 진출해 정상회담 같은 굵직한 회의뿐 아니라 주요 인사의 결혼식에는 반드시 준서 할머니 회사의 아웃사이드 케이터링 서비스가 함께한다고 들었다. 굳이 케이터링 서비스 사업을 시작한 건 준서를 그 주류 사회의 중심에 놓겠다는 할머니의 야망이라고도 언젠가 들은 듯싶었다.

타박타박 빌라 계단을 내려가며 일홍은 골똘히 생각에 잠겼다. 10년 만에 나타난 풋내 나는 첫사랑의 주인공은 길 가던 여자들이 한 번씩은 눈을 흘끔거릴 만큼 멋지게 변해 있었다. 게다가 부자였던 할머니의 사업을 물려받았다고.

이렇게 사는 내가 나쁜 마음이라도 먹으면 어쩌려고, 너는 겁도 없이 날 찾아와서 이렇게 살갑게 구니? 여전히 넌.

전구가 나갔는지 빌라 공동 현관은 일홍의 생각만큼이나 어두웠다. 조심조심 발을 내딛는데, 옆에서 준서가 휴대전화 플래시를 환히 비추었다.

"여기 불 안 들어와?"

그 물음에 일홍은 흐릿하게 미소 지으며 답했다.

"어, 고장인가 보다."

"위험하겠다."

준서의 목소리에 걱정이 어렸다. 자꾸만 얼굴에 그려지는 조소에 일홍은 계속해서 입술을 깨물었다. 바지 주머니에서 열쇠를 꺼내어 손잡이에 뚫린 구멍으로 집어넣고는 힘껏 돌렸다. 하지만 열쇠는 무언가에 걸린 듯 꿈쩍도 하지 않았다. 타이밍도 좋지.

"또 안 열리네."

"이리 줘 봐."

한탄 어린 일홍의 목소리에 준서는 그녀를 물러서게 한 뒤 열쇠를 꾹 눌러 넣고는 단번에 돌렸다. 그가 문을 열고 슬쩍 비켜서자 일홍은 무심한 척 걸음을 옮기며 입을 열었다.

"줘."

준서는 손에 들고 있던 열쇠를 일홍의 손바닥 위에 올려 주었다.

"라면 봉지도 줘."

"내가 계산했는데?"

어둠 속에 준서의 목소리가 낮게 깔렸고, 고개를 갸웃하는 모습은 아스라했다.

"그럼 다시 사 오지, 뭐."

계단으로 걸음을 옮기려는 일홍의 가녀린 팔을 커다란 손이 붙잡았다.

"에이, 라면 하나만 끓여 줘. 여기까지 왔는데."

"정말 라면 먹고 갈 거야? 불편할 텐데?"

"불편할 게 뭐가 있어? 끓여 주면 먹고 가는 거지."

일홍은 한숨을 폭 내쉬며 현관문을 열었다. 좁은 현관에 준서가 들어서기 위해선 그녀가 먼저 신발을 벗고 노란 장판 위로 올라서야 했다.

먼저 안으로 들어간 일홍은 눈앞에 훤히 보이는 집 안을 가리키며 말했다.

"이렇게 살아."

겸연쩍은 표정을 짓고 있는 준서의 얼굴을 일홍은 뚫어져 라 바라봤다.

"들어와. 들어오겠다고 난리칠 땐 언제고 그러고 서 있어?"

거실로 한 발짝 발을 내딛는 준서의 미간에 실금이 그어졌 다. 겨울이 지나고 나면 부엌 배관을 통해 하수도 냄새가 올 라오곤 했다. 그 냄새를 막으려면 수챗구멍 위에 냄비 뚜껑 을 올려놓고 외출해야만 했다.

하지만 뚜껑으로 가려 놓는다고 해도 냄새는 피어오르기 마련이었고, 일홍은 그것을 감춰 보겠다고 독한 향을 뿜는 디퓨저를 거실 겸 부엌에 하나 놓아두었다. 더럽고 추악한 냄새와 고급스러운 플로럴 계열의 향기가 뒤섞인 부조화를 준서가 느끼고 있는 듯했다.

지금 너랑 내가 그래. 꼭 이런 부조화 같아.

"겨울이 지나면 꼭 이래. 얼어 있던 하수관이 녹아서 냄새가 나는 건지."

"그렇구나."

안타까운 목소리를 낸 게 미안한 듯 표정을 숨기는 준서를 향해 일홍이 해맑게 물었다.

"라면, 먹고 갈 수 있겠어?"

"못 먹을 이유가 있나?"

"그럼 좀 기다리든지. 앉아. 뭐 앉을 데가 마땅치는 않지만."

그럴듯한 소파가 있는 것도 아니고, 작은 식탁이 하나 놓여 있는 것도 아니었다. 좁은 거실 겸 부엌에는 한쪽으로 커다란 쿠션 하나만 자리하고 있었다. 준서는 어색하게 쿠션이 있는 곳으로 다가가 앉았다.

일홍은 물을 가득 담은 냄비를 올리고 가스레인지 불을 켰다. 낡은 가스레인지에서 불꽃이 일렁이며 따닥따닥 하는 규칙적인 소리가 났다.

"가스레인지 소리 나는 것 같다?"

"걱정 마, 안 터지니까. 도시가스 점검할 때 봐 달라고 했는데 더 써도 된다고 하더라."

짠하니? 이렇게 살고 있는 내가 안쓰러워? 일홍은 그리 묻고 싶은 것을 꾹꾹 삼켰다.

그래, 준서가 잘못한 게 아니잖아. 오랜만에 어릴 적 친구를 만났고, 옛 생각을 떠올리며 라면 하나 같이 끓여 먹는 거고, 그게 전부인 거다.

"달걀이 없다. 그냥 먹어라."

"어."

따박따박 말대답을 하며 적대적으로 굴 때보다, 고분고분한 일홍의 태도에 준서는 무언가 많이 불편해하는 듯했다.

일홍은 작은 냉장고와 싱크대 사이에 넣어두었던 교자상을 꺼내어 폈다. 상다리가 고장 나서 음식을 올려놓고 먹으려면 중심을 잘 잡아야 했지만 상을 다시 사 올 생각은 하지 못했다. 시장에서 상을 사서 들고 올 여력조차 없었기에 그냥 대충 쓰고 있었던 것이다.

"상 건드리지 마. 쓰러진다."

"어, 어."

준서는 어색하게 대답하며 장난감 로봇처럼 굳어 버렸다. 일홍은 상 위에 수저를 올리고, 라면 냄비를 한가운데 내려놓았다. 그러고는 오래 쓴 탓에 실금이 가 있는 대접 두 개를 싱크대에서 내려 각자의 앞에 놓았다.

"먹자."

"그래."

배가 고프다며, 라면 같이 먹자며 방방 뜨던 준서는 젓가락을 들지도 못하고 가만히 앉아 있었다.

"왜?"

주황색 플라스틱 국자로 라면 국물을 뜨며 물었다. 준서는 고개를 푹 숙인 채로 절레절레 저었다.

"너…… 내가 이러고 사는 게 안쓰럽니?"

일홍은 그릇과 국자를 상 위에 내려놓았다.

"그게 아니라."

"아니긴 뭐가 아니야? 너같이 금수저 물고 태어나서 일평생 잘 풀리는 사람이 있는 반면, 나처럼 아등바등 살아야 하는 사람도 있는 거야."

"그게 아니라고."

낮게 울리는 준서의 목소리가 음산하기까지 했다.

"못 먹겠으면 그냥 가. 냄새나고, 좁아터지고, 뭐 하나 제대로 된 거 없는 집구석이지만 내가 사는 곳이야. 여기까지 왔으면서, 이 집에서 라면 하나 먹을 배짱도 없이 불편한 얼굴로 앉아 있을 거면 가."

톡톡 쏘아붙이는 말에 준서는 한숨을 삼키는 것 같았다.

"천일홍."

"왜? 안쓰러운 거 아니야? 얘가 왜 이렇게 됐나, 왜 이렇게 살고 있나, 나 불쌍해하고 있는 거 아니냐고."

"왜 비비 꽈."

일홍은 저도 모르게 헛웃음을 흘렸다.

"꼬인 인생 살고 있는 사람은 매사가 꼬여 보이나 보지. 너같이 편한 인생이……."

"야! 천일홍!"

준서는 험악한 얼굴로 일홍의 말문을 막아 버렸다.

"먹어, 먹자. 일단."

젓가락으로 라면을 퍽퍽 옮겨 담은 준서는 울컥 치밀어 오르는 감정을 집어삼키려 입안으로 면을 욱여넣었다. 꾹꾹 씹어서 삼키는 동안에도 목이 메어 왔다.

잘 살고 있을 거라고 생각했다. 아니, 떵떵거리며 잘 살지는 않더라도 이렇게 안쓰러운 모습으로 지내고 있을 거라고는 상상조차 하지 못했다.

퍽퍽한 준서의 삶에 부드러운 향기를 내뿜는 존재는 오직 일홍뿐이었다. 그걸 일홍도 당연히 알고 있을 거라 생각했었다. 그래서 홀연히 연기처럼 사라져 버린 사람을 죽어라 원망했었다. 죽지 않고 살아만 있어라, 무슨 수를 써서라도 찾아내서 따져 보겠다고 마음먹었던 적도 있었다.

10년 넘게 친구로 지냈으면서, 애틋한 입맞춤도 나눈 사이였으면서, 보고 싶다고 울먹였으면서.

그랬으면서.

연락이라도 하지, 힘들어졌다고 기대기라도 하지. 남 걱정시키는 일은 죽어라 하지 않는 모범생 천일홍은 그렇게 숨어

버린 거다. 자존심 세고, 은근히 남에게 지기 싫어하던 고명
딸. 언제나 1등을 놓치지 않던 이유가 바로 그런 거였다.

그런 모범생의 세상이 단번에 무너져 버린 거다.

안쓰러운 마음이, 측은한 마음이, 당장에라도 이 집에서
끌어내서 데려가고 싶은 마음이 굴뚝같았다. 그런데 일홍은
자신이 불쌍해 보이느냐며 준서를 비꼬았다. 강산이 변한다
던 10년의 세월 동안 천일홍 꽃잎처럼 부드럽고 향기롭던 아
이가 딱딱해져 버렸다.

그럼에도 심장이 쿵쿵 울렸다. 단지 천일홍을 찾았다는 사
실 하나에 또다시 심장이 뜨거워지고 말았다.

준서는 대접을 다 비우고 난 뒤, 여전히 그릇에 코를 박은
채로 라면 가닥을 입에 넣고 있는 일홍을 바라봤다. 10년 전
에도 또래는 갖지 못한 그윽한 분위기를 풍기던 일홍이었다.
그런데 지금은 그런 그윽함에 묘한 느낌이 더해져 있었다.

모진 세월이 빚어 낸 모난 성격이, 사람의 감정을 꿰뚫어
보는 듯한 메마른 눈동자가, 사람의 감정을 쥐고 흔드는 독
설이 퇴폐적이기까지 했다.

내가 여지를 주면, 너 나 이용할 수 있겠어?

준서는 물끄러미 일홍을 바라봤다. 자신이 가진 부와 명예,
그로 인한 권력까지. 천일홍이 원한다면 얼마든지 이용당해
줄 수 있었다.

단, 전제 조건은 천일홍이 민준서의 곁에 있어야 한다는 것. 이용하는 대신 10년 전처럼 그렇게 부드러운 얼굴로, 그윽한 향기를 품어야 한다는 것. 그래서 민준서가 더 이상 혼자가 아니라고 느끼게 해 주는 것.

"일홍아."

나지막한 목소리가 조용히 울렸다.

"왜?"

그릇에 얼굴을 박고 있던 일홍이 천천히 고개를 들었다. 준서의 얼굴은 차갑게 굳어 있었지만, 가슴은 뜨겁게 차올랐다. 10년 전의 천일홍이 주변의 사랑을 독차지하는 재주 많고 눈치 빠른 애완견이었다면, 지금의 천일홍은 하루 먹고 살기가 숨 가쁜 길고양이였다.

툭 건드리면 쓰러질 모양새를 하고 있으면서도, 날카롭게 발톱을 세우고 으르렁대는 길고양이.

준서의 머릿속이 빠르게 돌아갔다.

chapter
03

사람이 태어나서 거짓말을 배우는 데 걸리는 기간은 불과 100일이 되지 않는다고 한다. 거짓 울음을 앙앙 울어 대며 엄마 혹은 그와 동급인 보호자의 관심을 끌기 위해 노력한다는 것. 세상에 태어난 지 불과 100일밖에 되지 않는 아기도 포커페이스가 가능하다는 뜻이다.

그런데 민준서는 스무 살이 될 때까지 천일홍의 앞에서 감정을 숨기지 못하던 사람이었다. 다른 아이들 앞에서는 차가운 얼굴로 도도한 부잣집 도련님 이미지를 고수하던 민준서가 천일홍의 앞에만 서면 어리광을 부리기도 하고, 심술궂은 장난을 치기도 하고, 발끈 화를 내며 콧바람을 씽씽거리기도 했다.

천일홍 앞에서 민준서는 클라인 병(Klein's Bottle)과도 같았다. 안과 밖이 이어져서 안으로 통한다 싶으면 밖으로 나오는, 안팎의 구분이 없는 사람. 감정을 얼굴에 그대로 드러내서 천일홍이 꿰뚫어 볼 수 있었던 사람.

하지만 10년이 지난 지금 눈앞의 민준서는 무언가 달라 보였다. 클라인 병의 또 다른 특성처럼, 시작과 끝이 구분되지 않았다.

지금 드러내고 있는 복잡다단한 감정이 준서가 자신을 찾아오기 전부터 시작된 것인지, 아니면 이렇게 사는 모양새를 보고 무언가 복잡하게 얽혀 든 것인지 일홍은 가늠이 되지 않았다.

"불러 놓고 왜 말을 안 해?"

"내일 저녁엔 뭐해?"

톡 쏘아붙인 말에 내일 저녁 일정을 묻는 준서였다.

"그냥 이렇게 라면이나 끓여 먹고 있겠지?"

앞에 앉은 이의 표정이 복잡해 보인다고 해서 자신까지 복잡하게 말려들 필요는 없다. 그저 심플하게 사실을 알려 주면 그만인 거다.

"그럼 내일은 이렇게 라면 먹고, 모레는 뭐 네가 알아서하고, 금요일 저녁엔 뭐해?"

헛웃음이 피식 터져 나왔다. 일홍은 젓가락을 상 위에 내려놓으며 고개를 비스듬히 기울였다.

"금요일 저녁에 뭐하냐고."

"별일 없으면 네가 저녁이라도 사게?"

"어."

"왜?"

일홍의 되물음에 준서는 한숨을 한 번 내뱉고는 입을 열었다.

"그동안 쌓인 이야기 좀 하자고."

"그거 해서."

뭐할 건데? 고까운 말투가 툭 하고 튀어나왔다.

오랜 친구? 그런 것도 어느 정도 비슷한 환경에 처해 있어야 가능한 거다. 이렇게 격이 다른 삶을 사는 두 사람이 아무런 조건 없이 친구가 된다? 어디 유럽 영화에서나 나올 법한 이야기였다.

한없이 기울어진 한쪽이 높다랗게 솟아 있는 다른 한쪽에 달라붙어 기어오르고 싶은 건 인간의 본능 아닐까? 순진하게 쌓인 이야기나 하자는 준서의 말에 일홍은 기가 찼다. 이렇게 사는 모습을 보고도, 저 녀석은 때 아닌 우정을 논하려고 하나 보다 싶어서.

준서는 또다시 한숨을 한 번 폭 내쉬더니 자리를 털고 일어났다.

"라면 잘 먹었다. 금요일 저녁 6시쯤 가게로 데리러 갈게."

더 이상 긴말은 하고 싶지 않다는 의미였다. 여기서 왜 저녁을 먹냐, 안 먹는다, 데리러 가겠다, 오지 마라. 그런 피곤한 승강이를 하면 무슨 소용일까? 일홍도 준서를 따라 자리에서 일어섰다.

현관에 서서 구두에 발을 끼우던 준서는 앞에 선 일홍을 흘끔 쳐다보고는 빙그레 웃었다.

"왜 웃어?"

심장이 또다시 갈팡질팡 두근거렸다. 그와 동시에 가슴 한구석이 뜨끈뜨끈해져 버리고 말았다. 부잣집 도련님이 10년 만에 찾은 친구 집에 와서 라면 하나 얻어먹고는 고마운 미소를 짓고 있는 게 감격스러워서?

"좋아서."

순간 말문이 턱 막혀 버렸다. 대기의 흐름이 멈춰 버린 것만 같은 기분이었다. 일홍의 시선은 준서에게 닿은 채로 굳어 있었다.

대체 뭐가 좋은 거냐고, 왜 좋은 거냐고, 이런 상황에서 너는 그런 말이 나오느냐고, 우리 무려 10년 만에 본 거라고. 그렇게 따져야 하는데, 따져 물을 게 너무 많아 어떤 걸 먼저 꺼내 들어야 할지 감이 잡히질 않았다.

"간다. 문단속 잘해라."

가만히 서 있는 일홍의 어깨를 툭툭, 두어 번 토닥거린 준서가 현관문 밖으로 사라졌다. 일홍은 갑자기 현기증이 이는 것만 같아서 신발장에 기대어 섰다. 오래된 나무 신발장에서 삐걱거리는 소리가 났다.

준서가 나가고 난 뒤 집 안의 온갖 냄새들이 코끝에서 느껴졌다. 라면 냄새, 김치 냄새, 단무지 냄새, 디퓨저 냄새, 물이 흘러 내려가 짙어진 하수구 냄새까지.

예민해져 버린 것이다.

온몸의 감각이, 죽이고 살았던 온갖 감정이 모조리 되살아나는 기분이었다. 갑작스러운 변화에 일홍은 구토기가 일었다. 그대로 화장실로 달려가서 꾸역꾸역 삼켜 댔던 라면을 전부 게워 냈다. 속을 비워 내고 나자 이번엔 한기가 일었다.

일홍은 그대로 안방으로 들어가 두꺼운 솜이불을 꺼내 덮었다. 온몸이 덜덜덜 떨려 왔다. 짧은 만남, 아무것도 한 게 없는데 마음이 걷잡을 수 없이 요동쳤다.

미소 한 번에, 다독임 한 번에, 밥 한 번 먹으며 쌓인 이야기나 하자는 말 한마디에.

사르륵 녹아 버리고 말았다. 부정하고 싶지만, 안타깝게도.

꽁꽁 얼어붙은 채로 말라비틀어져 있던 모든 게 되살아나고 싶다며 아우성을 쳐 댔다. 꾹꾹 참아 대던 눈물도 속절없이 주르륵 흘러내렸다.

10년 전 그날, 여관방에서 재희와 부둥켜안고 울었던 그 밤 이후로, 일홍은 절대 엉엉 소리 내어 울지 않았다. 슬픈 영화를 볼 때도, 가슴 짠한 다큐멘터리를 볼 때도, 엄마, 아빠가 미치도록 그리운 날에도 그리 울지는 않았다.

결혼하자 했던 남자가 그쪽 집안의 반대로 아무렇지 않게 떠났던 그날에도 마음이 이렇지는 않았는데.

메마른 눈가에 눈물이 핑 돌기만 할 뿐 주르륵 흘러내리는 법은 절대 없었는데.

그런데 하염없는 눈물이 뺨을 타고 계속해서 흘러내렸다. 입가에서도 흐느끼는 소리가 왈칵왈칵 솟아 나왔다.

작년 초, 가게에 손님으로 왔던 남자와 연애라는 걸 처음 해 봤다. 다정다감한 성격도 아니었고, 좋아서 미쳐 버릴 만큼 아찔했던 연애도 아니었다. 날마다 사랑을 속삭일 만큼 달콤하지도 않았다.

그런데 남자는 결혼이 하고 싶다고 했다. 자신이 의지할 누군가가 생길지도 모른다는 막연한 기대감에 일홍은 그러겠다고 답했다. 그랬는데, 남자는 떠났다. 인사를 드리러 갔던 집에서 느꼈던 싸늘했던 반응을 일홍은 똑똑히 기억하고 있었다.

그날 남자는 덤덤한 얼굴로 일홍을 집까지 데려다주었다. 그러고는 이별을 고했다. 그게 다였다. 슬프긴 한데, 절절한 눈물이 나오지는 않았다. 아쉽기는 한데, 붙잡아다 놓고 매달릴 정도는 아니었다.

그런데 민준서는…… 좋은 시절의 기억을 모조리 함께했던 민준서는 아주 사소한 것들로 일홍의 가슴에 파란을 일으켰다. 그때 그 시절처럼 까르륵 웃어 버리고, 슬프면 엉엉 울어 버리고, 그러면 안 될까?

일홍은 두꺼운 면 이불자락을 끌어다 몸에 칭칭 감았다. 한기는 여전했다. 몸은 추운데 심장은 뜨겁고 가슴은 흐렁흐렁 녹아내렸다.

내가 그렇게 민준서를 이용하면, 벌을 받게 될까?

신은 나에게 그런 아량을 베풀 생각도 없는 걸까?

일홍은 두 눈을 꾹 감았다. 의지와 상관없이 흘러내리는 눈물을 막아 내고 싶었다. 하지만 속눈썹은 계속해서 뜨겁게 젖어 들었다.

나도 행복해지고 싶어. 나도 사랑받고 싶다고. 나도…… 그러니까 나도.

*　　　*　　　*

눈을 떠 보니 안방 가장 높은 곳에 나 있는 작은 창문, 세상 사람들이 보기엔 가장 낮은 곳에 나 있는 작은 창문에서 햇살이 쏟아져 들어왔다. 집 밖에서는 중고 가전제품을 산다는 트럭 안내 방송이 울려 퍼지고 있었다.

몸을 움직이자 끙, 하는 신음이 입에서 터져 나왔다. 이불을 꽁꽁 감은 채로 잠이 들었는지 온몸 여기저기가 쑤셨다. 이마에 손을 가져다 대니 뜨끈뜨끈했다. 침을 삼키기 어려울 만큼 목도 부어 있는 것 같았다.

하루쯤 쉬어 볼까 싶다가도 하루 벌지 않으면 그만큼 생활이 어려워지기에 몸을 일으키곤 했었다. 그런데 오늘은 일어나고 싶지가 않았다.

쉬고 싶을 때 마음 놓고 쉬는 것, 자고 싶을 때 마음껏 늦잠을 자는 것. 일홍에게 있어 꿈이란 그런 거였다. 거창하고 창대한 꿈이 아닌, 지극히 현실적인 것.

오늘 같은 날, 그 꿈 한번 이뤄 볼까 싶었다. 일홍은 몸을 일으켜 서랍장 위에 올려놓은 베개를 끌어 내렸다. 간신히 머리를 베고 누웠는데 허탈함이 몰려왔다.

원하는 걸 이루는 게 이렇게 쉬운 거였다. 이토록 쉬운 걸 원하던 삶이었다는 사실에 쓸쓸한 기운이 더해졌다. 이게 다 민준서 때문이다. 소박한 꿈을 초라하게 만드는 사람…….
일홍은 불현듯 초조해졌다.

그럼, 이런 거 말고 내가 바라는 건 뭘까?

가만히 창문을 통해 흘러 들어오는 햇살을 바라보았다.

찬란하고, 따뜻하고, 부드러운 무언가…… . 혹은 누군가.

일홍은 오른손을 천천히 들어 내리쬐는 햇살을 손바닥으로 가려 보았다. 작은 손바닥으로 얼굴에 그림자가 드리워졌다. 천천히 손가락을 부챗살 펼치듯 벌리자, 그 사이사이로 햇살이 스며들었다.

따뜻하다.

일홍은 천천히 눈을 감았다. 그리고 또다시 스르륵 잠이 들었다.

얼마나 잤을까. 요란하게 울려 대는 휴대전화를 집어 든 일홍은 낯선 번호가 깜빡이는 것을 보고 슬쩍 떴던 눈을 질끈 감았다. 잠시 끊겼던 전화가 다시 울렸다. 힘겹게 눈꺼풀을 들어 올리고 보니 가게 번호였다. 누군가 가게로 전화를 해 일홍의 휴대전화로 연결된 것이었다.

"네."

짧은 음성이 겨우 흘러나왔다. 마음 같아선 받고 싶지 않았지만, 가게에 온 손님이 찾는 전화일지도 모르니 받아야 했다. 하루쯤 푹 쉬자고 마음을 먹었어도 손님의 전화마저 무시할 수는 없었다.

―목소리가 왜 그래?

갑작스러운 물음에 일홍의 눈이 번쩍 뜨였다.

"민준서?"

―어. 너 목소리가 왜 그래?

"그냥 몸살."

하필 이런 순간에 전화를 걸어 오는 이가 민준서란다.

―병원은 갔다 왔어?

"그냥 하루 쉬려고. 왜 전화했어?"

―아니. 뭐 특별히 일이 있어서 전화한 건 아니고.

"근데 너, 내 연락처랑 가게 위치는 어떻게 알았어?"

참 빨리도 물어본다 싶었다.

―누가 알려 줬어. 뭐 좀 먹었어?

대답을 하려는데 밭은기침이 쏟아져 나왔다. 한참 동안 기침을 해 대던 일홍은 겨우 목소리를 냈다.

"아니."

―벌써 오후 4시야. 이제껏 아무것도 안 먹었어? 엊저녁에 라면 몇 가닥 먹고?

준서의 목소리가 머릿속을 어지러이 울렸다.

"나 좀 잘게. 끊는다."

일홍은 준서가 뭐라 덧붙이는 말에도 아랑곳하지 않고 전화를 끊어 버렸다. 툭 하고 휴대전화를 그러쥐었던 손목이 바닥으로 떨어졌다. 머리가 어질어질했다. 나가서 두통약이라도 하나 찾아 먹어야 하나 싶은데 몸이 움직이질 않았다.

*　　　*　　　*

통화를 마친 준서는 태우던 담배 끝을 잡아 불을 꺼트렸다. 이 빌어먹을 담배를 피우기 시작한 것도 다 천일홍 때문이었다. 계집애가 죽어라 연락이 되지 않으니 속을 새까맣게 태우다 시작한 담배였다.

부모를 잃었을 때처럼 서글펐고, 외로웠다. 언제나 매서운 눈으로 이놈이 될성부른 나무가 될 떡잎인지 아닌지를 가늠하던 할머니의 따스한 시선을 받아 보기 위해 애태우던 날들처럼 가슴이 절절 끓어 댔다.

할머니가 뭉텅뭉텅 건네던 용돈을 모아 독립하려 했던 계획은 스무 살이 되던 해 1월, 보기 좋게 무산되었다. 당장 유학길에 오르지 않으면 곡기를 끊겠다고 협박하던 할머니가 급기야는 병원에 드러누우셨기 때문이었다.

"내가 살날이 얼마나 남았다고, 우리 상섭이가 살아 있었으면 저 어린놈이 날 이렇게 괄시하겠나."

죽은 아버지의 이름을 운운하며 곡을 하는 통에 준서는 숨이 꽉 막혀 버리는 것만 같았다. 아버지가 돌아가신 후 할머니 여생의 목적은 준서의 인생이었다.

"네 아범이 한국서 공부해서 그런 게야. 넌 꼭 외국 나가서 공부하고 오너라."

할머니는 아버지가 내로라하는 교수가 되길 원하셨지만, 아버지는 평범한 직장 생활을 택했다. 어머니와 결혼한 이후에 할머니로부터 철저하게 독립하는 것이 아버지의 뜻이었다.

그런데 아버지는 마치 부모의 뜻을 어긴 자식의 처참한 최후를 보여 주듯 출장길 교통사고로 돌아가셨다. 아버지가 돌아가신 이후 할머니의 궤변은 날로 심해졌다.

"이 결혼 절대 시키지 말았어야 했는데, 어디 근본 없는 여자한테 장가를 들어서는."

"어머님! 준서도 이제 다 알아들어요. 제발 그만하세요."

"어디서 바득바득 어른이 하는 말에 토를 달아!"

죽은 아들의 집에 손주인 준서를 보겠다는 핑계로 온 할머니는 쉬지 않고 원망의 소리를 해 대셨다.

아버지 기일이 다가오던 겨울방학, 어머니는 할머니 집 앞에 준서를 데려다주며 말했다.

"준서야. 엄마 잠깐 외할머니 보고 올게. 할머니 댁에서 말씀 잘 듣고 있어."

"응."

날이 너무 추워서 택시에서 내리자마자 할머니 집 대문을 박차고 들어섰다. 그때 택시 밖에 서 있던 어머니의 얼굴을 단 한 번만 돌아봤더라면, 우울한 표정을 발견하고 왜 그렇게 슬퍼하고 있는지 물었더라면, 할머니 집은 싫다고 외할머니 집에 같이 가겠다고 우겼더라면.

그랬더라면 어머니는 살아 계시지 않을까 하는 생각을 수도 없이 많이 했다.

열 살, 준서는 그렇게 혼자가 되었다.

그저 어머니가 외할머니 댁에 급히 가야 해서 맡겨진 줄로만 알았던 준서는 유학길에 오르기 전까지 그 집에서 퍽퍽한 삶을 살아야 했다.

늘 할머니가 정해 놓은 일정대로 움직여야 했고, 정해진 규칙에서 어긋난 행동을 했을 때는 호되게 야단을 맞았다.

할머니에게는 아들도, 며느리도, 손주도 본인의 과욕을 채우기 위한 도구에 불과했다.

사방이 막힌 답답한 현실에서 준서에게 유일한 돌파구는 오직 일홍뿐이었다. 아버지가 교수님이라는, 준서보다 공부를 훨씬 잘하고 예의도 바른 일홍에게 트집 잡을 것이 없어서 할머니는 안타까운 것 같았다.

할머니는 모든 이를 트집을 잡아서 발아래 놓아야 직성이 풀리는 분이었으니 말이다.

어릴 땐 일홍과 함께 지내는 모든 순간이 그저 즐겁기만 했다.

초등학교 앞 문방구에서 몰래 불량식품을 사서 한 입씩 까먹은 일, 교문 앞에서 가위바위보를 해 서로 신발 주머니를 들어 주던 일, 비 오는 날 준서를 데리러 온 기사를 따돌리고 둘이 물웅덩이를 뛰어 다니며 집으로 향했던 일.

유치하고 미숙했던 어린 날의 즐거운 기억은 언제나 일홍과 함께였다.

사춘기에 접어들면서 준서는 일홍을 조금씩 마음에 담았다. 일홍만 보면 마음이 붉어지는 것 같았다. 심장은 두근두근 뛰었고, 발끝이 간질간질거렸다.

그러다 머리가 크고 나서는 두려워졌다. 마주칠 때마다 매서운 시선으로 일홍을 쏘아보는 할머니의 눈빛이, 할머니만

보면 고개를 조아리는 일홍이, 그런 두 사람을 지켜보는 자
신이.

종국에는 아버지와 어머니 같은 결론이 되어 버리고 만다
면?

독립을 준비했던 것도 그런 이유였다. 하지만 어리숙한 계
획으로 할머니의 야망을 꺾어 버릴 수는 없었다.

런던행이 결정됐던 추운 겨울밤, 준서는 무작정 집을 나와
일홍에게로 향했다. 일홍의 집은 마치 백열전구 같았다. 따
뜻하고, 밝은 호박색 빛이 가득한 곳. 준서는 일홍의 집 앞에
서서 초인종을 두어 번 눌렀다.

—누구세요?

들려오는 목소리의 주인공은 일홍의 엄마였다.

"안녕하세요, 저 준선데요. 일홍이 집에 있나요?"

—준서? 이 시간에 웬일이니?

스피커를 통해 들려오는 목소리엔 뭔가 날이 서 있었다.
그토록 따뜻했던 분이 지난가을부터는 유독 차갑게 구셨다.
모정이 그리운 준서에게 한없이 관대했던 분이셨기에, 그럴
때마다 가슴 한쪽이 따끔거리기도 했다.

대놓고 일홍의 어머니에게 차가운 얼굴을 하시는 할머니
가 갑자기 눈앞을 스치고 지났다. 이럴 땐 그런 할머니가 죽
도록 원망스러웠다. 모든 이의 원성을 사는 그 모진 성격이.

준서는 흠흠 목을 가다듬고 입을 열었다.

"일홍이한테 입시 설명서를 빌려줬는데, 급히 봐야 할 부분이 있어서요."

이제는 필요 없어진 설명서를 운운하며 준서는 입술을 꾹 깨물었다. 야심한 밤에 다 큰 딸을 불러내는 남자라니, 아무리 오랫동안 봐 온 친구여도 걱정을 하시는 듯하여 지어 낸 핑계였다. 미숙한 마음 한편을 들킨 것 같아서 자꾸만 어깨가 움츠러들었다.

―잠시만 기다리렴.

스피커에서 울려 나던 위잉 하는 잡음이 없어지고, 곧이어 현관문이 철커덕 열리는 소리가 들려왔다. 타닥타닥 빠른 걸음으로 대문을 향해 걷는 일홍의 발소리도 들려왔다.

갑자기 가슴이 싸해지고 눈이 따끔거렸다. 사내자식이 눈물이 차올라 버릴 것만 같아서 얼른 눈 주위를 늘렸다가 놓았다.

"아오. 추워. 왜 갑자기 왔어?"

방금 샤워를 마쳤는지 머리카락이 축축하게 젖어 있는 일홍이 대문 밖에 섰다. 갑자기 찬바람을 쐐서 그런지 평소엔 투명하도록 흰 뺨이 빨갛게 돋아나 있었다.

"먼저 보고 주지 그랬어. 이렇게 급하게 찾을 거면……."

아무런 대꾸도 없이 내려다보는 시선을 의식했는지 말이

많아진 일홍이었다. 그러더니 입시 설명서를 준서의 얼굴로 들이밀었다.

"자, 가져가."

준서는 일홍의 손에 들린 입시 설명서 대신 아이보리색 스웨터로 덮여 있는 가녀린 손목을 그러쥐었다.

"야, 너 왜."

말이 채 끝나기도 전이었다. 차갑게 굳은 채로 울음을 머금고 있던 준서의 입술이 일홍의 입술 위로 내려앉았다. 어설프게 입술을 가져다 대고 나자 일홍의 어깨가 움찔 떨렸다. 준서는 작은 일홍을 꼭 끌어안았다. 밀어내지 않고 가만히 있는 그녀의 몸짓에 잔뜩 굳어 있던 심장이 스르륵 녹아드는 것만 같았다.

이렇게 품에 안고 있는 것으로, 그저 입술만 가벼이 대고 있는 것만으로 숨이 턱 막힐 만큼 가슴이 차올랐다. 슬쩍 입술을 떼어 낸 준서는 일홍의 이마에 가만히 이마를 댄 채로 속삭였다.

"기다려, 천일홍."

"뭐, 뭘?"

다짜고짜 입을 맞추더니 기다리라고 말하는 준서의 모습에 일홍은 적잖이 당황한 눈치였다.

"나 올 때까지 꼭 기다려."

"너 올 때까지? 너…… 어디 가?"

목이 울컥 매어 왔다. 일단 지금은 할머니가 원하시는 대로 해야만 했다. 혼자서는 할 수 있는 것이 아무것도 없었다.

어른 돼서 올게. 내 뜻대로 할 수 있을 만큼, 내가 내 세상을 책임질 수 있을 만큼만 있다가 올게.

하고 싶은 말은 많았다. 그런데 입이 떨어지질 않았다. 막상 일홍을 보지 못한다고 생각하니 가슴이 미어졌다. 생각했던 것보다 훨씬 더 많이, 예상했던 것보다 한층 더 깊이, 일홍을 마음에 품고 있었나 보다.

"그렇게 됐다."

죽어도 떨리는 목소리는 들려주고 싶지 않아서, 혀를 뒤로 밀어 목소리를 꾹꾹 눌러 담아 힘겹게 내뱉은 말에 일홍의 목소리가 더해졌다.

"잘 갔다 와."

그리 말하며 일홍은 한 발짝 뒤로 물러섰다. 마치 무언가를 알고 있었던 사람처럼 빙그레 여린 미소를 머금을 뿐이었다. 주황색 가로등 불빛이 나뭇잎 사이로 스며들어 일홍의 얼굴 위에서 나부꼈다.

"너희 할머니께서 그러시더라고. 너 이제 외국 나가서 공부할 거라고. 그래서 이 입시 설명서 나 준 건 줄 알았는데…… 이거 찾으러 왔다고 해서……. 너 이제 가는구나 싶어서……."

계집애, 다 알고 있었으면서 여태껏 입을 꾹 다물고 있었단 뜻이었다. 뚝뚝 끊긴 문장이 흐릿하게 떨렸다. 울음을 참고 있는 게 준서 자신만은 아닌 것 같아서 괜히 마음이 놓였다.

"치이, 언제 올 줄 알고 기다리냐? 군대 간 남자 친구 기다리는 것도 힘들다고 졸업한 선배들이 그러던데. 결국 기다리면 군화 거꾸로 신는다고 그러더라, 뭐."

준서의 입가에 미소가 머물렀다. 추운지 바들바들 떨고 있는 일홍을 내려다보다 입고 있던 다운 점퍼를 벗어서 어깨에 둘러 주었다.

"나 빨리 들어가야 해."

"뭐라도 걸치지, 왜 이러고 나왔어?"

"그냥, 네가……."

울컥 눈물이 차오르는 일홍의 목소리에 숨이 가빠 왔다.

너는 우는데, 너는 슬프다는데, 너는 내가 떠나서 아프다는데,

난 왜 이렇게 등신같이 뿌듯해지는 걸까.

"천일홍, 너 분명히 방금 그랬다?"

"뭘?"

군대 간 남자 친구 기다리는 것도 힘들다고. 기다리는 게 힘들다는 말보다 남자 친구라는 말에 집중해 버리고 마는 이

런 편협한 결론이라니.

"늦지 않게 올게. 꼭 기다려. 전화는 자주 못 할 수도 있어. 그 대신 메일 자주 보낼게. 메신저도 항상 켜 둘게. 응?"

일홍은 끄덕끄덕 고개를 주억거렸다.

"일홍아, 밖에서 뭐해? 안 들어오고."

"어, 엄마. 들어가!"

어깨에 걸쳤던 점퍼를 준서에게 건넨 일홍은 스웨터 소맷부리로 눈두덩을 비벼 댔다.

"얼른 가."

"그래, 메신저에서 봐."

또다시 고개를 끄덕끄덕한 일홍은 대문 안으로 쏙 들어갔다. 멀어지는 발걸음 소리를 들으며 준서는 혀끝을 맴도는 알싸한 치약 맛에 미소를 머금었다.

일홍: 나 남자 친구는 사귈 거다. 아까운 스무 살을 이역만리 타국 땅에 간 소꿉친구 기다린다고 허비할 수는 없거든.

준서: 그래, 연애해라.

일홍: ……정말?

준서: 어, 해. 해도 되는데, 키스는 하지 마라.

일홍: 그럼 그거 말고 딴 건 다 해도 돼?

준서: 키스 이상은 하지 말라는 뜻이다.

일홍: 그게 무슨 연애냐? 할 거 다 해야 연애지.

일홍: 야, 민준서.

일홍: 야야.

일홍: 준서야.

준서: 왜?

일홍: 무책임한 놈.

준서: ^^ 그러니까 기다리라고. 오빠가 열심히 공부해서 짜잔 하고 돌아올 테니까……. 만나 보고 싶은 사람 있으면 만나……. 기다리다 힘들면 잠깐 다른 놈이랑 영화 한 편 보는 거 정도는 돼. 포옹까지도 괜찮아. 근데 다른 놈이랑 입 맞추고 그러는 건 절대 하지 마. 처음부터 끝까지 니 입술은 내 거다.

일홍: 누가? 내가? 내가 오늘이 첫 키스라고 언제 그랬는데?

준서: 너…… 오늘 처음 아니야? 대체 누군데? 내가 아는 새끼야?

일홍: 이렇게 나올 거면서 무슨 연애를 하라는 둥 멋있는 척은.

준서: 아, 누군데? 너 첫 키스 누군데? 어떤 새끼랑 했어? 너 나 몰래 누구 사귀었냐? 누구? 맨날 나랑 붙어 다녔으면서 어떤 새끼야? 정식이야? 태정이? 준영이? 누구야!?

일홍: 멍청이.

준서: 아, 왜 멍청이래? 모르면 멍청이야?

일홍: 몰라, 이 멍청아. 나 잘 거야.

준서: 천일홍! 너 이러고 자면 가만 안 둔다. 야! 말해 주고 가! 누군데!

일홍: 밤새 고민해 봐라, 이 멍청아!

천일홍의 첫 키스 상대가 누구였는지, 준서는 런던행 비행기에 오를 때까지도 알아내지 못했음을 분에 겨워했다.

런던에 도착하고 한 달 동안 그는 메신저에서 일홍을 만날 때마다 추궁했다.

준서: 그래서 누군데?

일홍: 아직도 그게 궁금해? 잊어버리지도 않냐? 의외로 기억력이 좋네.

준서: 아, 이 기집애가 진짜.

일홍: 엇쭈? 멀리 있다고 말도 막 하네?

준서: 나쁜 년.

일홍: 그래, 되어 보자! 나쁜 년 나 내일모레 소개팅한당! ^^ 쌔익!

준서: 야, 나를 누가 누구한테 소개시켜 주냐?

일홍: 방송반 선배였던 언니가 자기 대학 동기 소개시켜 준대. 히히. 오빠다, 오빠.

준서: 천일홍.

일홍: 응?

준서: 나도 그럼 여기서 금발 머리에 막막 빵빵한 여자들 만나고 다닌다?

일홍: 와, 좋겠다. 금발에 빵빵한 언니들 만나면 영어가 절로 늘겠다?

준서: 혀!

일홍: 멍청이.

준서: 뭐가, 또! 왜 자꾸 멍청이래? 너 진짜! 내가 니 생각을 좀만 덜했어도 전교 1등이었거든요? 니 생각하느라 허비한 시간 때문에 너한테 1등 뺏긴 거거든요?

일홍: 무서워……. 방금 대문이 덜컹했어! 엄마, 아빠 여행 가셨는데.

준서: ……너 그럼 집에 혼자 있어?

일홍: 응. 엄마가 요즘 계속 우울해하셔서……. 갱년기인지 감정 기복이 심하고, 나한테 화도 잘 내고. 아빠한테는 자꾸 충주 가서 살자고 하시나 봐. 충주가 엄마 고향이거든. 학교 그만두면 안 되냐고, 교수 안 해도 먹고살 수 있지 않냐고. 나한테도 내려가서 학교 다니자고.

준서: 무슨 일 있으신 건 아니고?

일홍: 몰라. 말씀을 안 하셔.

준서: 천일홍, 잠깐만 기다려.

어쩐지 심각해진 분위기에 무섭다 말하는 일홍이 걱정되어 준서는 무작정 방에 놓인 전화기를 집어 들었다. 한 번 들으면 더 듣고 싶고, 계속 듣고 싶어서 가슴이 녹아내릴지도 모른다며 아끼던 전화였다.

뚜— 뚜— 짧은 신호음이 울리고 목소리가 들려왔다.

—여보세요?

울음기가 묻어난 목소리에 심장이 쿵 내려앉았다.

"너 울어?"

—아니.

"그럼 목소리가 왜 그래?"

—그냥 집에 혼자 있어서 말을 안 했더니 목소리가 잠겼나 봐.

말은 그렇게 했지만, 일홍의 목소리에는 물기가 어려 있었다. 일홍의 어머니가 걱정이 되기는 준서도 마찬가지였다.

"괜찮으실 거야. 갱년기가 사춘기랑 비슷하다며? 우리 중학교 때 생각해 봐. 기분이 하루에 열두 번도 넘게 오락가락했잖아."

—준서야.

"응."

대답을 했는데도 일홍은 한참이나 말을 잇지 않았다.

"왜 말이 없어? 전화 끊긴 줄 알았잖아."

─보고 싶어.

심장을 감싸고 있던 꺼풀 하나가 투두둑 뜯겨 나가는 기분이었다. 보고 싶다 말하는 일홍의 울음기 어린 목소리에는 힘이 하나도 없었다. 소개팅이니 뭐니 일부러 밝은 척하려 했다는 걸 준서는 그제야 알아차렸다.

"나도. 나도 많이 보고 싶어. 정말 많이 보고 싶어. 진짜 진짜 많이 보고 싶어."

10년 가까이, 거의 매일 보았던 얼굴이었다. 무슨 일이 생기면 제일 먼저 서로에게 말해 주던 사이였다.

─전화비 많이 나오겠다.

"괜찮아. 오늘만 더 통화하자. 무섭다며. 너 잠들 때까지 통화하자."

일홍의 한숨 소리가 수화기 너머에서 들려왔다. 한달음에 달려가서 안아 주고, 보듬어 주고, 입 맞추고 싶어서 심장이 미친 듯이 떨렸다.

─그러다 할머니께 혼나.

"혼나도 내가 혼나."

─나도 혼날 것 같은데?

"너 안 혼나게 할게. 걱정 마."

─치이. 할머니 여전히 정정하셔. 너 가고 나서는 좀 수척해지셨지만. 할머니께도 연락 자주 드리고 해.

"내가 안 해도 할머니가 자주 하셔. 암튼 천일홍 오지랖은."

—이게 오지랖 같아?

"그럼?"

—멍청해, 정말.

"너 그날부터 툭하면 나한테 멍청하다고 하더라?"

발끈해서 건넨 말에 일홍은 시치미를 뚝 떼며 물었다.

—그날? 언제?

"우리 키스한 날."

—그게 키스야? 그냥 뽀뽀 아니고?

애틋한 사나이 가슴에 불을 지르는 일홍이었다.

"그래서 넌 그거 말고 진한 키스라도 해 봤어? 대체 어떤 새끼야?"

—으유! 진짜! 민준서! 나 잘래!

"말문만 막히면 잔대지?"

—몰라. 졸려! 소개팅 나가려면 피부 관리도 좀 해야겠어!

"야, 너 그 소개팅 진짜 나가? 진짜 나갈 거야? 너 그거 진심이었어?"

심각하게 쏘아붙인 말에 일홍은 한마디로 일갈했다.

—연애해도 된다며?

어쩐지 그 목소리가 뾰로통해서 준서는 고개를 갸웃했다. 연애하라는 말에 삐친 걸까? 첫 키스한 날 다른 남자 만나도 된다는 말을 한 게 화근이었나? 정말 그래서 천일홍이 계속 멍청이라고 쏘아 대나? 쿨하고 멋진 남자가 되고 싶었는데.

"하지 마!"

─몰라! 나 잘 거야!

뚝, 허탈하게 전화가 끊겼다. 그러고 며칠 동안 일홍은 연락이 없었다. 메신저에도 들어오지 않았고, 이메일도 읽지 않는 듯했다. 그리고 일홍이네 집은 계속 전화를 받지 않았다.

며칠이 한 달이 되고, 한 달이 1년이 되고…… 그렇게 시간은 흘러갔다. 수소문을 할 친구도 마땅치 않았다. 초등학생 때부터 성인이 될 때까지 나란히 졸업한 학교에서 천일홍은 친구가 많았고, 민준서는 치맛바람 거셌던 할머니 덕에 적이 더 많았기에.

몇 안 되는 친구들에게 연락을 해 보았지만 모두들 하나같이 일홍에 대한 소식을 모른다고 했다.

단단한 벽이 가로막힌 기분이었다. 세상에 오롯이 혼자가 된 기분. 처음엔 소개팅이 잘돼서 남자에 미쳤나 싶었다가, 그래서 화가 났다가, 결국 마음이 깊었던 만큼 원망이 깊숙이 자리 잡았다.

영국에서 학사 과정을 마치고 돌아와서는 할머니의 반대를 무릅쓰고 군대도 갔다. 군대에 있는 동안은 한국에 머물

수 있으니 말이다. 그러는 동안 찾아보리라고 생각했다.

그런데 천일홍은 어디에도 없었다.

살던 집은 연락이 끊긴 그 시점에 이사를 한 것처럼 보였다. 일홍이 살던 집에 살고 있는 사람이 그때쯤 이사를 왔다고 했으니 말이다. 혹시나 어머니의 고향인 충주로 내려갔나 싶어 할머니 몰래 휴가를 나와 충주에서 3박 4일을 돌아다니기도 했었다.

그게 전부였다. 할 수 있는 일이라고는. 정말 멍청하게도.

그렇게 시간이 흐르고 미국에서 박사 과정을 밟다, 할머니가 알츠하이머 판정을 받았다는 소식을 듣고 한국으로 완전히 들어왔다. 그토록 정정하던 할머니가 총기를 잃고 점점 어린아이가 되어 가는 모습에 준서는 가슴이 텅 비는 것만 같았다.

차라리 혼자라고 느꼈던 세상이 더 나았다. 자신을 몰아붙이던 이가 무너지는 모습을 지켜보는 것은 혼자서 발을 딛고 있던 좁은 땅마저 무너져 내리는 기분이었으니까.

어디든 기대고 싶었는데, 기댈 곳이 없었다. 그럴수록 일홍에게 길들여졌던 마음이 요동쳤다. 할머니의 성화로 한국에 들어올 때마다 선을 몇 번 봤고 선본 여자와 몇 개월 만났던 적도 있었지만, 그게 전부였다. 정말 이렇다 할 것도 없이 그게 다였다.

그러다 공식적인 동창회는 아니어도 만남을 이어 가고 있는 고등학교 시절 친구들의 모임이 있다는 소식을 접하게 되었다. 준서는 좋았던 시절의 따스했던 기운이 그리워 자리에 나갔다.

"민준서? 이여, 이게 얼마 만이야. 살아 있었네?"

호탕하게 인사를 건넨 이는 천일홍의 첫 키스 후보 중 한 명이었던 정식이었다.

"오랜만이다."

"한국에 완전히 들어온 거야? 미국으로 갔다는 소식은 들었는데."

"어, 할머니가 좀 편찮으셔서."

"아…… 그래?"

할머니 이야기에 정식의 얼굴에 뭔가 씁쓸한 기운이 맴돌았다.

"혹시, 여기 천일홍도 와?"

"일홍이?"

정식의 되물음에 대답을 한 건 준서가 아닌 재희였다.

"일홍이는 안 와."

여자 친구들 중에서는 일홍과 가장 친했던 재희였다. 혹시…… 알까?

"그래? 천일홍 잘 지내?"

"민준서. 너 뭔데 일홍이 소식을 궁금해해?"

적대적인 재희의 물음에 준서는 설핏 미간을 찌푸렸다.

"야야. 아이고, 여기 없는 애는 왜 찾아? 그냥 오랜만에 봤으면 모인 사람끼리 놀면 되지."

싸해진 분위기를 수습하고 나선 정식을 재희가 매섭게 쏘아봤다.

"갈래. 앞으로 민준서 오면 나 안 나올 거다!"

"아, 기집애 앙탈은! 준서야, 나 우리 재희 택시 좀 태워다 주고 올게."

꼭 붙어 앉아서 커플링을 끼고 있는 모양새가 결국 둘이 그렇게 됐구나 싶었다. 준서는 정식과 재희가 일어서 나간 자리를 바라보며 소주잔을 기울였다. 그렇게 눈앞이 휙휙 돌 때까지 술을 마셔 댔다.

재희를 보내고 온 정식은 다시 자리를 차지하고 앉았다.

오랜만에 만나서 반갑다. 넌 무슨 일하니? 결국 할머니 일을 물려받았구나. 잘 부탁한다. 울 아부지 너네 할머니 회사 경비실에 계신다.

정식의 말에도 뭔가 가시가 돋아났지만, 준서는 그게 대체 뭔지 찾을 수 없었다. 한숨을 폭 내쉬다 말고 정식의 손가락에 끼워진 반지를 보며 물었다.

"반지 좋아 보인다. 커플링이야?"

"야, 결혼반지야. 우리 재희랑 결혼한 지 딱 1년 됐다."

정식은 손가락을 활짝 펴 보이며 실실 웃었다.

"반지가 특이하네."

"그치? 이거 일홍이가 만들어 준 거거든."

"뭐?"

준서의 미간이 순식간에 좁아졌다.

"일홍이가 만들어 줘?"

"아, 씨발. 이거 너한테는 절대 말하면 안 되는데. 우리 재희가 졸라 빡쳐서 나 또 막 갈굴 텐데."

"모른 척하면 되잖아. 천일홍…… 요즘 어떻게 지내?"

심장이 쿵쿵거렸다. 왜 그렇게 천일홍에게 집착하느냐고 묻는다면, 답은 하나였다. 오로지 세상에 혼자라고 생각지 않았던 순간은 천일홍과 함께했던 그날들뿐이었으니까. 친하지도 않았던 이들 사이에 껴서 앉아 있었던 건, 다들 불편해하는 줄 알면서도 이러고 있는 건, 오직 천일홍 하나 때문이니까.

정식은 휴대전화를 꺼내더니 한참 동안 뭔가를 뒤져 댔다.

"여기 있다!"

그러다 준서 앞에 내민 건 두 사람의 결혼사진이었다. 정식과 재희 사이에 서서 부케를 들고 웃고 있는 일홍의 모습에 준서는 심장이 터질 것만 같았다. 이 둘은 결혼한 지 1년이 넘었다고 하는데, 부케는 보통 수개월 내에 결혼할 여자가 받지 않나?

"일홍이…… 시집갔어?"

그럼, 단념할 수 있겠지.

"……하아…… 아니."

정식은 한숨을 폭 내쉬며 빈 소주잔을 채우고는 단숨에 비워 냈다.

"뭐, 저때 연애는 잠깐 했나 봐. 근데 씨발 그 새끼 부모가 일홍이 부모님 안 계시다고 반대했대. 그 병신 같은 놈이 우리 엄마가 안 된대, 하고 돌아섰단다. 나쁜 새끼. 천일홍은 왜 이렇게 남자 복이 없냐? 시작이 그지 같아서 그런가, 민준서?"

마지막 물음에는 가시가 있었지만 준서는 그것보다 앞의 말이 더욱 신경 쓰였다.

"일홍이 부모님이 왜 안 계셔?"

"돌아가셨잖아. 우리 대학 입학 전에."

"뭐?"

술기운이 올라오는 건지 갑자기 현기증이 일었다.

"일홍이 지금 어디 있어?"

"왜. 일홍이 찾고 싶어서 나왔냐, 오늘?"

"어."

"찾으면 뭐하게, 새꺄. 싹싹 빌래? 잘못했다고?"

"그래. 빌든지 따지든지 내가 알아서 할 테니까. 일홍이 지금 어디 있어?"

의자에 늘어져 있던 정식은 한숨을 폭 내쉬며 재킷 주머니에서 지갑을 꺼냈다. 그리곤 지갑 안을 이리 뒤지고 저리 뒤지다 테이블 위에 명함 한 장을 올려놓았다.

"천일홍이 종로 바닥에서 죽어라 일해서 낸 가게다. 우리 중에 공부 제일 잘하던 애가 대학도 못 가고, 지 혼자 살아 보겠다고. 내가 씨발, 걔네 아버지 의붓형인지 뭔지 하는 사람이 일홍이 집에서 쫓아내는 거 보고. 기가 막혀서."

기가 막혀 오는 건 준서도 마찬가지였다.

"그래서?"

"겨우 장례식 치르고 남은 부의금 세었는데 월세방도 못 구하는 거야. 그래서 결국 달방에서 지냈어, 한동안."

"달방?"

준서의 되물음에 정식은 한심하다는 듯 비웃었다.

"여관, 이 새끼야."

말문이 턱 막혀 버렸다.

"근데 그런 천일홍을 찾아와서. 아오, 내가 그날 진짜."

정식은 또다시 소주잔을 비워 냈다. 허탈하게 앉아 있던 준서가 손을 뻗어 명함을 집으려던 순간, 정식의 손이 먼저 그것을 낚아챘다.

"너 이제 할머니 손에서는 벗어났냐?"

빈정거림에 속이 울컥 뒤집어졌다.

"아프시다더니, 어디가 아프시냐?"

"알츠하이머야. 벗어나고 자시고 할 것도 없어. 본인이 누군지도 모르셔."

"노인네 벌 받았네."

"문정식!"

"왜, 이 새끼야! 뭐?"

"줘, 일홍이 연락처."

준서는 한숨을 내쉬며 손을 내밀었다.

"사과할래?"

"그래. 할게, 사과."

"싹싹 빌어, 이놈아."

정식은 준서의 손바닥 위에 명함을 한 장 올려 주었다.

"니들은 왜 그렇게 꼬여서 사람 복장을 터지게 하냐. 아, 술이 없네. 이모! 여기 소주요!"

빈 소주병을 손에 든 채로 정식이 중얼거렸다.

"알어. 네가 어떤 마음으로 여기 나왔을지. 너도 그런 할머니 때문에 답답했겠지. 너 수능 끝나고 나한테 안 그랬냐? 같이 도망가자고. 원양어선이라도 타자고. 독립해서 넌 천일홍한테 같이 살자고 꼬실 거니까, 나한테는 재희 데리고 살

거냐고 물었던 거 기억나냐?"

"내가 그랬냐?"

"그래, 그랬다. 형은 아주 자랑스럽게도 우리 재희 이제 데리고 산다, 이놈아."

뿌듯한 미소를 슬쩍 머금던 정식은 또다시 한숨을 내쉬었다.

"일홍이 그동안 충분히 힘들었다. 그 기집애 아파도 아픈 거 티 못 내고 정말 죽자 사자 살더라. 가서 싹싹 빌어. 빌어라……. 제발…… 너라도 가서…… 잘못했다고, 미안하다고 빌어라……."

주문한 소주 한 병이 나오기도 전에 정식은 테이블에 머리를 박고 잠이 들었다.

그렇게 10년 만에 손에 넣은 일홍의 연락처를 준서는 며칠 동안 하염없이 바라보기만 했다. 너라도 가서 빌라는 말이, 싹싹 빌라는 정식의 말이 계속 마음에 걸려서였다. 정식에게 연락을 해 보았지만, 그는 그날 일에 대해서 회피하는 모습이었다.

찾았다, 천일홍을.

이제 일어설 수 있을 것 같다.

다시는 혼자가 아닐 수도 있겠다.

천일홍이 있어서.

텅 빈 담뱃갑을 우그러뜨린 준서는 재킷 주머니 속에 차
키가 있는지를 확인했다.

chapter
04

어느샌가 또 잠이 들었던 일홍은 이마 위에서 느껴지는 축축하고 미지근한 온도에 정신이 들었다. 쪼르륵 물이 흐르는 소리가 귓가에 들렸다. 무슨 소릴까? 살짝 눈을 떠 보니 민준서가 플라스틱 대야에 손수건을 짜고 있었다.

"너 뭐해?"

"깼어? 기다려 봐."

준서는 전자 체온계를 가져다 일홍의 귓구멍에 넣었다. 집에 저런 물건이 있었던가?

"많이 내렸네. 이제 37.8도다."

"언제 왔어?"

"두 시간쯤 됐나?"

"지금 몇 신데?"

"저녁 7시."

그럼 5시에 왔다는 건데, 아까 오후 4시가 되도록 아무것
도 먹지 않은 거냐며 묻던 준서의 목소리가 떠올랐다. 전화
끊자마자 바로 달려온 거야? 대체 왜?

"잠깐 있어. 죽 데워 올게."

몸을 일으켜 앉고 싶은데 움직이질 않았다. 일홍은 그저
가만히 누워서 방을 한 번 휘둘러보았다. 문 한 짝 달린 옷
장, 이불을 올려놓는 5단 서랍장, 화장대로 겸해서 쓰고 있는
TV 거치대가 눈에 들어왔다.

3년을 함께한 물건들인데, 오늘따라 그 모양새가 참으로
낯설었다. 이 공간에 민준서가 들어와 있다는 사실 때문일
까.

다시 무거운 눈꺼풀을 내리려는 순간 삐거덕 방문이 열리
는 소리가 들렸다. 그리고 방바닥에 연분홍색 교자상이 놓였
다.

"이게 뭐야?"

"오다가 사 왔어."

"분홍색이 뭐야, 유치하게."

"유치해? 너 분홍색 엄청 좋아했잖아."

빙그레 웃으며 묻는 준서의 얼굴을 마주하자 가슴이 스르륵 녹아내리고 말았다.

"자, 일어나서 먹자."

"나중에 먹을게."

"암튼 천일홍 고집은."

눈을 질끈 감은 일홍의 목 아래로 커다란 손이 들어오고, 다른 커다란 손은 등을 받혀 안았다.

"야, 너."

언제 옮겨다 놨는지 거실에 있던 쿠션이 등 뒤에 닿았다.

"있어 봐."

일홍을 일으켜 앉힌 준서는 물수건으로 닦아 낸 탓인지 그녀의 얼굴 옆선을 따라 붙어 있는 젖은 머리카락을 기다란 손가락으로 정리해 주며 빙긋이 웃었다. 그의 손가락이 닿았던 자리가 화끈거리는 것만 같았다.

준서는 작은 냄비에 담겨 있는 죽을 대접에 덜어서 후후 불기 시작했다.

"너무 뜨겁게 데웠네."

한참을 불어 대던 준서는 입술에 숟가락을 한 번 가져다 대었다가 일홍의 입가로 가져왔다.

"자, 아 해."

일홍의 입에서 허 하고 웃음이 터져 나왔다.

"어서, 팔 떨어져."

일홍은 작게 입을 벌려 숟가락을 머금었다.

"옳지!"

또다시 대접에 있는 죽을 한 숟가락 퍼서 후후 부는 준서를, 일홍은 찬찬히 살폈다. 하얀 드레스 셔츠가 땀인지 물인지에 젖어 있었다. 그에게서 나는 우디향은 가슴이 설렐 만큼 푸근했다.

"자, 아!"

일홍은 준서가 먹여 주는 죽을 순순히 받아먹었다.

"안 먹는다더니 한 대접을 다 먹었네. 잘했어."

빙그레 웃으며 잘했다고 해 주는 준서의 말에 눈물이 핑 돌고 말았다. 여태껏 이렇게 사는 일홍에게 장하다, 기특하다, 잘했다 말해 주는 사람은 아무도 없었다. 그저 안쓰럽게 보는 이들만 있었을 뿐. 가장 친한 재희조차 일홍에게 그런 말을 건네지는 않았었다. 친구 사이에 너 참 기특하다 하는 게 더 이상한 일일지도.

그런데 잘했다는 준서의 말 한마디가 너무도 감격스러워 눈물이 왈칵 고였다.

더 듣고 싶어. 나 잘했다고. 나름 잘 살고 있다고. 정말 기특하고, 장하다고.

입술을 잘끈 깨물며 일홍은 준서를 바라봤다.

"이제 약 먹자."

"응."

대답이 고분고분 흘러나왔다. 아파서 죽을 것 같은 날에도 약국에서 약 한 알과 드링크제 한 병만 사 먹으면 그만이었다. 아파도 살갑게 돌봐 줄 이가 없으니까, 맘 놓고 아파할 수가 없으니까.

준서가 물 컵에 꽂은 빨대를 아랫입술에 대 주자 일홍은 가만히 물을 한 모금 머금었다.

"약은 식후 바로 먹으라고 하더라. 속 쓰릴지도 모른다고."

준서는 일홍의 입안으로 알약 세 개를 넣어 주었다.

"물 다 마셔."

일홍은 시키는 대로 물 한 컵을 전부 마셨다. 죽도 먹고, 약도 먹고, 물도 마시고 나니 무거웠던 머리가 아주 조금 맑아지는 것 같았다.

"좀 앉아 있다가 누울래?"

"응."

"그래, 그럼. 나 이것 좀 내놓고 올게."

준서가 분홍색 교자상을 들고 방을 나선 뒤 일홍은 쿠션에 등을 비스듬히 대고 딱딱한 벽에 머리를 기댄 채 두 눈을 감았다. 얼마 만에 느껴 보는 호사인지, 무거운 몸이 둥둥 떠다니는 기분이었다.

약 기운이 몸으로 퍼져 나가 팔다리가 노곤해지기 시작했다. 그렇게 갔는데도 스르륵 잠에 빠질 것 같았다. 머릿속까지 몽글몽글해지는 기분에 그저 두 눈을 감은 채로 가만히 있었다. 어쩐지 기분이 좋아지는 것 같았다. 그때 딱딱한 벽에 닿아 있던 머리 뒤로 커다란 손이 슬며시 들어왔다.

일홍은 눈꺼풀을 밀어 올리고는 슬쩍 시선을 돌려 보았다.

"이렇게 기대 있어."

이마 오른쪽이 준서의 왼쪽 가슴에 닿았다. 얇은 드레스 셔츠 사이로 쿵쿵 울리는 심장 소리가 들려왔다. 따뜻한 온기와 푸근한 향기를 느끼며 일홍은 두 눈을 감았다. 토닥토닥, 왼쪽 팔뚝을 가만히 토닥거리는 준서의 손길이 느껴졌다.

"잠들면 눕혀 줄게. 자."

"……준서야."

"어."

이름을 부르기는 했는데, 뭐라고 말을 해야 할지 몰라서 일홍의 입이 딱 붙어 버렸다.

"현관문 고장이야? 아무리 문 두드려도 안 나오기에 열어 봤는데 열리더라?"

"어. 안에서 잘 안 잠겨."

"고쳐야지. 저걸 왜 그냥 둬."

고칠 여력이 없어서. 난 말이야. 내가 다 알아서 하고 살아

109

야 해. 근데 그러기엔 하루가 너무 짧더라. 잊어버렸다, 내일 해야지, 하면서 하루가 가고, 이틀이 가고. 그렇게 고장 난 집이며, 물건이며, 내 마음이며…… 못 고치고 살았어.

"저것부터 고쳐야겠네. 자는 동안 고쳐 놓을게. 아예 도어록을 달아야겠다. 어두운 데서 열쇠로 여는 것도 불안하고. 아, 생각난 김에 전구도 갈아야겠다. 가스레인지는 정말 써도 된대? 불이 잘 안 붙던데? 집에서 라면 말고 다른 거, 뭐해 먹기는 해?"

준서의 물음이 끊임없이 이어졌다. 그런 물음이 마치 자장가처럼 들려서 일홍의 얼굴에 빙그레 미소가 지어졌다.

"준서야."

"응."

"나 어지러워."

"그러니까 자라고."

"근데 네가 자꾸 말하잖아."

후후 하고 웃는 소리가 준서의 가슴에서 울려 났다.

"그래, 자라. 미안하다."

팔뚝을 토닥이던 손길이 머리로 옮겨 왔다. 한참 동안 준서는 일홍의 머리카락을 매만지며 쓰다듬었다.

"……고마워."

일홍의 목소리가 스르륵 잠겼다. 준서는 가만히 품에 안겨 있는 그녀를 내려다보았다. 아파서 그런 건지 톡 쏘아붙이지도 못하고 이렇게 찰싹 달라붙어 있는 모습에 가슴이 저렸다.

살다 보면 그런 사람이 있다. 분명 나이를 먹었는데, 세월은 야속하게 지나고야 말았는데, 그때 그 시절 그 기분을 느끼게 해 주는 사람 말이다. 그건 오랜만에 만난 친구일 수도 있고, 안타깝게 엇갈린 옛 연인일 수도 있다.

그때만큼 순수한 마음은 아닐 테지만, 철모르는 어린애가 아니어서 이것저것 생각이 많아질 수도 있지만.

그때 제대로 시작도 못 해 본 거 다시 해 볼래, 우리.

잠이 들었는지 새근거리는 숨소리를 내고 있는 일홍의 오른손을 준서가 꼭 잡고 보듬었다.

"……간지러워."

"어, 미안."

"나 누울래."

"그래, 그러자."

준서는 일홍을 두꺼운 요 위에 눕혀 주고는 가슴께까지 이불을 덮어 주었다. 아파서 그런 건지 고분고분해진 태도에 가슴 한구석이 뜨겁게 차올랐다. 일홍의 옆에 몸을 누인 준서가 이불 위에 손을 올린 뒤 다독거렸다.

"준서야."

"응?"

왼쪽 팔로 머리를 괸 준서의 오른손은 계속해서 일홍을 다독거리고 있었다.

"너 손 위치가 묘하다?"

"미안. 몰랐다, 야."

"모르긴 왜 몰라? 가슴이 배에 달린 여자도 있어? 개야?"

장난스러운 일홍의 물음에 웃음이 툭 터져 나왔다.

"천일홍."

"왜."

"아프니까 제법 고분고분해지네."

일홍은 대답이 없었다.

"안 아파도 고분고분해지면 안 될까?"

또 대답이 없다. 일홍은 준서의 손을 걷어 내고는 돌아누웠다.

"생각 좀 해 보고. 근데 너 안 가?"

"문도 고장 난 집에 널 혼자 두고 가라고? 안 갈란다."

"계속 이러고 살았어. 걱정 말고 가."

일홍의 목소리가 흐릿해졌다. 기집애. 가라는 거야, 말라는 거야? 수수께끼 같은 뉘앙스로 사람 헷갈리게 하는 건 10년이 지나도 여전한 천일홍이었다.

"나도 너 잠들면 생각 좀 해 볼 테니까. 얼른 자."

준서는 등받이로 사용하는 쿠션을 집어다가 방바닥에 놓

고는 다시 자리를 잡았다.

"안 배겨?"

"왜 이래? 나 이래 봬도 군대도 갔다 왔어."

"너 군대 갔었어? 안 갈 줄 알았는데."

"남자의 의무를 저버리면 쓰나."

으스대듯 한 말에 픽 하고 웃는 소리가 들려왔다. 여전히 코맹맹이 소리가 나긴 했지만, 오후에 전화로 들었던 음성에 비하면 훨씬 나아져 있었다. 그 목소리가 은근히 애교스럽기도 해서 준서는 괜히 웃음이 났다.

앞뒤 재지 못하고 속절없이 마음이 가고 마니, 내가 천일홍을 찾기는 찾았구나.

"일홍아."

"응."

"얼른 나아라."

"응, 내일 가게 문도 열어야 해."

"내일도 그냥 쉬어."

"벌어야 먹고살지. 오늘 하루 문 안 연 것도 큰맘 먹고 그런 거다."

뭉클뭉클 가슴이 뭉쳐지는 기분이었다.

"그래, 그럼. 너무 무리하지 말고. 모레 저녁에는 맛있는 거 사 줄게."

"밥은 내가 사야 할 것 같은데……."

"그럼, 네가 사든지."

"벼룩의 간을 빼먹지."

"아, 네가 먼저 사야 할 것 같다며?"

"사야 할 것 같댔지. 언제 산댔냐?"

"자라, 천일홍. 코맹맹이 소리 듣기 싫어."

준서의 입가에 걸린 미소가 짙어졌다.

꽁꽁 얼어붙은 얼음을 단번에 녹여 버릴 수는 없을 거다. 주변부터 천천히 녹이다 보면 깊고 깊은 물속에 숨어 있는 얼음 뿌리라도 발견할 수 있겠지.

스르륵 눈꺼풀이 내려앉았다. 새근거리는 일홍의 숨소리가 방 안을 조용히 울렸다.

✳   ✳   ✳

하늘은 뿌옇고 공기는 탁했다. 미세 먼지 주의보가 내린 탓에 거리를 오가는 이들의 입가에는 하나같이 마스크가 드리워져 있었다. 바람이 불어오자 벚꽃은 희뿌연 대기에 아랑곳하지 않겠다는 듯 선연히 나부꼈다.

마스크 대신 끌어 올린 스카프 자락으로 코와 입가를 가린 채 잰걸음을 걷던 일홍은 가게 앞에서 한참을 두리번거리며 쇠꼬챙이를 찾았다. 그러다 문득 셔터를 손수 내려 주었던 준서의 단정한 얼굴이 머릿속을 휙 휘저었다. 또 심장은 너무나 당연하다는 듯 솟아올랐다.

풍당풍당 흔들거리는 심장을 잠재우려, 일홍은 한숨을 크게 들이마시고는 숨을 골랐다.

"여기 있었네."

옆 가게와 공방 사이에 놓인 우산 꽂이에서 쇠꼬챙이를 집어 들었다. 지은 지 오래된 건물에 있는 일홍의 공방 셔터는 그 세월을 몸소 보여 주려는 듯 녹이 슬어 있어서 끌어 내리는 것도, 밀어 올리는 것도 여간 힘든 게 아니었다.

자물쇠를 풀고 고리에 쇠꼬챙이를 걸어서 힘껏 밀어 올리자 덜덜거리는 소리와 함께 문이 밀려 올라갔다. 일홍은 한숨을 한 번 내쉬고는 유리문에 달린 보안기의 방범 해제 버튼을 눌렀다.

딱 하루 쉬었을 뿐인데 모든 과정이 낯설고 생소했다. 딱하루, 그렇게 딱 하루 누군가의 도움을 받았을 뿐인데.

가게 안으로 들어서니 답답한 공기가 들어차 있었다. 바깥 공기도 썩 질이 좋은 편은 아닐 테지만, 일홍은 숨이 막힐 듯 갑갑한 실내를 환기하기 위해 문을 열어 두었다. 퀴퀴한 냄새를 없애려고 향초에 불을 붙이는데 누군가 가게 안으로 들어서는 인기척이 느껴졌다.

"어서 오세…… 어? 째희!"

"뭐야, 이롱이롱. 아프다고 해서 걱정돼서 왔더니. 얼굴은 더 좋아 보인다?"

"그, 그래?"

일홍은 아침부터 발그레하게 달아올라 있는 볼을 머쓱하게 문질러 댔다.

"뭐야아? 이롱이롱, 너 진짜 이상하다? 어제 아팠던 거 맞아?"

"죽는 줄 알았어, 진짜. 눈앞이 아주 핑핑 돌았다니까. 가게 문도 못 열 지경이었거덩?"

툭툭 변명의 말을 늘어놓으며 일홍은 괜히 가게 정리를 한답시고 애꿎은 레이스 리본 자락을 감았다 풀었다 하고 있었다.

"지금은 괜찮고? 약은 먹었어?"

"응, 먹었어."

"아침은? 저 앞에 김밥집 가서 멸치김밥이라도 사 올까?"

"아니, 아침 먹었어."

눈가가 이상한 모양으로 일그러진 재희의 입에서 스읍 하는 소리가 흘러나왔다.

"아침을, 먹고 나왔다고?"

저녁도 귀찮아서 안 해 먹는 애가 아침을 먹고 왔다고 하니 이상할 만도 하지.

"어제 죽 배달시킨 게 있어서. 남은 거 데워 먹었어. 약 먹으려면 밥은 먹어야 한대서."

"누가?"

"어?"

껌뻑껌뻑, 눈꺼풀이 천천히 내려앉았다가 올라가는 소리가 귓가에 들리는 듯했다.

"야, 약사가. 약이 독하다고, 위장 버릴지도 모른다고, 빈속에 먹지 말라더라."

대충 얼버무렸지만, 눈치 빠른 재희가 무언가를 잡아 내기 위해 골똘히 생각하고 있는 소리가 가게 밖까지 울려 퍼지는 기분이었다.

모범생 천일홍은 거짓말엔 영 소질이 없었다. 게다가 십수 년을 함께한 가장 친한 친구에게 표정을 숨기는 일은 불가능했다.

제발 한 명만 들어와라, 한 명만.

무언가 묻고 싶어서 입술을 달싹이고 있는 재희가 정곡을 찌르는 질문을 내던지기 전에 누군가 제발 가게로 들어와 주기를.

그렇게 간절히 바라는 순간, 일홍의 휴대전화가 요란하게 울려 댔다. 번호를 보니 어제 낮에 무시해 버렸던 그 휴대전화 번호였다. 이어서 준서가 가게로 건 전화를 받았으니, 이 번호가 그의 것인가 싶은 생각이 들었다.

준서를 떠올리자 또다시 심장이 콩닥콩닥 울리기 시작했다. 일홍은 괜히 가게 앞에 선간판을 내놓는 척하며 휴대전화를 들고 밖으로 나갔다.

"여보세요?"

—가게 문은 잘 열었어?

역시나 전화기 너머에서 들려오는 목소리의 주인공은 준서였다. 수업에 늦지 않으려는 학생들이 와자지껄하게 일홍의 옆을 바삐 지나갔다.

—밖이야?

"어, 잠깐 가게 앞에 나와 있어. 선간판 내놓느라."

시끄러운 중에도 준서의 목소리는 제법 또렷하게 들려왔다. 심장이 울리는 소리가 귓가에 아스라이 울려 퍼질 만큼 설레서 일홍은 아랫입술 안쪽을 잘근잘근 씹었다.

—몸은 좀 괜찮아?

"음, 어제보다 훨씬 좋아."

—그 약 많이 졸릴 거라고 했어. 커피 같은 카페인 음료는 마시지 말라고 하더라.

입가에 자꾸만 진한 미소가 새겨져 일홍은 볼을 입 안쪽으로 홀쭉하게 모아 보았다.

─듣고 있어?

"어, 들어."

─점심 잘 챙겨 먹고, 약도 거르지 말고. 이따 언제 끝나? 나가 봐야 알 것 같다고 아까 그랬잖아.

아침에 눈을 뜨자마자 가게 문은 몇 시에 닫느냐는 준서의 물음에 일홍은 당장 대답을 내놓지 못하고 나가 봐야겠다고 얼버무렸었다.

"좀 있어 봐야 알 것 같아."

─그래, 그럼 전화 줘. 이게 내 번호다.

"알겠어."

애 목소리가 원래 이렇게 자상했던가. 전화 통화를 마치며 제일 먼저 든 생각은 바로 그것이었다.

"천일홍."

통화를 마치고 돌아서는데 문가에 팔짱을 낀 채로 비스듬히 기대 서 있는 재희의 모습이 눈에 들어왔다.

"누구야아?"

"그냥, 뭐."

"그냥, 뭐어? 누군데에?"

일홍은 재희를 지나쳐 성큼성큼 가게 안으로 들어갔다. 오전 정기 수업을 준비하는 척 삼나무 테이블 위를 정리하기 시작하자 재희가 작은 손을 낚아채듯 잡았다.

"우리 일홍이 연애해요? 이 언니한테 말도 안 하고? 죽이랑 약은 그 남자가 사다 줬구나! 세상에. 집까지 와? 뭐하는 남잔데?"

재희의 얼굴에 발그레한 미소가 번져 갔다. 정식과 결혼을 한다는 말에 축의금 대신 내민 커플링을 보고 재희는 눈이 퉁퉁 붓도록 아주 펑펑 울어 댔었다.

"내가 이걸 너한테 어떻게 받아. 엉엉. 내가 천일홍을 두고. 엉엉."

결혼하고 소원해지면 어쩌지, 우리 결혼해도 계속 이렇게 만나는 거지?

그 당시엔 일홍도 누군가와 결혼을 전제로 한 만남을 이어가고 있었기에, '우리 결혼해도 이렇게 만나자. 비슷하게 애도 갖고, 산부인과도 같이 다니고, 애 유치원도 같이 보내고 그러자', 그렇게 재희를 다독였었다.

결혼이 어그러졌다는 소식을 일홍은 아주 늦게 재희에게 알렸었다. 그 집에 인사를 다녀온다고는 했는데 연락이 없는 일홍을 재희는 무작정 기다린 듯했다. 새댁이 바쁘기도 할 테고 신혼의 단꿈에 젖어 있는 친구에게 결혼이 깨져 버렸다는 이야기는 하면 안 될 것 같기도 해서 일홍은 연락을 하지 않앗었다.

"너도 이제 좋은 사람 있으면 편히 만나. 너무 딱딱하게 굴지 말고. 응?"

대답 없이 입을 꾹 다물고 있는 일홍의 성격을 너무도 잘 아는 재희였기에 목소리만으로 그녀의 마음 씀씀이가 묻어났다.

"그럴까?"

"근데 뭐하는 사람이야? 몇 살인데? 잘생겼어?"

정반대 성격을 가진 사람이 절친이 되는 경우가 많다고 했던가? 대답해 주지 않을 걸 뻔히 알면서 재희는 또다시 호들갑스럽게 물어 왔다. 그래서 일홍은 재희가 좋았다. 시무룩해서 눈치를 보는 듯싶다가도, 금세 사람 기분을 방방 띄우는 재주가 있는 아주 기특한 친구였다. 언제든 마주하면 기분이 좋아지는 그런 친구 말이다.

"나중에…… 나중에 정말 진지해지면 제일 먼저 너한테 말할게."

"약속했다, 천일홍!"

사춘기 소녀들도 아닌데, 일홍과 재희는 손가락까지 걸고 약속을 했다.

"도장! 복사! 코팅!"

아주 유치한 행동에 피시식 웃음이 터져 나왔다. 인생에 있어서 행복이란 건 이런 것일지도 모른다. 때 묻지 않은 천진난만한 웃음이 툭 하고 튀어나오게 하는 것 말이다.

참 이상하지. 사람 감정이란 게.

바스락 부서져 버릴 것 같은 심장이 탱글탱글해진 기분이었다. 사춘기 소녀처럼 자꾸 얼굴이 달아오르고, 심장이 발라당 뒤집혔다.

단지 조심스러울 뿐이었다. 이 모든 감정이 민준서를 향해 있다는 게.

"일단 천일홍 무사한 거 봤으니 난 간다."

일홍은 방긋방긋 웃으며 가게를 나서는 재희의 뒷모습을 바라봤다. 지난달 방 한 개짜리 빌라에서 방 두 개짜리 빌라로 이사한 재희는 이제 임신도 생각해 볼 수 있겠다며 빙그레 웃었다.

재희가 가고 난 뒤 수강생들이 몰아쳤고, 오전은 그렇게 빠르게 지나갔다. 길 건너 김밥집에서 점심을 대강 먹고 약을 먹었더니 오후 3시쯤에는 꾸벅꾸벅 졸음이 쏟아졌다. 그렇게 머리를 카운터에 닿을락 말락 숙인 채 졸고 있을 때였다.

똑, 똑—

나무로 된 카운터를 누군가 두드리는 소리에 일홍은 화들짝 놀라 고개를 들었다.

"목 안 아파?"

뻑뻑해져서 흐릿해진 시야 사이로 단정한 얼굴이 들어왔다. 그 얼굴 위로 매끈한 미소가 그려졌다.

"언제 왔어?"

일홍은 목 뒤를 주무르며 기지개를 한 번 켰다.

"좀 전에. 이제 손님은 없는 것 같은데, 저녁 먹으러 갈래?"

고개를 비스듬히 숙이며 묻는 준서의 얼굴에는 피곤함이 가득해 보였다. 불편한 곳에서 잠을 설쳤겠지 싶어서 일홍은 괜히 미안해졌다.

"다음에 먹자. 너 되게 피곤해 보여."

"그래……. 천일홍이 재롱 좀 부려 봐. 스트레스로 피곤해도 여기까지 왔으니까."

준서는 마른세수를 쓱쓱 하고는 피시식 웃었다. 어제 병간호를 해 준 일이 고맙기도 했고, 현관문도 고쳐 줬고, 전구도 갈아 줬고……. 마음이 자꾸만 움찔거리는 게 신경 쓰여서, 일홍은 저녁을 함께 먹어야 하는 이유를 굳이 헤아려 보았다.

"뭐 먹고 싶은 거 있어?"

일홍의 물음에 준서의 미간이 장난스럽게 구겨졌다.

"먹고 싶은 건 환자가 골라."

"오늘 스트레스…… 많았어?"

그 질문에 준서는 고개를 끄덕끄덕하며 울상을 지었다.

"매운 거 먹으러 갈래?"

"그래."

'떡볶이 먹으러 갈까?' 하고 물었던 그때 그 시절이 떠올라서 두 사람의 입가에 진한 미소가 그려졌다.

가게 문을 닫고 나서는데 커다란 손이 불쑥 일홍의 손을 잡아채더니 성큼성큼 걷기 시작했다.

"어, 어디 가?"

"차가 저기 학교 안에 있어서. 이 동네 주차하기 어렵더라. 뺑글뺑글 돌다가 결국 학교 안에 있는 유료 주차장에 세워 놨어. 식당 멀어?"

"어? 어. 전철로 세 정거장?"

준서에게 손을 붙들린 채로 대학교 후문을 들어서니 기분이 참으로 묘했다. 사위는 어둑어둑했고, 까만 하늘에는 여전히 하얀 벚꽃 잎이 수놓아져 있었고, 거리는 서로를 보듬으며 걷고 있는 어린 연인들로 가득했다.

일홍은 괜히 부끄러워 바닥만 보고 걸었다. 말수가 적어진 자신을 준서가 한 번 쳐다봤다가 다시 시선을 옮겨 가는 게 느껴졌다. 아빠가 계셨던 인문대 앞 지상 주차장에 다다르자 불빛이 깜빡하고 한 번 켜졌다 사라졌다.

그리고 이어서 달칵하는 소리와 함께 검은색 차 문이 열렸다.

"타."

"응."

표정을 숨기려 노력했지만 휘둥그레진 눈동자는 숨길 수 없었다. 고급스러운 가죽 시트에 올라앉자 준서에게서 나는 것과 같은 푸근한 우디향이 느껴졌다.

"갈까?"

"응."

아까부터 '응' 외의 대답은 떠오르지 않는 일홍이었다. 도로를 미끄러지듯 굴러가는 차 안은 쥐 죽은 듯이 조용했다.

"어딘지 여기에 좀 찍어 볼래?"

"어? 주소?"

"어."

"잠깐만."

일홍은 휴대전화에서 낙지집 주소를 찾아 내비게이션에 입력했다. 남자는 운전을 하고, 여자는 내비게이션에 목적지를 입력하고 있는 상황. 심장이 콩닥콩닥거렸다.

퇴근 시간이어서 그런 건지 서울 도심의 도로는 정체가 심했다. 일홍은 앞 유리창을 한 번 바라봤다가, 옆 유리창을 한 번 바라봤다가, 애꿎은 검지 손톱 끝을 핸드백 고리에 꾹꾹 눌러 댔다.

그러다 흘끔 시선을 돌려 준서를 바라봤다. 슈트 재킷을 다 껴입고 앉아서 운전을 하는 모양새가 굉장히 어색했다.

"너 운전 잘 안 하는구나?"

일홍의 물음에 준서는 흠칫 놀란 듯 잠깐 시선을 돌렸다.

"어떻게 알았어?"

"보통 슈트 재킷은 벗고 운전하던데. 불편하다고."

"보통 어떤 남자가?"

준서의 미간이 슬그머니 좁아졌다.

"그냥 뭐, 운전할 때 불편하다고 슈트 재킷을 꼭 벗고 운전하더라고."

일홍의 목소리가 점점 줄어들었다. 친구에게 예전에 만났던 사람에 대해 이야기도 못 하나 싶고 뭔가 이야기를 잘못 꺼낸 것 같은 묘한 기분도 들었다.

"내가 운전할 일이 별로 없어. 보통 이동하면서 보고를 받거나 간단한 회의를 해야 하는 경우가 많아서. 수행비서가 운전하지."

"아……."

그러니까 지금 이 상황은 일홍만 어색한 게 아니었다. 준서 역시 어색하기는 마찬가지라는 것. 무언가 공통분모를 찾은 듯 그제야 일홍은 검지 손톱을 얌전히 둘 수 있었다.

전철로 세 정거장밖에 되지 않는 거리를 무려 40분이 걸려서 도착했다. 주차를 마치고 안으로 들어서자, 가게 안은 이미 손님들로 복작거리고 있었다.

가게 한가운데 놓인 테이블에 자리를 잡고 앉은 준서가 짓

굳은 표정을 지으며 물었다.

"나악지이?"

"낙지가 왜?"

"대표적인 스태미나 요리잖아."

일홍은 눈을 가늘게 뜨고는 준서를 나무라듯 바라봤다.

"여긴 낙지 말고 아귀찜이 더 맛있어. 그거 먹자."

"뭐 그러든지."

별 상관없다는 양 준서가 어깨를 으쓱하는 사이 일홍은 주인아주머니께, '이모, 찜 중자 하나요' 하고 소리쳤다. 물수건으로 손을 쓱쓱 닦고 수저를 놓는 동안 준서는 스테인리스 컵에 차가운 물을 따르고 있었다.

그때였다. 그냥 일상처럼 반복되는 순간, 귀에 익은 목소리가 들려왔다.

"입덧 때문에 매운 게 땡기나 보네. 앉아. 이모, 여기 찜 중자 하나요. 덜 맵게 해 주세요. 임산부가 먹을 거니까."

심장이 벌컥 솟아올라서 목구멍이 욱신거릴 정도였다.

"준서야, 나 화장실 좀."

일홍은 자리에서 조용히 일어나 화장실로 향했다. 아무렇지 않게 헤어진 사이라 생각했는데, 갑작스레 들려온 남자의 목소리에 심장이 벌렁거렸다.

세면대 물을 틀고 비누로 박박 손을 씻어 댔다. 가슴이 싸해지고 어깨가 잔뜩 움츠러드는 것 같아서 한껏 등을 펴 보았지만 허사였다.

나가자. 나가야지. 그냥 밥만 먹고 가면 돼. 모른 척하면 되는 거잖아.

일홍은 천천히 화장실 밖으로 걸어 나갔다. 그런데 건물 계단 1층과 2층 사이에 있는 화장실을 나서자, 현관 앞에서 담배를 태우고 있는 남자의 모습이 눈에 들어왔다. 눈살이 저절로 찌푸려졌다. 입구를 떡하니 막고 있는 탓에 인기척을 내지 않으면 비켜 주지 않을 것 같았다.

"실례합니다."

아주 낮은 목소리로 뒤에서 말하자 남자가 입에 문 담배를 길게 빨아들이고는 고개를 돌렸다.

"천일홍?"

"아, 장우 씨. 오랜만이네요."

아무렇지 않은 척 인사를 건넨다고 했는데 그 목소리가 참으로 어색했다.

"저녁 먹으러 온 거야?"

"네. 그럼 전 일행이 있어서……."

"봤어. 남자랑 같이 앉아 있는 거."

그냥 스치듯 지나가려는데 장우의 말이 늘어졌다. 일홍은 대꾸를 하는 둥 마는 둥 하고 가게 안으로 들어가 버렸다. 그

녀를 보고 그런 건지, 준서의 바로 뒤에 앉아 있던 장우의 일
행은 저 뒤로 옮겨 가 앉아 있었다.

"너 아직 어디 안 좋아?"

"아니, 괜찮아."

거리감이 생기고 나니 아주 조금 안심이 되었다. 그리고
눈앞에 준서가 앉아 있어서인지 뭔가 든든한 묘한 기분이 들
었다.

봤어요? 이렇게 멋진 남자랑 마주 앉아 있네요, 나.

"너. 있잖아."

"응?"

든든하단 말을 하려는 순간, 테이블 중간에 아귀찜이 가득
담긴 접시가 놓였다.

"우와, 진짜 맛있겠다. 얼른 먹자!"

환한 미소를 지으며 젓가락을 집어 드는 준서를 보고 일홍
은 속절없이 웃어 버렸다.

"그래, 먹자."

아무 말 없이 아귀찜을 발라 먹고 있는데 물 잔을 손에 쥔
준서가 고개를 갸웃하며 물었다.

"무슨 생각 해?"

"응?"

"계속 말이 없잖아. 무슨 생각 해?"

일홍의 정직한 시선이 장우에게 향했다가 돌아왔다. 그 찰나와 같은 순간을 놓치지 않고 잡아챈 준서의 물음이 이어졌다.

"아는 사람이야?"

장난기가 가신 준서의 물음은 적당히 심각했다.

"예전에 잠깐 만났던 사람이야. 결혼까지 할 뻔했는데……내 사정 알고 저쪽 집에서 반대해서 깨졌어."

남의 이야기처럼 내뱉은 제 말에 일홍은 괜한 안도의 한숨을 내쉬었다. 그런데 이야기를 들은 준서의 얼굴이 딱딱하게 굳어 있었다.

"저쪽은 결혼했나 보네. 여자가 임신한 것 같던데."

준서의 물음에 일홍의 입가에 조소가 어렸다.

"한 번 잤는데 애가 들어섰대. 나도 저 남자 잡으려면 같이 잤어야 했나."

젓가락으로 콩나물 대가리를 꾹꾹 누르는데 나무라는 목소리가 들려왔다.

"기집애가 못 하는 소리가 없어."

"너 근데 되게 든든하다?"

아까 하지 못한 말이 툭 내뱉어졌다.

"뭐가?"

준서의 목소리가 한층 밝아졌다.

"화장실 갔다 오다가 마주쳤는데, 저 남자가 보기에 네가 되게 괜찮았나 봐. 괜히 막 관심을 보이더라. 네 말대로 애 생겨서 결혼까지 했으면서."

"여기는 저 남자 때문에 알게 된 곳이야?"

"아니. 내가 먼저 찜해 둔 곳인데…… 딱 한 번 같이 왔었거든."

"와, 그럼 저 염치없는 놈은 예전 여자가 알려 준 맛집에 마누라를 데리고 온 거네?"

졸지에 옛 남자가 염치없는 놈이 되어 버리자 일홍은 크게 웃음이 터지고 말았다. 그 소리를 들었는지 장우의 시선이 이쪽 테이블로 옮겨 왔다.

"그러게. 염치없는 놈."

고작 염치없는 놈이라고 아주 건조한 욕을 한 번 내뱉었을 뿐인데 속이 뻥 뚫리는 것만 같았다. 마치 사이다 한 모금을 마신 것처럼 말이다.

"이모, 여기 사이다 한 병 주세요!"

일홍은 그리 외치고는 준서를 보며 빙그레 웃었다.

"왜 웃어?"

"그냥 재미있어서."

"더 재미있게 해 줄까?"

"어떻게?"

"아!"

고개를 갸웃하던 일홍은 무슨 뜻인지 알아듣고는 단정히 입을 벌렸다. 입안으로 깻잎에 싼 아귀찜이 쏙 들어왔다.

"맛있다."

입안에 고인 음식물을 채 삼키지도 못하고 말이 흘러나왔다. 그와 함께 얼굴엔 미소가 고였다.

"자, 아!"

이번엔 준서가 입을 떡 벌리고는 재촉했다. 일홍은 똑같이 깻잎에 아귀 살을 듬뿍 담아서 그의 입안으로 쏙 넣어 주었다. 오물오물 음식물을 씹으며 준서가 빙그레 웃자, 일홍도 그를 따라 빙그레 웃었다.

남은 양념에 밥까지 볶아 먹고 난 뒤 계산대 앞에 섰는데 준서가 일홍의 어깨를 슬며시 감싸며 카드를 내밀었다. 뒤에서 장우와 여자의 목소리가 들려왔다.

"오빠, 왜 이렇게 빨리 일어나? 밥은 볶아 먹고 가야지."

"가자, 그냥."

아주머니가 카드를 긁는 사이 준서는 힘주어 일홍의 어깨를 자신의 품으로 끌어당겼다.

"천일홍, 손."

일홍이 손바닥을 펴서 앞으로 내밀자 준서가 작은 집게로 분홍색 박하사탕을 한 개 집어서 손바닥 위에 올려 주었다.

"고마워."

"매운 거 먹으면 단거 땅긴다며?"

"내가 그랬었나?"

일홍은 빙그레 웃으며 사탕을 입안으로 쏙 집어넣었다. 준서는 고개를 끄덕이며 노란색 박하사탕 하나를 입안으로 넣었다.

계산을 마치고 가게 밖으로 빠져나왔는데, 하필 준서의 차 앞을 장우의 차가 가로막고 있었다.

"차 좀 빼 달라고 해야겠다."

"좀 기다려 봐. 곧 나올 것 같아."

"아…… 그 남자 차야?"

"어."

준서는 무언가를 골똘히 생각하는 듯 미간을 좁혔다. 그러다 뒤에서 누군가 얕은 계단을 내려오는 소리가 들리자 보란 듯이 차 문을 열어 주었다.

"고마워."

"고맙긴."

보닛을 돌아온 준서가 운전석에 올라탄 순간 바로 앞에 주차된 차 옆으로 두 남녀가 나타났다. 아직 시동을 켜지 않은 탓에 차 안은 실내등이 환히 들어와 있었다.

"오빠는 맨날 문도 안 열어 주더라, 치."

여자가 투덜대며 조수석에 올라타자 장우는 심드렁한 표정으로 운전석을 향해 갔다. 생각해 보니 장우가 차 문을 열어 주는 자상함을 베푼 적은 없었던 것 같았다.

시선을 앞 유리창에 고정한 채로 있는데 장우의 시선이 이쪽으로 옮겨 왔다. 본인 차보다 열 배는 더 비싸 보이는 수입차 안에 타고 있는 존재를 의식한 눈빛이었다. 저 여자가 저 정도였나 하는 생각을 하고 있을까, 돈 많은 남자를 어떻게 꼬셨을까 하는 생각을 하고 있을까.

"또 무슨 생각 해, 천일홍?"

"응?"

일홍은 천천히 고개를 돌려 준서를 바라봤다.

"저놈 결혼까지 했으면서 너 보고 침 질질 흘리는데?"

"그런가?"

"그 침 슥 닦고 지나가게 해 줘야지."

"응?"

'어떻게?' 하고 묻기도 전에 준서의 입술이 일홍의 입술에 와 닿았다. 환하게 켜진 실내등 탓에 안이 다 보일 텐데, 그래서 화들짝 놀라기는 했는데. 밖에서 보는 시선을 의식한 탓에 일홍은 준서를 밀어내지는 못하고 그대로 굳어 버렸다.

밀어내고 싶지 않은 것일 수도.

그 순간 준서의 손이 움직였고 차가 약하게 진동하며 시동이 걸렸다. 그리고 차 안은 서서히 빛을 잃어 갔다. 이제 떨어지려나 보다, 하는 예상과 달리 가벼운 입맞춤이 깊어지기 시작했다.

꾹 달라붙어 있던 입술 사이를 가르고 말캉한 혀가 밀려들어 왔다. 사탕이 입안에서 도로로 구르자 시원한 민트 맛이 배가 되었다. 딱딱하게 굳어 있는 일홍의 몸을 준서의 손이 포근히 감싸는가 싶더니 등을 타고 오르내리기 시작했다.

숨이 턱 막혀 왔다. 감미로운 움직임에 몸이 녹아내리는 기분이었다. 혀와 혀가 맞닿는 순간에는 아랫배가 뭉근하게 뭉쳐졌고, 사탕이 뒤바뀌는 순간에는 발끝까지 전율이 이는 것만 같았다.

찰싹 달라붙어 있던 입술이 떨어지며 묘한 마찰음이 좁은 공간에 울려 퍼지자 온몸에 오소소 소름이 돋아났다. 심장이 터져 버릴 것 같은 순간인데 아쉬움에 손끝이 떨려 왔다. 준서의 목을 와락 끌어안고 매달릴 것만 같아서 일홍은 손을 꽉 움켜쥐었다.

"분홍색 유치하다며? 아까 내가 너한테 분홍색 사탕을 바꿨어."

입안에 있는 사탕을 입술로 물고 일홍에게 보인 준서가 빙그레 웃었다.

"노란색도 유치하기는 마찬가지야."

태연자약하게 말하고 싶었는데, 떨리는 심장 탓에 흔들리는 목소리가 튀어나왔다. 입술이 부풀어 오른 것만 같아서 일홍은 잘근잘근 입 안쪽을 씹어 댔다. 열이 올라 화끈거리는 얼굴을 손등으로 한 번씩 찍어 냈다.

"드라이브나 좀 할까?"

나지막하고 다정한 음성이 들려온 순간, 차는 골목을 빠져나와 새빨간 후미등이 늘어져 있는 도로에 합류했다. 세상이 온통 붉어진 기분이었다. 심장이 새빨갛게 타오르고, 일홍의 가슴이 붉게 물들고 말았다.

민준서, 너 나한테 대체 무슨 짓을 한 거니?

chapter
05

　앞 유리창 위로 주백색 가로등 불빛이 나타났다 사라지기를 반복했다. 고개를 숙이고 손끝만 바라보고 있는 일홍은 환해졌다가 어두워지는 것이 반복됨을 느끼며 그저 차가 어디론가로 가고 있구나 하고 여길 뿐이었다.

　쭉 뻗은 길을 달리던 차가 구불구불한 오르막길에 들어서자 일홍은 슬쩍 고개를 돌려 옆 유리창을 바라보았다.

　"우리 어디 가?"

　"야경 보러."

　일홍의 질문에 준서는 후후 하고 웃으며 간단히 답했다. 아찔했던 키스 이후로 왠지 말을 하기가 조심스러웠다. 가슴이 좁아진 것처럼 답답했다. 심장의 부피가 커진 것일지도 모른다는 생각이 들 정도로 숨이 가빠 왔다.

천천히 숨을 들이마셨다가 내쉬기를 수차례, 준서가 또다시 웃으며 일홍을 흘끔 바라봤다.

"숨차? 여기가 뭐 안데스산맥 같은 고산지대는 아닌데."

"아니, 좀 귀가 멍해서."

어질어질하고 눈앞이 핑핑 도는 것만 같은 기분이었다. 분명 가죽 시트에 궁둥이를 바짝 붙이고 앉아 있는데, 몸은 둥둥 허공을 떠다니고 있는 듯했다.

"몸이 허해져서 그런 거야. 귀 멍해지고 그러는 거. 밥도 제대로 안 챙겨 먹고 몸을 혹사하니."

어휴. 신음 같은 한숨 소리를 내뱉으며 준서는 일홍을 나무랐다. 살가운 잔소리에 일홍의 입가에는 진한 미소가 새겨졌다.

가슴속에 꼭꼭 숨겨 놓고 싶은 감정이 생겨났다. 혼자서만 몰래 꺼내 보고 싶은 애틋함이 자라났다. 누구에게도 말해 주고 싶지 않은 소중한 무언가가 꿈틀꿈틀 그 크기를 부풀려 가고 있었다.

일홍은 건조한 날씨 탓에 말라 버린 입술 위로 립밤을 슬쩍 찍어 발랐다. 향긋한 체리향이 차 안에 배어 있는 우디향과 섞이며 상큼하게 퍼져 나갔다. 그 향을 맡았는지 준서가 고개를 돌려 일홍이 손에 들고 있는 립밤을 흘끔거렸다.

"나도 발라 줘."

"응?"

준서가 운전을 하며 이상하게 몸을 구부렸다.

"지금?"

"응. 나도 건조해. 발라 줘."

"위험해. 운전이나 해."

일홍이 단단한 팔뚝을 슥 밀어내며 나무랐다. 그러자 준서는 아랫입술과 윗입술을 쁩쁩 소리가 나도록 부딪히고는 말했다.

"차 세우면 꼭 발라 줘."

"알았어."

자기 손 놔두고 발라 달라 조르는 준서에게 순순히 그러겠다는 대답을 해 놓고도, 손끝이 떨려서 일홍은 가만히 주먹을 움켜쥐었다.

어느 손가락으로 발라 줘야 하나. 이럴 줄 알았으면 싸구려 휴대용 립솔이라도 가지고 다니는 건데. 검지로 바를까? 그러면 힘이 너무 들어갈까? 새끼손가락으로 그냥 슥 떠서 입술 위에 올려놓고 알아서 문지르라고 할까?

일홍의 머릿속이 손가락들로 가득 차 있는 사이, 준서의 까만색 승용차는 북악스카이웨이 팔각정 주차장에 멈춰 섰다.

"자, 이제 발라 줘."

안전띠를 풀어낸 준서가 기다렸다는 듯이 몸을 홱 돌리고 다가오자 일홍은 꼭 닫아 두었던 동그란 틴케이스 립밤 뚜껑을 열기 위해 안간힘을 썼다.

이게, 하필 지금, 왜 이렇게, 안 열려.

끙끙거리고 있는 일홍을 보고 준서는 한숨을 폭 내쉬었다.

"아이고, 답답해. 이리 줘 봐."

"응."

일홍이 동그란 틴케이스를 내민 순간, 준서는 틴케이스 대신 그녀의 손목을 잡아 몸을 돌려서는 운전석 쪽으로 잡아당겼다. 코끝에서 뜨거운 입김이 느껴진다 싶은 순간 입술이 겹쳐졌다. 단정하게 맞닿았던 입술을 비벼 대던 준서는 꾹 다물고 있는 일홍의 아랫입술을 쪽 소리가 나도록 빨아들였다.

소리에 놀란 건지, 아니면 갑작스러운 흡입력에 놀란 건지 일홍의 입술이 벌어졌고, 그 틈으로 뜨거운 입김이 훅 치고 들어왔다. 찌릿찌릿하고 뜨거운 기운에 심장이 요동치기 시작했다. 손목을 잡고 있던 준서의 손은 일홍의 등을 감싸고 있었고, 손과 옷이 마찰하는 소리와 끈적끈적한 무언가가 계속해서 부딪치는 소리가 차 안을 가득 채웠다.

낙지집 앞에서는 아쉬울 만큼 그 시간이 짧게 느껴졌는데,

지금은 숨을 쉬기 어려울 정도로 키스가 농밀해지고 있었다.

딸각, 하는 소리와 함께 일홍의 몸을 압박하고 있던 안전띠가 풀렸다. 벨트 끈을 뒤쪽으로 보내기 위해 잠시 입술이 떨어지자 일홍은 간신히 숨을 골랐다.

한 번 더 크게 숨을 들이마시려고 하는데 준서의 왼팔이 무릎 밑으로, 오른팔이 등 뒤로 불쑥 들어왔다. 일홍이 놀랄 새도 없이 준서는 그녀를 안아다가 허벅다리 위에 앉혔다. 지잉 하는 소리와 함께 운전석 의자가 운전대와 멀어지고 있었다.

"주, 준서야. 밖에서."

"불 켜지 않으면 안 보여. 걱정 마."

말이 끝나기 무섭게 준서의 입술이 일홍의 작은 입술을 삼켜 버렸다. 옆구리를 쓸어내리는 커다란 손의 느낌에 오소소 소름이 돋아났고, 목덜미를 어루만지는 손길에는 온몸이 달아올라 버렸다.

볼이 홀쭉해지고 혀뿌리가 뽑힐 만큼 빨려 들어간 순간, 일홍의 목울대에서 가냘픈 신음이 울려 났다. 그 소리에 깜짝 놀란 일홍은 준서의 어깨를 꽉 움켜잡았고, 그는 그녀의 허리를 더 바짝 끌어안았다.

숨이 막히고, 심장은 터질 것 같고, 한여름도 아닌데 몸에 땀이 배어날 만큼 더웠다. 답답해서 미치겠는데 입술을 떼어 낼 수가 없었다. 그리고 아무리 안 보인다고는 하지만 주차장에 세워 둔 차 안에서 이렇게나 뜨거운 키스를 나누고 있다는 생각에 일홍은 무언가 아득하고 어질어질해지는 것 같았다.

허리를 안고 있던 준서의 손이 배 위를 어루만지다 티셔츠 자락을 헤집는 게 느껴졌다. 맨살에 닿는 타인의 손길이 이렇게 부드러울 수 있다는 사실이 일홍은 놀라울 따름이었다. 부드럽게 살결을 휘감던 손이 점점 위로 올라오는 듯하다가 불쑥 빠져나갔다. 아쉬운 감정이 갑자기 한꺼번에 밀려오자 일홍은 괜히 당황해서는 입을 열었다.

"너 담배 피우니?"

흥분으로 들뜬 목소리가 이리저리 갈라졌다.

"어, 피우지 말까?"

준서의 목소리도 낮게 가라앉아 있기는 마찬가지였다.

"응."

"그래. 천일홍이 하지 말라면, 하지 말아야지."

어두운데도 불구하고 붉게 달아오른 일홍의 뺨이 보였다. 준서는 그 뺨에 아쉬운 입맞춤을 더하고는 운전석 문을 열어 일홍을 먼저 내리도록 도와주었다. 부드러움이 닿았던 손끝에 바깥공기가 느껴지자 아랫도리가 아주 조금은 서늘해지는 기분이었다.

립밤의 향긋한 내음에 이끌려 장난스럽게 입맞춤을 시작

했는데, 남자의 욕망은 당연하다는 듯 고개를 들어 버렸다. 하마터면 운전석 앞자리에서 아랫도리를 풀어 헤칠 뻔했으니.

준서는 피식 웃으며 어정쩡하게 서 있는 일홍에게 시선을 한 번 던졌다. 아직도 빨갛게 달아올라 있는 얼굴은 다시 운전석으로 끌어당겨 버리고 싶을 만큼 매혹적이라 얼른 버튼을 눌러 시동을 껐다. 안 그러면 정말 이 자리에서 일을 치르고 싶은 충동에 충실하고 싶어질 것만 같아서.

아무렇지 않은 듯 차에서 내린 준서는 문을 닫고, 옷매무시를 정리했다. 일홍은 주차장 바닥을 내려다보는 듯 고개를 숙이고 있었다.

"바닥에 개미라도 지나가?"

"응? 아니."

천하의 천일홍이 민준서 앞에서 이렇게 당황할 수도 있다는 사실에 준서의 입가에는 은근슬쩍 미소가 걸렸다.

준서는 일홍의 작은 어깨를 감싼 채로 걷기 시작했다. 주차장을 빠져나와 계단을 오르며 팔각정 앞으로 나아가자 두 사람처럼 서로에게 몸을 기댄 채 걷고 있는 연인들이 눈에 들어왔다.

"저기 좀 봐, 천일홍."

"어디?"

으슥한 곳에 놓인 벤치 위, 아까 운전석에서 두 사람이 취했던 자세 그대로 가볍게 입을 맞추고 있는 커플이 보였다.

"밖에서도 저러는 세상이야. 아무도 안 보는 차 안에서 그런 것 갖고, 뭘 그렇게 부끄러워해?"

짓궂은 물음에 일홍의 얼굴이 마치 꽃잎처럼 붉어졌다.

"자, 가 보자."

여린 꽃잎을 보듬듯 준서는 품 안으로 일홍의 어깨를 끌어당겼다. 심장이 쿵쿵 뛰었다. 복잡한 현실 따위는 까마득히 잊어버릴 만큼 일홍은 충분히 아름다웠다.

타고난 장사꾼이었던 할머니의 피를 이어받은 덕분인지 회사 경영에 흠잡을 곳 없는 준서였다. 하지만 할머니의 부재로 그저 학계에만 있을 줄 알았던 그가 회사에 나타나자 은근히 경영권을 놓고 군침을 흘리던 임원진들이 뒷일을 도모하는 것은 당연했다.

아무리 밉다 한들 하나밖에 없는 핏줄인 할머니가 일궈 놓은 회사가 눈앞에서 공중분해되거나, 혹은 속 시커먼 누군가의 손에 들어가는 꼴은 볼 수 없었다. 준서는 엉뚱한 곳으로 회사가 흘러가는 것을 막기 위해 부단히 노력했다.

시커먼 임원진 아래로 숨겨진, 무슨 일을 하는지도 모르는 사업부를 통폐합하고 회사를 투명하게 만드는 작업은 아직도 진행 중이었다. 그 와중에 임원 여럿의 목이 날아갔고, 회사를 상대로 소송을 거는 이도 있었다.

넓게 봤을 때 회사의 수익성과 재무건전성은 높아졌지만, 그로 인해 준서에게 적도 많아졌다는 의미였다. 답답한 인생을 살아온 것도 한숨이 나오는 마당에 적까지 많아지니 미칠 노릇이었다. 그런데 어둠 속에서 영롱하게 반짝이는 불빛처럼 일홍이 품 안으로 들어왔다. 그저 입술을 두어 번 머금었을 뿐인데 발아래 세상이 놓인 것처럼 가슴이 벅차올랐다.

"서울이 엄청 따뜻해 보인다."

산으로 둘러싸인 도심이 영롱한 빛을 내는 것을 바라보며 일홍이 속삭였다.

이곳에서 나고 자랐는데, 너에게도 나에게도.

서울은 참으로 각박한 도시였나 보다.

씁쓸한 미소가 입가에 걸리려는 순간, 다시 일홍의 목소리가 이어졌다.

"너도 지금 되게 따뜻해."

심장이 뜨끈하게 달아올랐다. 아까는 든든하다고 했다가 지금은 따뜻하다고 말하는 일홍의 고백에 저절로 웃음이 흘러나왔다. 청순한 얼굴로 두 뺨을 붉힐 땐 언제고 이렇게 갑작스럽게 마음을 털어놓으니 사나이 심장이 들끓는 게 당연한 일 아닌가.

"다행이네."

고작 내뱉을 수 있는 말이 이것밖에 없는 건지 가슴이 답답했다.

"일홍아."

"응?"

야경을 바라보던 시선으로 저를 올려다보는 게 느껴졌다. 준서는 조용히 눈을 내려 부드러운 얼굴을 바라보았다. 맑은 미소를 머금고 있는 얼굴이 무척이나 예뻤다.

"너 지금 너무 예뻐."

사람 미치게.

"치이."

부끄러운 듯 고개를 돌려 버리는 일홍 때문에 아쉬워서 손 끝이 저릴 정도였다. 당장에 손을 잡아끌어서 차로 달려가고 싶었다.

"좀 걸을까?"

하다못해 어디 으슥한 데라도 찾고 싶은 마음뿐이었다. 그냥 차에서 더 길게, 더 오랫동안 키스해 버릴걸 하는 후회가 밀려올 만큼 마음속이 좁아지는 기분이었다. 오직 머릿속은 천일홍으로 가득했고, 사고는 그녀와 함께할 무언가를 위해서만 이루어지고 있었다.

그냥 발길이 가는 대로 걸었다. 어디로 가고 있는지도 모르겠고, 무엇을 위해 가는지도 모르겠단 생각이 들었다. 중요한 건 지금 천일홍과 함께 걷고 있다는 사실뿐이었다.

얼마를 걸었을까. 하필 벌거벗은 여자 조각상들이 눈앞에 나타나기 시작했다. 짓궂은 사람들이 만져서 닳아 버린 것인지 한 조각상의 젖가슴은 번들번들하게 색이 변해 있었다. 준서는 괜한 헛기침을 해 댔다. 서른씩이나 된 남자가 조각상을 보고 얼굴을 붉히는 꼴이라니 한숨이 절로 흘러나왔다.

옆에 선 일홍의 몸을 더듬는 모습까지 상상해 버리고 만 순간, 준서는 그녀의 손을 잡아채서는 주차장으로 빠르게 걷기 시작했다.

"준서야, 왜?"

"가자. 오늘은 그만."

"더 있어도 되는데……."

일홍의 목소리에서 아쉬움이 가득 묻어났다. 차에 올라타자마자 준서는 후 하고 한숨을 한 번 내쉬었다.

"일홍아."

흥분을 감춘 목소리가 낮게 깔렸다.

"응?"

머릿속에서 말이 뒤엉키는 기분이었다.

네가 나에게는 언제나 최고라는 걸 느낄 수 있게 해 줄게. 너한테 뭐든 좋은 것만 줄게. 내가 성급해져서 미안.

"준서야, 뭐 할 말 있어?"

입 밖으로 내뱉으려니 얼굴이 간질간질했다. 직접 보여 주면 되는 거지, 이걸 굳이 말로 내뱉을 필요가 있을까 싶었다.

"오늘은 그만 들어가자. 너 몸도 안 좋은데 바깥바람을 너무 많이 쐰 것 같아서."

"괜찮은데……."

"괜찮긴 뭐가 괜찮아. 또 아프면 어쩌려고."

아쉬운 목소리를 내는 일홍 때문에 심장이 솟아오를 것만 같았다.

아쉬워 죽겠는 건 이쪽도 마찬가지라고. 당장 여기서 안아 버리고 싶은 심정이니까.

끌리는 이와 살을 섞는 일에 남자가 머뭇거릴 만한 이유로 뭐가 있을까. 적어도 민준서가 머뭇거리는 이유는 분명했다. 소중히 대해 주고 싶어서, 스스로가 귀중한 존재라는 걸 알게 하고 싶어서, 자신이 무척이나 아껴 주고, 보듬어 주고 싶어 하는 것을 알리고 싶어서.

달리는 차 안은 조용했다. 또 아프면 어쩔 거냐고 나무란 뒤부터 일홍은 아무런 말도 없었다. 무슨 말을 해야 하는지 망설이는 것도 같았다.

"회사 바쁘지, 준서야?"

"어? 어."

뭘 물으려 하는 건지 몰라서 준서는 미간을 슬쩍 찌푸렸다.

"보통 몇 시에 출근해서 몇 시에 퇴근해?"

"거의 아침 7시 30분이면 회사에 있고, 퇴근 시간은 대중 없네."

이어진 대답에 '아' 하는 짧은 대꾸만 할 뿐, 일홍은 또다시 입을 꾹 다물었다.

일홍의 집 근처 공용 주차장에 차를 세운 준서는 운전석에서 내려 조수석 문을 열어 주었다.

"늦었다. 얼른 가 봐."

"집 앞까지 데려다줄게."

"안 그래도 돼."

준서는 눈을 한 번 가볍게 흘기고는 일홍의 손을 잡고 걷기 시작했다. 주차장을 빠져나와 어둑한 골목으로 들어서자 취객 하나가 어디선가 툭 튀어나와 일홍의 어깨를 치고 지나갔다. 준서는 그녀의 어깨를 끌어당겨 품에 안았다.

"이 동네에 저런 사람 많아?"

"아니, 뭐."

으슥한 골목길에는 제대로 된 가로등 하나 없었다. 요즘엔 가로등도 전부 LED등으로 바꾼다는데, 이 동네는 깜빡이는 백열등 두어 개가 긴 골목 중간에 듬성듬성 있을 뿐이었다.

"혼자서 너무 늦게 돌아다니지 마."

"지금껏 잘만 다녔는데, 뭐."

뾰로통한 일홍의 목소리에 준서의 입에서 한숨이 새어 나왔다.

"내일 가게 문 몇 시에 닫아?"

"글쎄, 나도 대중없어서."

"7시 반쯤 데리러 갈게."

"응?"

뾰로통했던 목소리가 일순간에 밝아지자 준서가 피시식 웃음을 흘렸다.

그러니까 천일홍은 내일은 또 볼 수 없나, 하는 생각을 하고 있었던 거 맞지?

"내일 저녁은 내가 고르는 맛집으로."

"뭐, 그러든지."

"계산은 네가 하고."

"뭐, 그러든지."

"천일홍, 내가 뭘 먹자고 할 줄 알고?"

"내 사정 뻔히 알잖아. 설마 벗겨 먹기야 하겠어?"

어, 지금 벗겨 먹기 일보 직전이거든?

"기집애가 말하는 거 하고는."

준서는 괜히 뾰로통한 목소리로 속삭였다. 아까부터 내내 심각한 얼굴을 하고 있더니만, 내일 데리러 가겠다는 말에 일홍의 얼굴에는 환한 미소가 걸려 있었다.

빌라 입구에 다다르자 일홍은 한 발짝 떨어져 섰다.

"이제 가 봐. 고마워."

"이불 꼭 덮고 자고. 무슨 일 있으면 전화해."

"알았어."

일홍은 예쁜 미소를 짓고 있었지만, 준서의 심장은 딱딱하게 굳어 가는 것처럼 가슴속이 싸했다.

여기 천일홍을 혼자 두고 가야 한다는 사실에.

돌아가면 텅 빈 집에 혼자 있어야 한다는 사실에.

"얼른 가."

멀뚱히 서 있는 준서를 일홍이 슬쩍 밀었다.

"현관문 앞까지 데려다줄게."

"치."

좋으면서, 치는.

준서는 일홍의 손을 꼭 붙들고 빌라 지하로 내려갔다. 일홍이 도어록에 집게손가락을 올리는 사이 앞집 문이 열렸다. 목이 늘어난 하얀 셔츠에 사각 트렁크 같은 반바지 차림의 남자가 슬리퍼를 직직 끌고 나오며 욕지거리를 내뱉었다.

"아, 시발. 삑삑거리는 소리 시끄러워 죽겠네."

남자에게서는 시큼한 땀 냄새와 독한 술 냄새가 풍겨났다.

"죄송해요, 아저씨. 여기 도어록을 새로 달아서."

"집구석에 뭐 훔쳐 갈 게 있다고 그런 걸 달아서 아침저녁으로 삑삑 울어 대게 만들어. 염병. 삐쩍 말라 가지고 줘도 안 먹겠구만."

남자는 계단을 오르며 계속해서 구시렁거렸다.

"저 사람 여기 혼자 살아?"

남자의 그림자가 공동 현관 밖으로 사라지는 것을 본 준서가 어둠 속에 시선을 고정한 채 물었다.

"어? 어."

"너는! 저런 남자가 앞에 사는데도 문을 안 고치고 살았어?"

"나쁜 사람 아니야. 그리고 네가 고쳐 줬잖아, 이제."

빙그레 웃는 일홍에게로 시선을 돌린 준서는 저도 모르게 따라 웃고 말았다.

네 옆에 이제 나 없으면 안 되겠다, 그치?

준서는 장난스럽게 일홍의 콧잔등을 한 번 가볍게 쥐었다가 놓았다.

"들어가서 약 먹어. 저녁 먹고 바로 먹었어야 했는데 늦었다."

"응. 알았어. 운전 조심해서 가."

"응."

현관문을 열고 안에 들어선 일홍은 문을 빠끔히 열어 둔 채로 손을 흔들었다.

"잘 자라."

"너도 잘 자."

진녹색 현관문이 닫히고 나자 한숨이 폭 새어 나왔다. 발길을 돌려야 하는데 아쉬움에 두 다리가 묶인 듯 꼼짝도 할 수 없었다.

〈얼른 가. 내일 7시 반까지 회사 가려면 피곤하겠다.〉

가지 못하고 서 있는 걸 아는 건지, 일홍은 그렇게 문자를 보내왔다.

〈갈게. 잘 자라.〉
〈응.〉

휴대전화를 꼭 쥐고 계단을 오르는데 심장이 저려 왔다. 혼자 두고 가는 게 영 내키지 않아서 가슴이 콕콕 쑤셨다.

자존심 강한 천일홍. 살살 달래서 데리고 사는 데까지 얼마나 걸릴까?

chapter
06

하룻밤 자고 일어났지만 설렘은 여전히 가시질 않았다. 양
치질하면서도 바보같이 헤실헤실 웃음이 새어 나왔고, 세수
를 하면서도 피시식 웃는 바람에 입안으로 거품이 잔뜩 들어
왔다.

샤워를 하고 나온 일홍은 여느 때처럼 TV 거치대 겸 화장
대 앞에 앉았다. 튜브에 들어 있는 로션을 꾹 짜서 얼굴에 찍
어 바르고는 어제 그 문제의 체리향 립밤을 입술에 바르려
할 때였다.

아무런 화장도 하지 않은 민낯이 갑자기 신경 쓰였다.

"뭐라도 바를까."

일홍은 TV 거치대 서랍을 열고 바를 만한 게 있나 찾아보았다. 평소 화장을 잘 안 하고 다녀서 이렇다 할 화장품이 없었다.

오늘은 집에 오다가 화장품 가게에 한번 들러 볼까. 아니지, 준서가 온댔는데. 점심때 가 볼까.

이런저런 생각을 하며 집을 나서는데 오늘따라 날씨마저기가 막히게 좋았다.

찬란히 내리쬐는 봄빛에 가슴이 괜히 벅차오르고 뿌듯해서 땅을 내디디고 있는 발에 힘이 들어갔다. 콩나물시루처럼 서 있는 전철에서도 짜증 하나 나질 않았고, 손을 꼭 붙들고 등교하는 연인들이 가득한 대학 후문에서는 '좋을 때다'라는 말이 툭 튀어나오기도 했다.

사람이 이렇게 말랑말랑해질 수도 있는 거구나.

일홍은 가게 문을 열면서 만족스러운 한숨을 폭 내쉬었다. 오전에 비즈 원석 팔찌 만들기 수업을 마친 뒤, 점심때는 저 아래 있는 화장품 가게에 가 볼 생각이었다.

그래서 그런지 오늘따라 유독 수강생들의 얼굴에 눈이 갔다. 눈썹은 어떻게 다듬었는지, 아이라인은 어떻게 그렸는지, 입술에는 뭘 발랐는지.

수업이 끝나고 네 명의 수강생이 가게를 나선 뒤 일홍은 서둘러 스카프를 목에 둘렀다.

"어? 이롱이롱 어디 가?"

"쩨희! 너 요즘 연락도 없이 자주 온다?"

"치, 나 연락하고 올까, 그럼?"

뾰로통하게 묻는 재희의 말에 일홍은 장난스럽게 대꾸했다.

"그럼 당연히 연락하고 와야지. 내가 얼마나 바쁜 싸장님인데."

"나 보여 줄 거 있어서 왔단 말이야."

몸을 비비 꼬며 고개를 비스듬히 숙이는 모양이 좋은 일 같았다.

"뭔데? 한번 봐 주지. 이 언니가."

일홍이 뭔지 내놓으라며 오른손을 펼쳐 보이자, 그 위에 반들반들한 비닐이 씌워진 수첩이 하나 놓였다.

"뭐야, 이게? 어머!"

손바닥에 놓인 건 산모 수첩이었다.

"7주야. 여기 초음파 사진 봐라. 아직 콩알만 한데, 내 눈에는 너무 예쁜 콩이야!"

눈물이 핑 돌아 있는 재희를 마주하자, 일홍의 눈시울도 붉게 물들었다.

"뭐 먹고 싶은 거 있어? 내가 다 사 줄게. 응?"

"음. 나 물냉면!"

"그래, 가자, 가자. 갈비 구워서 물냉면에 싸 먹자!"

재희와 팔짱을 끼고 언덕길을 내려가는데 주머니 속 휴대
전화가 진동했다. 일홍은 카디건 주머니에서 슬쩍 휴대전화
를 꺼내 보았다. 아직 저장되어 있지 않은 번호, 하지만 저장
된 그 어느 번호보다 반가운 번호, 준서였다.

"왜 안 받아?"

"어, 모르는 번호라……."

"모르는 번호 무작정 받기는 좀 찝찝하지."

일홍은 고개를 끄덕이며 화면에 나타난 통화 거부 표시를
톡톡 두드렸다. 아직은 준서를 만나고 있다는 이야기를 재희
에게 할 수 없었다.

나, 지금은, 아주 조금은 무뎌진 것 같은데.

원래 일을 직접 겪은 이보다 옆에서 지켜본 이가 더 울분
을 토해 내는 경우가 있다. 이러저러한 복잡한 사연을 모두
알기는 힘드니 말이다.

미쳤다고 욕하려나, 아님 네가 좋으면 어쩔 수 없다며 한
숨을 내쉬려나.

갈빗집에 들어서는데, 문자가 왔는지 주머니 속 휴대전화
가 짧게 진동했다. 문자마저 무시해 버릴 수는 없어서 일홍
은 테이블 앞에 앉자마자 휴대전화를 확인했다.

〈전화받기 곤란해? 점심은?〉

〈재희랑 같이 있어서……. 점심 먹으러 왔어.〉

〈아, 알겠어. 맛있게 먹어.〉

재희랑 같이 있어서 전화를 못 받았다는 말에 준서는 그저 알았다며 간단히 답했다. 그리고 보니 준서가 누구에게 연락처를 받았는지, 가게 주소를 어떻게 알아냈는지에 대한 대답을 명확히 받아 내지 못했다.

혹시……?

일홍은 앞에 앉아서 메뉴판을 열심히 보고 있는 재희를 바라봤다.

설마 재희는 아닐 거고. 그렇다고 다른 누군가가 자신의 가게를 알고 있는 것도 아닌데.

어떻게 찾았나. 어디까지 알고 있나. 그걸 꼭 물어봐야 하나. 어떻게 물어야 하나.

입에서 한숨이 저절로 새어 나왔다.

"너 무슨 일 있어? 왜 이렇게 한숨을 쉬어?"

"내가?"

"어. 지금 여기 들어와서 한 서너 번은 쉰 것 같다."

"있잖아, 재희야."

"응. 있긴 뭐가 있어. 빨리 말해. 뜸 들이지 말고."

일홍은 볼 안쪽을 슬쩍 깨물었다 놓고는 입을 열었다.

"너, 졸업하고 정식이랑 잠깐 연락 끊겼다가 다시 연락돼서 만났을 때…… 어땠어? 기분이?"

"음. 다시 연락됐을 때는 그냥 반가운 동창 만난다, 그랬지. 근데 막상 만나러 나갔는데, 애가 막 남자가 되어 있는 거야. 좀 설레더라? 근데 또 한편으론 너무 편한 거야. 꼭 고등학생으로 돌아간 것처럼."

"그래서?"

재희는 다가온 종업원에게 갈빗살 2인분을 주문하고는 말을 이었다.

"편한데, 그 편하다는 사실조차도 두근거리는 거야. 만날 때마다 너무 즐겁고. 진짜 길바닥에 서서 둘이 아무것도 아닌 거로 배를 쥐고 웃은 적이 한두 번이 아니라니까. 아무것도 아닌데 웃음이 나서. 그래서 그랬는지 불이 확 붙었지."

"불?"

"야, 지금 와서 얘긴데."

누가 들을세라 테이블에 턱이 닿을 듯 고개를 숙인 재희가 조용히 속삭였다.

"우리 만난 지 일주일 만에 잤다."

"뭐어?"

화들짝 놀라 입술이 벌어진 일홍을 보고 재희가 키득키득

웃어 댔다.

"아니, 뭐 고등학생도 아니고 청춘 남녀가 정분나면 그럴 수 있는 거지. 근데 이게 또."

재희는 또다시 테이블 가까이로 턱을 가져다 대더니 속삭였다.

"속궁합이, 세상에. 와! 완전, 미친 거야!"

"어머, 진짜 미쳤나 봐!"

새된 목소리로 나무라는 일홍을 향해 재희는 눈을 가늘게 뜨며 말을 보탰다.

"뭔가 통한다 하는 느낌이 빡 오는데, 얘가 내 운명이구나, 했지."

오버스럽게 이야기하는 재희를 보고 일홍은 픽 하고 웃음을 터뜨렸다.

"너 혹시 만나는 사람, 내가 아는 사람이야?"

스테인리스 컵에 물을 따르며 묻는 재희의 질문에 일홍은 서둘러 수저통을 열고 숟가락을 꺼내며 대꾸했다.

"아니이."

"이상하네, 천일홍? 혹시 고등학교 동창 만나? 누군데에? 막 우연히 연락돼서 만나는 거야?"

"아니야, 그런 거."

"에이. 아니긴 뭐가 아니야. 네가 영양가 없이 나한테 정식이랑 다시 만났을 때 어땠냐고 물을 이유가 없는데?"

정곡을 찔리고 만 일홍은 입 안쪽의 말캉한 살을 버릇처럼 잘근잘근 깨물었다.

"그냥 궁금해서 물어본 거야."

"치. 천일홍 또 입 닫네. 그럼 다른 질문."

재희는 물을 한 모금 넘기고는 물었다.

"어디까지 갔어? 키스는 해 봤어?"

붉어진 일홍의 얼굴을 보고 재희의 눈이 휘둥그레졌다.

"뭐야! 키스는 했구나! 뭐하는 사람인데? 잘해 줘?"

"응. 잘해 줘."

"성격은 어때?"

"그냥 수더분해. 나한테 잘 맞춰 주고. 만나면 즐겁고. 계속 웃음 나고."

"잘됐다. 천일홍!"

재희는 테이블 위에 오른 일홍의 손을 끌어다 꼭 잡았다.

"있잖아, 재희야."

"응."

"나 밥 먹고 화장품 사러 갈 건데…… 같이 가자. 뭘 사야 할지 모르겠네."

서른이 되도록 입술에 찍어 바르는 립스틱 하나 없었던 일홍이 화장품을 사야겠다는 말을 내뱉자, 재희의 얼굴색이 한

층 더 밝아졌다.

"화장하게?"

일홍은 슬쩍 고개를 끄덕였다.

복잡해진 마음을 어루만지고, 끝 간 데까지 내몰린 정신을 차리느라 몸을 돌보지 못했던 일홍이었다. 그건 식사나 건강뿐 아니라 얼굴에 찍어 바르는 화장품까지도 포함되는 것이었다.

"있지, 재희야."

"응."

들을 준비가 다 되어 있다는 듯, 재희는 꿈꾸는 듯한 표정을 짓는 일홍을 바라봤다. 작년 그 남자 때와는 확연히 다른 분위기, 포근한 기운을 머금은 일홍의 표정에 재희는 심장이 콩닥거리는 듯했다.

"그 사람이랑 있으면, 여자가 된 것 같아. 내가 여자가 아니었다는 건 아니고. 막 그런 거 있잖아. 내가 누군가한테 보호받고 있고, 누군가한테 관심 받고 있다는 거."

그런데 갑자기 누군가에게 스며들어 가 홀린 듯한 얼굴을 하고 있는 일홍이 재희는 걱정되기도 했다.

"나 되게 외로웠나 봐. 표현은 못 했는데, 누군가 그렇게 봐 주길 되게 간절히 바랐나 봐. 그 사람이 너무 따뜻해서. 떨어져 있는 게 아쉬워서 막 조바심이 날 정도라니까."

천일홍이 이렇게 누군가에게 빠졌던 적이 있었던가? 이렇게 발그레한 얼굴을 하고 제 속마음을 이야기했던 게 언제더라?

"좋은…… 사람이지?"

걱정스러운 물음을 던지자, 일홍의 얼굴이 미세하게 굳어 갔다.

"좋아……. 좋은 사람이야."

무언가를 분명히 숨기고 있는 표정. 천일홍은 거짓말을 못 하는 친구니까. 가슴 한구석이 싸했다. 순진한 친구, 나쁜 놈이 꾀어서 또 마음 아프게 하면 어쩌나 하는 생각이 들어서 재희의 눈썹이 꿈틀거렸다.

"나 보여 줘. 어떤 사람인지."

"응?"

"이번 주말이 안 되면 다음 주말에라도 보여 줘."

"좀 이따가."

일홍은 곤란한 듯 어색하게 미소 지었다.

"얼마나?"

"재희야."

"응."

진지한 부름에 재희는 일홍의 눈동자를 가만히 들여다보았다.

"나…… 그냥 지금은 이 감정을 즐기고 싶어. 나한테 한 번도 없었던 두근거림이고 간절함이야. 청춘이 인생의 봄이라며? 근데 봄은 한철이잖아. 그 한철이 나한테는 각박하고 힘들기만 했는데 지금은 너무 좋아. 풀어야 할 게 많은 거 아는데. 그게 끝내 풀리지 않을지도 모르는데. 그렇다고 꽃잎 지는 거 무서워서 꽃나무를 베어 버리고 싶지는 않아."

재희의 말문이 턱 막혀 버렸다. 천일홍…… 너 설마……?

차마 일홍의 앞에서 민준서의 이름을 입에 올리지 못하는 재희였다. 지금 와서 따지고 보면 그게 민준서의 잘못은 아니었다. 그렇지만.

재희는 가만히 10년 전 2월의 차가운 여관방을 떠올렸다.

불도 제대로 들어오지 않아서 얼음장처럼 차갑던 그곳에 일홍을 혼자 남겨두고 집에 가기가 싫어서, 재희와 정식은 밤늦도록 그곳을 지켰다.

그런데 뜻밖의 손님이 여관방의 나무문을 두드렸다.

"누구세요?"

재희의 물음에 밖에서는 늦겨울 칼바람보다 시린 목소리가 들려왔다.

"일홍이 안에 있느냐."

"누구신데요?"

눈이 많이 내리던 날, 영동고속도로 위에서 난 사고로 일홍의 부모님은 한날한시에 돌아가셨다. 순식간에 부모 잃은 고아가 되어 살던 집에서도 쫓겨나는 일홍을 옆에서 지켜본 재희는 친구에 대한 묘한 보호 본능이 생겨났다.

"준서 할미다."

학교에선 치맛바람으로 워낙 악명 높은 분이었지만 준서를 살뜰히 챙겨 주셨던 일홍의 부모님을 떠올리며, 재희는 여관방 문을 열었다. 혹시 마지막 희망일지도 모른다고 생각했다. 차가운 여관방에서 일홍을 구해 줄 수 있는 유일한 어른이 아닐까 싶었다.

그런데 수척해진 일홍을 여관방 밖으로 끌어내어 그 노인네가 던진 말에 재희는 엉엉 울어 버리고 말았다. 이제 갓 스물이 된 여자애가 뭘 안다고. 천일홍이 그렇게 영악한 애도 아닌데.

"사고 소식 들었다."

"네."

"준서는 모르는 눈치더구나."

"경황이 없어서…… 연락을 못 했어요."

"그것참 잘했구나. 준서 지금 중요한 때다. 연락은 이제 안 했으면 좋겠구나."

"……네?"

"공부하러 간 애 좀 그만 괴롭히거라. 온종일 전화통을 붙들고 있다니까, 내 참 속이 상해서. 그 어미에 그 딸이라더니."

"그게 무슨 말씀이세요, 어르신?"

준서의 할머니는 혀를 끌끌 차 대며 경멸 어린 시선으로 일홍을 노려보았다.

"아무리 돈이 좋고 명예가 좋아도 그렇지. 지아비 교수 만들겠다고 몸이나 팔고 다니는 어미 밑에서 자란 주제에 '어르신, 어르신' 예의 차리는 척 말아라. 네 어미처럼 우리 준서한테 들러붙어서 팔자 고쳐먹을 생각 말고, 네 처지 고민하면서 앞으로 어떻게 더 열심히 살까 생각해 보거라. 뭐 이렇게 된 마당에 더 살고 싶은 마음이 든다는 게 참 이상하다, 나는."

"그럼 죽으란 말씀인가요?"

고저 없는 일홍의 물음에 노인네는 표독스럽게 대꾸했다.

"적어도 네 꼴이 이렇게 된 거, 준서 귀에는 안 들어가게 쥐 죽은 듯이 살아야 할 게다."

쌩하니 돌아서는 악마 같은 뒷모습을 보며 일홍이 입술을 꾹 깨문 채로 눈물을 삼키는 모습을 재희는 방문 틈새로 전부 지켜보았다.

"볼 거 하나 없는 계집애가 교수 딸이라기에 준서 친구로 됐더니. 그렇게 된 교수 자리면, 내 참 더러워서."

복도를 왕왕 울리는 목소리에 일홍은 바닥에 털썩 주저앉아서 세상이 떠나가라 울어 젖혔다. 여관방 문이 곳곳에서 열리기 시작했고, 생전 들어 보지도 못한 독한 욕설이 튀어나왔다.

"들어가자, 일홍아. 아니야. 너희 엄마, 아빠 그러실 분들 절대 아니잖아. 아니야, 일홍아. 정신 놓지 마. 들어가자. 응?'

바닥에 드러눕다시피 하는 일홍을 정식이 겨우 방으로 옮겨 놓았고, 재희는 그런 그녀를 끌어안고 밤새 울다가, 달래다가를 반복했다.

따지고 보면 민준서의 잘못은 아닌 과거지만 그 노인네는 민준서의 할머니고, 일홍이 민준서가 가장 아끼는 친구가 아니었다면 그런 더러운 일은 겪지 않아도 되는 거였겠지.

종업원이 철판 위로 갈빗살을 올리는 모습을 바라보는데, 문득 얼마 전 동창들 모임에 나타났던 준서의 얼굴이 불현듯 떠올랐다.

맙소사.

정전이라도 된 것처럼 재희의 머릿속이 새까맣게 물들었다.

"왜 그래, 재희야? 너 어디 안 좋아?"

설마했던 게 사실이라면, 일홍이 이렇게나 붉은 얼굴을 하는 게, 정말 민준서 때문이라면. 사람 마음 가지고 이래라저래라하는 거, 남의 집 제사상에 감 놔라, 대추 놔라 하는 것보다 더 웃긴 일이라는 거 알지만.

그래도 일홍아…….

"너야말로 정말 괜찮아?"

재희의 물음에 일홍은 덤덤히 대꾸했다.

"너 이제 엄마야. 나쁜 생각 하지 말고, 나쁜 사람은 머릿속에 떠올리지도 말고. 좋은 생각하고, 예쁘고 고운 사람만 떠올려. 그래야 아가가 예쁘게 나오지."

빙그레 웃으며 하는 일홍의 말에 재희는 머리를 가볍게 한 번 흔들었다. 모성 본능이 친구에 대한 걱정을 앞서는 건지 재희의 얼굴엔 금세 아스라한 미소가 그려졌다.

그럼 차라리 그 노인네한테 멋지게 복수해, 천일홍. 민준 서는 이러나저러나 천일홍밖에 모른다고 알려 줘 버려. 아가, 아가는 듣지 마요.

재희는 괜히 배를 한 번 쓰다듬고는 빙그레 웃었다.

점심 식사를 마치고 둘은 나란히 화장품 가게에 들어가 립 스틱을 하나씩 샀다. 버건디가 어쩌고 하며 화장품 가게 점 원이 강력하게 권하는 통에 일홍의 손에는 새빨갛다 못해 검 붉게 보이는 립스틱이 들려 있었다.

"이거 너무 파격적이지 않아?"

"천일홍이 화장한다는 거 자체가 파격적이지?"

재희의 되물음에 키득거리는 웃음이 새어 나왔다. 택시를 타고 가겠다는 재희를 데려다주는 길, 재희는 정식에게 걸려 온 전화를 받으며 씩씩거렸다.

"뭐야? 오늘 같은 날 갑자기 지방 출장 갔다 오라는 그런 개 뼉다구 같은 회사가 어디 있어! 아, 몰라. 몰라! 언제 끝나는 데……. 왜 가 봐야 알아? 그럼 오늘 안으로 못 온다는 거야?

몰라! 끊어!"

"왜, 정식이 어디 간대?"

"이롱이롱! 너 오늘 우리 집 와서 잘래?"

울상을 짓는 재희의 얼굴에 일홍은 포근한 미소를 지으며 대꾸했다.

"왜, 만나기만 하면 불같이 타오르던 너네 정식이가 오늘 어디 간대?"

"몰라. 회사에서, 성주? 거기 다녀오랬대. 오늘 못 온대. 오늘 같은 날 나 혼자 자면, 우리 깔깔이랑 나랑 둘 다 너무 슬플 것 같아."

"깔깔이?"

"아! 말 안 했구나. 태명이 깔깔이야. 유치하게 지어야 건강하게 태어난다고 해서. 정식이랑 나랑 만나기만 하면 깔깔 대니까."

화를 내며 전화를 끊을 땐 언제고, 금방 웃는 얼굴을 하고 있는 재희를 놀려 먹으려 일홍이 장난스럽게 물었다.

"으르렁 아니고?"

"그런 엑소 노래고."

이따 가게 문 닫고 가겠단 약속과 함께 꼭 저녁은 맛있는 걸로 해 놓으란 말을 하며 재희를 돌려보내고, 일홍은 다시 가게로 돌아왔다.

전화 먼저 해도 되나. 바쁠 텐데…….

휴대전화를 만지작거리고 있는데, 꼭 무언가 통하기라도
한 듯 전화가 울려 댔다.

"여보세요?"

—뭐 먹었어?

"고기."

—맛있게 먹었어?

"어."

소소한 일상에 대한 자상한 질문. 여자가 바라는 건 거창
한 게 아닐지도 모른다. 이런 작은 것에 마음이 홀라당 녹아
버리니까.

"너는 뭐 먹었어?"

—난 도시락.

"너 도시락 싸서 다녀?"

—아니. 먹을 시간이 없어서, 배달 도시락.

"아…….."

—그러니까 저녁 맛있는 거 먹자.

일홍은 미안함에 아랫입술을 꾹 깨물었다.

"있잖아. 오늘 나 재희랑 같이 있어야 할 것 같아. 재희가
임신을 했는데 오늘 알았나 봐. 근데 정식이가. 어, 그러니까
정식이랑 재희랑 결혼했거든. 근데 정식이가 출장 가서 밤에

못 온다고. 자기 집에 와서 자라고 해서."

―그럼 오늘 재희네 가서 자?

"응. 그러려고."

―그래, 그럼. 몇 시쯤 갈 거야?

"글쎄. 7시에서 8시 사이?"

―알았어. 이따 전화할게.

"응."

전화를 끊자 아쉬움이 녹아든 한숨이 툭 터져 나왔다. 그에 비해 준서의 목소리는 너무도 덤덤한 것 같아서 마음이 축 가라앉았다. 아무 생각 없이 원석과 리본만 가지고 놀아도 시간이 금방 갔었는데, 오늘따라 손님 없는 오후는 더디게 흘러갔다.

저녁 7시쯤 가게 문을 닫은 일홍은 곧장 재희네로 향했다. 그런데 기다리는 전화는 죽어라 오지 않았다. 이따 전화한다더니…… 이제 재희네 들어가면 전화도 못 받는데…….

버스 정류장에 내려서도 혹시나 전화가 오지는 않을까 바보같이 한참을 서 있었다. 그러다 재희가 왜 안 오냐는 전화를 해 왔을 때, 일홍은 축 늘어진 발걸음을 이끌어 재희네 집 현관문을 두드렸다.

재희가 해 놓은 된장찌개와 고등어구이에 저녁밥을 든든히 먹었는데도 뭔가 헛헛했다.

"이롱이롱, 나 졸려."

연신 하품을 해 대던 재희는 TV를 보며 꾸벅꾸벅 졸다가 방으로 들어가 버렸고, 일홍은 멍하니 드라마를 보고 있었다.

저 배우는 여기도 나와? 뭐 영화도 찍었다고 하지 않았나.

심드렁하게 TV를 보고 있는데, 현관문이 벌컥 열렸다.

작은 빌라에 중문도 없는 터라 문을 열고 들어온 이가 누군지 일홍은 단번에 확인할 수 있었다.

"어? 못 온다더니 왔네?"

"우리 재희는?"

"자. 막 졸음이 쏟아지나 봐."

"고마워. 같이 있어 줘서."

"아니야."

일홍은 얼른 자리를 털고 일어났다.

"자고 가도 되는데. 작은 방에 이불 펴 놓은 거 아냐?"

"아냐. 집에 가서 잘래. 할 것도 있고."

"그래, 그럼."

서둘러 옷을 챙겨 입고 가방을 집어 든 일홍은 현관 앞으로 다가가 신발에 발을 끼웠다.

"저기…… 일홍아……."

"응?"

정식은 무언가 물어볼 게 있는 눈치였다.

"왜? 뭔데?"

빨리 나가서 준서에게 연락해 보고 싶어 일홍은 정식을 재촉했다.

"아, 아니야. 조심해서 가라고. 택시 불러 줄까?"

"택시는 무슨, 버스 타면 돼."

"그래, 조심해서 가."

현관문이 닫히자마자 일홍은 휴대전화를 꺼내 들고는 문자를 보냈다.

〈바쁜가 봐? 난 집에 다시 가려고. 정식이가 못 온다더니 와서.〉

문자를 보낸 지 얼마 지나지도 않았는데 휴대전화가 깜빡깜빡 빛을 내며 부르르 진동했다.

"여보세요?"

—그래서 쫓겨났어?

"쫓겨나긴. 신혼부부 집에 같이 있기 불편하니까 내가 나왔지."

—그게 그거네, 뭐. 어디야, 그래서?

"이제 막 재희네 빌라에서 나왔어."

―근처 어디 커피숍이나 편의점 같은 데 들어가 있어. 내가 갈 테니까.

"응?"

반가움에 저도 모르게 입이 귀에 걸리고 말았다.

―거기 어딘지 나한테 상호 좀 문자로 찍어 줘. 출발하면서 다시 전화할게.

"응."

전화를 끊었는데 심장이 콩콩거리고 발끝이 간질간질했다. 친구 집에서 나왔다는 말에, 그저 혼자 있는 일홍을 위해 민준서가 온단다. 일홍의 얼굴에 새겨진 진한 미소가 떠날 줄을 몰랐다.

민준서가 온다.

chapter
07

오렌지색 가로등이 듬성듬성 내리는 좁다란 골목길을 일홍은 경쾌한 발걸음으로 내려갔다. 밤을 맞은 봄의 바람결이 코끝을 차갑게 스쳤지만, 앙증맞은 콧노래가 절로 흘러나올 만큼 들떠 있었다.

아까 내렸던 버스 정류장 근처에 다다른 일홍은 편의점에 들어가 준서에게 문자를 한 통 보냈다. 편의점 상호와 위치를 간단히 써서 보내자 간단한 답이 되돌아 왔다.

〈간다. 20분.〉

지금 출발하는데 여기 도착하려면 20분 정도 걸린다는 뜻이겠지.

일홍은 온장고에서 두유 한 병을 꺼내어 계산하고는 길가가 내다보이는 편의점 유리창 바 테이블 앞에 섰다.

20분, 20분이라. 20분을 어떻게 보내야 할까.

평소 같으면 인터넷 기사를 보면서 시간을 때우거나, 가방에서 이어폰을 꺼내어 음악이나 라디오라도 들었을 텐데, 준서를 기다리는 동안에는 그 무엇에도 집중이 되질 않았다.

아주 느릿하게 지나가는 편의점 시곗바늘을 나무라며 창밖을 살피고 있자 유리창에 작은 물방울이 날아와 엉겨 붙기 시작했다.

"비 오네."

유리 벽에 알알이 맺혔던 빗방울이 무게를 이기지 못해 주르륵 아래로 흘러내리고, 그 위로 다시 날아드는 빗방울을 멍하니 바라보고 있는데 흐려진 시야 너머로 깜빡거리는 자동차 비상등이 눈에 들어왔다.

일홍은 빗방울을 바라보던 시선을 옮겨 차를 한 번 확인했다.

"왔다!"

작게 속삭인 일홍이 곧장 편의점 유리문을 밀고 나가 달리기 시작했다.

어느새 굵어져 버린 빗방울에 머리칼과 어깨는 축축이 젖고 말았다. 얼른 달려가 조수석 문고리를 잡아당겼는데, 단번에 열리질 않았다. 빗속에서 머뭇거리는 사이 달칵하는 소리와 함께 잠금장치가 풀렸다.

일홍은 얼른 다시 문고리를 잡아당기고는 열린 문틈으로 몸을 집어넣었다.

"빨리 왔네? 20분은 걸린다더니."

"너는, 좀 기다리지. 비도 오는데."

나무라는 준서의 목소리에 일홍은 흠칫 놀라 제 몸을 내려다보았다. 억수같이 내리는 빗속을 달려온 탓에 옷이 젖어 있었고, 그 옷 그대로 가죽 시트 위에 올라타고 말았으니. 일홍의 얼굴에 미안함이 어렸다.

그 순간 우디향이 물씬 풍기는 손수건이 다가와 일홍의 얼굴에 달라붙어 있는 젖은 머리카락을 쓸어 넘겼다.

"감기 걸려서 앓아누운지 얼마나 됐다고 빗속을 달려. 우산 가지고 내리려고 했는데 좀 기다리지."

"미안."

일홍은 발끝을 모은 채로 가만히 속삭였다.

"미안하면 나 라면 좀 끓여 줘라."

"응?"

발끝을 향해 있던 일홍의 시선이 준서에게로 옮겨 갔다.

피곤한 얼굴로 하품을 해 대는 준서의 얼굴을 마주하자 일홍의 눈가에 걱정이 어렸다.

"아직 저녁 안 먹은 거야?"

"너랑 같이 먹으려고 했는데 네가 나 바람 맞혔잖아. 그래서 굶었어."

"뭐야, 유치하게."

일홍은 준서를 나무라며 가볍게 눈을 흘겼다.

"넌 그럼 왜 유치하게 어린애처럼 빗속을 달려?"

히터 바람이 바로 들이닥치는 것처럼 일홍의 얼굴이 화끈거렸다.

"아니, 그냥 뭐."

빨리 보고 싶어서.

말을 내뱉지는 못하고 입만 뻥긋거렸다.

"라면 하나만 끓여 줘."

"라면 갖고 되겠어?"

점심도 도시락을 먹었다는데, 늦은 밤에 라면을 먹겠다는 게 마음에 걸렸다.

"그럼, 뭐 밥이라도 해 주게?"

"김치볶음밥 같은 거 해 줄까?"

"좋지."

차는 어느새 빗속을 뚫고 달리고 있었다. 반대 차선에서 차가 지나갈 때마다 들려오는 쏴아 하는 소리와 유리창을 토도독 두드리는 소리, 앞유리를 매끈하게 닦는 와이퍼 소리에 심장이 두근두근했다.

아니지.

커다란 손이 핸들을 쓰다듬으며 나는 마찰음, 이따금 흐음 하고 내뱉는 목소리, 그리고 규칙적으로 들려오는 준서의 숨소리에 가슴이 간질간질했다.

일홍은 일부러 딴생각을 하려고 집에 있는 냉장고를 떠올려 보았다. 병간호를 왔던 준서가 냉장고를 꽉꽉 채워 놓은 덕분에 냉장고 안에는 음식 재료가 넘쳐났다.

밥통에 있는 밥으로 김치볶음밥하고, 달걀탕 하나 끓일까?

분홍색 밥상 위에 뭘 올려야 할까 고민하는 사이 차는 일홍의 집 근처 공용 주차장에 멈춰 섰다.

"기다려, 트렁크에서 우산 꺼내게."

"응."

운전석 문이 열리자 빗소리와 함께 물 냄새가 차 안으로 들어왔다. 일홍은 가만히 준서가 내리는 모습을 지켜보았다. 트렁크가 열렸다 쿵 하고 닫히는 소리가 났고, 얼마 지나지 않아 조수석 문이 열렸다.

"내려."

준서의 머리 위로는 검은색 우산이 드리워져 있었다. 우산은 딱 하나였다. 두 개였으면 실망했겠지. 일홍은 피식 웃으며 우산 안으로 들어섰다. 준서는 그녀를 비에 맞지 않게 하려는 듯 품으로 끌어당기며 조수석 문을 닫았다.

그 바람에 코끝이 준서의 가슴께에 닿자 심장이 쿵 하고 큰 울음소리를 내는 것만 같았다.

"갈까?"

멀뚱히 서 있는 일홍을 내려다보던 준서가 묻자, 일홍은 그저 고개만 끄덕끄덕했다.

좁은 골목길, 비는 하늘에서 내리는 장벽이 되고 우산은 작은 하늘이 되어 두 사람만의 세계가 만들어지는 기분이었다. 일홍의 오른쪽 어깨는 준서의 가슴 안에 들어가 있었고 왼쪽 어깨는 비에 맞지 않도록 커다란 손이 감싸 쥐고 있었다.

술을 마신 것도 아닌데, 무언가에 취한 듯 아득해지는 기분이었다. 축축이 젖은 대기와 달리 자꾸만 목이 타서 일홍은 계속 침을 꼴깍꼴깍 삼켜 댔다.

빌라 공동 현관에 도착하자 우산을 접으며 준서가 물었다.

"여긴 언제부터 살았어?"

"3년 정도 됐어."

"아……."

무엇 때문에 준서가 탄식 어린 한숨을 내뱉는 건지, 일홍은 미간을 슬쩍 찌푸렸다.

"불편하면 어디 다른 데 가서 밥 먹을래?"

"불편하긴 뭐가 불편해. 얼른 들어가자."

준서가 일홍의 손을 붙들고 계단을 성큼성큼 내려갔다. 일홍은 앞집 남자가 또 뛰어나올까 조바심 내며 서둘러 현관문을 열었고, 습기 때문에 눅눅해진 공기 중에서 은은한 피오니향이 느껴졌다.

다행이다.

혹시나 비가 온 탓에 집 안에서 또다시 꿉꿉하고 기분 나쁜 냄새가 배어나면 어쩌나 은근히 마음을 졸이고 있던 터였다. 일홍이 신발을 벗고 안으로 들어선 사이 준서는 어느샌가 집 안으로 들어와 등받이 쿠션에 기대앉았다.

"밥 다 되면 오빠 좀 깨워라."

"허?"

일홍은 헛웃음을 터뜨리며 눈을 지그시 감은 채로 비스듬히 쿠션에 등을 기대고 앉은 준서를 바라봤다.

많이 피곤한가 보네.

혹시나 선잠에 든 준서가 깰까 싶어 일홍은 조심조심 김치를 썰어서 볶고 달걀탕을 끓였다. 벌써 밤 11시가 다 되었는데 지금껏 저녁을 못 먹었으니 얼마나 배가 고플까. 조용히 움직이느라 이마에서는 진땀이 배어났다.

거실 겸 부엌이 함께 있는 구조여서 일홍은 이따금 뒤에 앉은 준서를 흘끔거렸다. 처음엔 쿠션에 등을 기댄 모습이, 다음엔 옆으로 슬쩍 기울어진 어깨가, 그리고 마지막에는 아예 바닥에 모로 누운 준서가 눈에 들어왔다.

유치하다고 나무랐던 분홍색 캐릭터 상을 편 일홍은 그 위에 김치볶음밥이 담긴 대접과 달걀탕 뚝배기를 올렸다.

"저기, 준서야."

일홍은 눈을 꾹 감은 채로 누워 있는 준서의 어깨를 슬며시 잡고는 흔들었다.

"준서야. 저기 밥. 엄마야!"

밥 먹으라는 소리를 하려는 순간 준서가 일홍의 팔을 끌어당겼다. 일홍의 어깨와 가슴 위로 준서의 오른팔이 가로지르고 있었고, 왼손은 그녀가 꼼짝도 못 하도록 가녀린 두 손목을 움켜잡고 있었다. 모로 누운 그의 품 안에 작은 몸이 갇혀 버렸다.

목덜미에서 숨결이 느껴지자, 일홍은 솜털이 부스스 일어나는 기분이었다.

"저기, 배고프다며. 밥 먹어."

쿵쿵거리는 심장이 준서의 팔뚝을 통통 치고 있는 기분이었다.

"어, 고파. 엄청."

그리 말하며 준서는 일홍을 더 꼭 끌어안았다. 귓가에 울려 퍼지는 목소리는 유난히 낮고 깊었다.

"다 식겠다."

"좀 식으면 어때."

뒤에서 준서의 머리가 움직이는 느낌이 났다. 코끝이 뒷목의 어딘가를 헤집는가 싶더니 귓불 아래에서 숨결이 느껴졌다. 부드러운 입맞춤이 더해질수록 일홍은 꼼짝할 수가 없었다. 다리가 비비 꼬여 버릴 것처럼 이상한 열감도 느껴지기 시작했다.

"흐음."

깊게 숨을 들이마신 준서는 오른쪽 어깨를 슬쩍 움직여서 일홍을 돌아눕게 했다. 그와 동시에 목덜미에 묻혀 있던 준서의 입술이 일홍의 입술 위로 옮겨 왔다. 바닥에 누워서 몸을 겹친 채로 나누는 키스는 차 안에서 했던 키스와는 비교도 되지 않을 만큼 농밀했다.

일홍은 준서에게 붙들려 꼼짝도 할 수 없었던 손끝을 겨우 뻗어 드레스 셔츠의 소맷부리를 움켜잡았다. 입안을 휘젓는 예민한 감각에 있는 대로 열이 올랐고, 몸 전체가 그 안으로 빨려 들어가 버릴 것만 같아서 어딘가에라도 매달려 보려는 본능적인 움직임이었다.

손끝이 파들파들 떨려 왔다. 주체할 수 없는 떨림을 어떻게든 감당해 내려는 듯 발가락이 안쪽으로 말려들었다. 꼭 끌어안은 단단한 두 팔 때문에, 잘못 움직였다가는 어지러이 얽힐 것만 같아서 꼼짝도 하지 못하는 다리 때문에, 그리고 집어삼킬 듯 움직이는 입술에.

숨이 턱 막혀 왔다. 고개를 비틀어 받은 숨을 한 번 내쉬었는데, 그것조차 용납할 수 없다는 듯 다시 입술이 먹혀들어 갔다. 정신이 아득해지고 있었다. 그저 진한 키스와 뜨거운 포옹에 몸을 맡길 뿐 아무것도 할 수 없음에 무력감이 몰려오는 것도 같았다.

그런데 그 무력감이 일홍은 싫지 않았다. 아무것도 안 해도 되는 거다. 죽기 살기로 아등바등하지 않아도, 아무것도 하지 않아도 준서는 이렇게 열정적으로 자신을 보듬어 줄 것이라는 밑도 끝도 없는 믿음이 가슴을 가득 메우기 시작했다.

영원히 이렇게 뜨거운 품에 안겨서 키스를 받고 싶단 상상에까지 이르렀을 때, 진득한 마찰음을 내며 입술이 떨어졌다. 일홍은 아쉬운 마음에 준서의 입술에 자잘한 입맞춤을 더했다. 그러자 매혹적인 그의 입가에 진한 미소가 새겨졌다.

"나, 밥 먹지 말까?"

준서의 목소리는 낮게 가라앉아 있었지만, 말투에는 애정이 듬뿍 담겨 있었다. 준서는 얼굴이 발갛게 달아올라서는 입술을 달싹이고 있는 일홍을 물끄러미 바라봤다. 이렇다 할 대답도 내놓지 못하고 일홍은 준서의 입가만 바라보고 있었다.

일어나야 하는데 품 안에서 꿈틀대고 있는 일홍이 너무 좋아서 몸을 움직일 수 없었다. 분명 아껴 주겠다고, 최고로 대해 주겠다고 다짐했건만, 그 다짐을 저버리고 싶을 만큼 품에 있는 그녀는 충분히 요염했다.

"배고프다. 밥 먹어야겠다, 이제."

"누가 먹지 말랬나, 뭐."

작게 투덜거리는 소리에 픽 하고 웃음이 터져 나왔다. 준서는 일홍을 안은 채로 몸을 일으켜 앉았다. 그러려고 그런 건 아닌데, 자연스레 일홍은 준서의 허벅다리 위에 앉아 있었다.

이거 밥 먹겠어? 다른 게 더 고픈데.

준서는 일홍의 허리를 끌어안은 채로 그녀의 목덜미에 입술을 묻었다.

"천일홍."

"왜."

짧은 대답이 투덜거리는 것처럼 느껴져서 준서는 괜히 또 웃음이 나왔다.

"나 밥 먹을 동안 얌전히 있어. 안 그럼, 나 밥 안 먹고 딴 거 한다."

그 말에 작은 몸이 긴장감으로 굳어 가는 게 느껴지자 준서의 심장이 덜컹거렸다. 준서는 일홍을 옆에 앉혀 놓고는 김치 볶음밥을 한 숟가락 떠서 입안으로 욱여넣었다. 뭐라도 속에 집어넣어 품 안을 떠난 이의 헛헛함을 달래고 싶어서 숟가락 질은 점점 더 빨라졌다.

"천천히 먹어. 체하겠다."

준서는 입술을 좌우로 길게 늘여 미소 지으며 일홍을 바라 봤다.

"맛있네."

일홍은 두 무릎을 세워서 그 위에 팔을 고이고는 얼굴을 기대고 있었다.

"요식업계에서 잘나가는 회사 사장님이 왜 밥도 못 먹고 다녀?"

애정 어린 핀잔에 준서는 피식 웃으며 대꾸했다.

"그러게. 나 회사에서 왕따인가 봐."

"사장이라 어려운가 보다."

"나 아직 사장은 아냐. 대표 이사 대행이지."

"대행?"

"뭐, 그렇게 됐어."

대외적으로 할머니의 병명은 알츠하이머가 아니었다. 관 절염 등의 질환으로 잠시 요양 중이며, 손주인 준서가 경영 을 맡고 있는 것으로 되어 있을 뿐이었다. 물론 할머니를 가까이에서 보좌하던 이들은 다 알고 있었지만. 그렇기에 그들의 이익과 상충하는 준서의 경영 방식으로 마찰이 생겨나고 있었다.

그런 복잡한 문제를 일홍에게 설명해 줄 순 없었다. 그럼 착해 빠진 천일홍은 또 남의 걱정을 늘어지게 할 테니까. 지금의 삶도 버거운 그녀에게 걱정을 더 얹어 줄 수는 없으니.

"높은 데 있는 사람은 원래 외롭고, 힘든 거라더라."

목구멍에 김치볶음밥이 걸려서 넘어가질 않았다. 살갑게 건네는 말 한마디에 심장이 뜨끈뜨끈해져 버렸다.

이래서, 이런 말 한마디 던져 주는 따뜻한 천일홍을 나는 그렇게 오랜 시간 동안 그리워했나?

준서는 눈앞에 앉은 일홍을 물끄러미 바라봤다.

이제 아무 데도 가지 마, 일홍아.

"잘 먹었어."

"어."

일홍이 일어나려 하자, 준서가 먼저 몸을 일으켜 상을 치우기 시작했다.

"뭐, 내가 치울게."

"밥값은 해야지. 넌 씻어. 아까 비도 좀 맞았잖아."

"어?"

씻으란 말에 얼굴을 붉히며 머뭇거리는 일홍을 준서가 한 번 흘끔거렸다.

"그동안 이거 치워 놓고 기다리다가 너 나오면 갈 테니까, 씻기나 해."

태연하게 말하자 일홍은 고개를 갸웃거리며 방에서 옷을 챙겨서는 욕실 안으로 들어갔다. 설거지거리는 얼마 없었지만 준서는 손을 바삐 움직였다.

또다시 혼자 두고 가야 한다는 생각이 들자 심장이 기분 나쁘게 오그라들어 버리는 듯했다. 그런데 생각해 보니, 그럼 안 가면 되지 않나 싶었다. 감시하는 어른이 있는 것도 아니고, 우리가 뭐 나쁜 짓하는 애들도 아니고.

준서는 얼른 설거지를 끝내고는 아까 누워 있던 거실 바닥에 도로 누워 버렸다. 등받이로 쓰는 쿠션을 끌어다 머리를 괴자 노곤함에 졸음이 쏟아지는 것도 같았다.

자는 척해야지. 설마 내쫓기야 하겠어? 깨우지도 못하고 머뭇거리다가 들어가겠지.

공기가 무겁게 가라앉는 기분이었다. 내려앉은 눈꺼풀도 무겁기는 마찬가지였다. 준서는 그렇게 스르륵 잠이 들었다.

얼마나 잤을까. 다시 정신이 돌아왔을 때, 입술 위를 차갑고 촉촉한 무언가가 스치고 지났다. 깜찍하게 몰래 입을 맞추고 있는 일홍 때문에 준서는 온몸에 전율이 이는 것만 같앉다.

이대로 방으로 들어가려나 했는데, 짙은 비누향이 바로 옆에서 느껴졌다. 그와 동시에 머리를 괴고 있는 커다란 등받이 쿠션에 무게감이 더해졌다. 이마가 간질거렸다. 부드러운 손끝이 이마를 따라 죽 내려가더니 콧등을 쓰다듬고, 코끝을 내려와 입술 근처에서 멈칫했다.

천일홍, 너 어쩌려고 이래.

준서는 가만히 일홍이 하는 대로 내버려 두었다. 손길이 멀어지고, 뺨 위에 입술이 한 번 스치고 지나더니 달뜬 한숨 소리가 들려왔다. 생각이고 뭐고 할 겨를이 없었다. 준서는 멀어지는 일홍의 얼굴을 잡아다가 키스를 퍼붓기 시작했다.

손가락 사이사이로 젖은 머리카락이 감겼고, 입안에서는 상쾌한 치약 맛이 났다. 얼굴을 잡았던 손이 가녀린 목덜미를 따라 내려가 어깨를 한 번 움켜잡았다가, 걷잡을 수 없이 일홍의 가슴 언저리로 옮겨 갔다.

면 티셔츠 위로 예쁘게 솟아오른 가슴을 움켜쥐자 입안으로 일홍의 신음이 쏟아져 들어왔다. 이제 일홍은 거의 바닥에 등을 댄 채 누워 있었고, 준서는 그런 그녀의 몸 위에 단단한 몸을 포개어 엎드려 있었다.

거친 숨소리가 뒤섞이는 사이로 가녀린 신음이 드문드문 이어졌다. 옷깃을 꽉 움켜쥐는 일홍의 손길이 느껴지자 준서는 슬며시 입술을 떼어 냈다. 빨간 입술이 짙은 입맞춤으로 더욱 도드라져 보였다.

시선을 슬쩍 돌려 보니 일홍의 뒤쪽으로 쌓아 놓은 이불 더미가 보였다. 이불이라도 깔고 자라고 내온 것 같았는데 머릿속은 온통 저 이불 위에서 벌어질 수 있는 수많은 일에 대한 쪽으로 흐르고 있었다.

준서는 손을 뻗어 이불을 끌어다 일홍의 몸 위를 덮어 버렸다. 그러고는 이불로 둘러싸인 그녀의 몸을 품 안으로 끌어당겨 안았다.

"자자."

"이, 이러고?"

"너 꼼짝도 하지 마. 이 이불 밖으로 나오지 마. 알겠어?"

이곳이 일홍의 보금자리이기는 했지만, 여기서 그녀를 안아 버리고 싶지는 않았다.

"이불 밖으로 나오면 내 마음대로 해 버릴 거다."

숨을 참고 있는 건지, 여린 숨소리조차도 흘러나오질 않았다. 준서는 이불에 싸인 일홍을 끌어안은 채로 눈을 꾹 감았다.

"근데."

준서의 목소리가 낮게 울렸다.

"왜……"

일홍의 목소리가 파르르 떨렸다.

"너, 입술은 밖에 나와 있네?"

뭐라고 대꾸도 하기 전에 준서는 일홍의 입술을 머금었다.

짜릿하게 빨아들이고, 말캉하게 깨물었다가, 음미하듯 핥아 대기를.

준서는 까무룩 잠이 들어 버리기 전까지 멈추지 않았다.

$$*\qquad*\qquad*$$

삼나무 테이블 앞에 앉은 일홍은 엄지와 검지로 입술을 잡고 꾹꾹 눌러 보았다. 어쩐지 오늘따라 입술이 더 부풀어 올라 있는 듯한 착각이 일 정도였다. 평생 할 키스를 지난밤에 다 해 버린 건 아닐까.

잠이 들기 직전까지 그와 입술이 붙어 있었던 것 같았다. 아침에 일어나니 준서는 이미 가고 없었다. 일어나자마자 휴대전화를 확인할 거라고 생각한 건지, 일찍 회의가 있어서 안 깨우고 먼저 간다는 문자메시지가 남겨져 있었다.

주말도 없이 일하는 건 민준서나 천일홍이나 마찬가지구나.

오전 내내 일홍의 머릿속에서는 지난밤이 끊임없이 되풀이되었다. 짜릿했던 키스, 가슴을 움켜쥐고 내뱉던 거친 숨소리, 젖은 머리카락을 쓰다듬던 손길. 무엇 하나 좋지 않은 게 없었다.

꿋꿋하게 살아온 인생이었다. 얄궂은 운명이 넘어지라고 재촉해도 부러지지 않고 버티던 일홍이었다.

대책 없이 빠져드는 거, 나도 한번 해 보는 거지, 뭐.

일홍은 그렇게 멍하니 가게 바닥을 바라보고 있었다.

"꺅!"

그러다 갑자기 나타난 무언가에 그만 비명을 질러 버리고 말았다. 온몸에 소름이 오소소 돋아나서 빗자루를 찾아야 하나, 쟤가 어디에서 들어왔지, 약을 뿌려야 하나, 온갖 고민을 한꺼번에 하다가 결국 가게 밖으로 뛰쳐나갔다.

일홍의 눈앞을 스치고 지나간 건 잿빛의 생쥐 한 마리였다. 바로 옆 네일아트 가게에 쥐가 나와서 얼마 전 방역 작업을 했다더니, 그 쥐가 이쪽으로 넘어온 듯했다. 일홍이 멍하니 서 있는데, 마침 선간판을 내놓으려는지 옆 가게 주인이 밖으로 나왔다.

"리본, 거기 서서 뭐해?"

가게를 하다 보면 멀쩡한 이름이 해당 업종으로 바뀔 때가 있다. 미용실 언니, 네일아트 언니 등등. 이 동네에서 일홍의 이름은 리본 언니였다.

"언니네 쥐, 우리 집으로 왔나 봐요."

"정마알?"

"언니 방역 업체 얼마나 주셨어요? 거기 비싸죠? 오늘 당장은 안 오겠죠? 어쩌죠?"

울상을 짓고 말을 쏟아 내는 일홍에게 네일 언니가 다가왔다.

"쥐 끈끈이 사다 놓은 거 있는데 그거라도 갖다 놓을래? 소독 젤 짜 놓으라고 주고 간 것도 있어. 일단 그거 콩알만큼씩 짜놔. 거기도 한 칸짜리 싱크대 쓰지?"

"네. 있어요!"

"하수관 타고 옮겨 다니기도 한대. 우리 건물 가게들 다 연결되어 있을 텐데. 일단 그 주변에 놔 봐."

"고마워요, 언니."

열악한 환경에서 살아왔어도, 쥐는 끔찍이도 싫었다. 무슨 공포증이 있는 건지 일홍은 쥐꼬리같이 생긴 까만 전선만 봐도 기겁을 했고, 마른오징어 다리조차도 징그러워했다.

일홍은 옆 가게 언니가 시키는 대로 소독 젤을 짜고 쥐 끈끈이를 펼쳐 놓았다. 그래, 저기에 그 생쥐가 붙어 버린다 치자, 그럼 어떻게 치우지?

상상만으로 오소소 소름이 돋아났다.

일홍은 온통 생쥐로 가득 찬 머릿속을 비워 내기 위해 가게를 정리하기 시작했다. 약국에서 제균 스프레이를 사다가 뿌리고, 제균 물티슈로 보이는 곳곳을 닦기 시작했다. 리본이랑 원석을 유리 진열장 안에 넣어 둔 게 천만다행이라는 생각도 들 정도였다.

온종일 가게 안을 쓸고 닦고, 닦은 데를 또 닦고, 손바닥이 하얗게 변하도록 씨름했다. 오늘은 왠지 가게 문도 일찍 닫아 버리고 싶었다.

저녁을 함께 먹자고 했던 준서의 말이 떠오르는 순간, 귀신처럼 그가 가게 문을 열고 들어섰다.

그리고 그와 동시에 작은 싱크대가 놓인 구석에서 기분 나쁜 소음이 들려왔다. 찍찍, 찍찍. 걸렸구나 싶었다. 그 작은 생쥐가 다행스럽게도, 그러나 불행하게도 끈끈이에 걸려 버린 것이다.

"너 얼굴이 왜 그래?"

"내, 내 얼굴이? 왜?"

"하얗게 질렸어. 무슨 일 있어? 어디 아파?"

"아, 아니. 그게 아니라."

계속해서 목뒤로 소름이 돋아났다.

"그럼 왜?"

"우리 가게에 오늘 쥐가 나타났는데."

"뭐어? 쥐이?"

준서가 기겁을 하며 몸을 부르르 떨었다. 생각해 보니 그는 병아리도 징그럽다고 말하던 애였다. 애한테 부탁하기는 글러 먹었구나 싶었다.

"아까 낮에 끈끈이를 갖다 놨거든. 근데…… 거기 붙었나
봐."

울상을 짓는 일홍을 바라보며 준서의 입이 떡 벌어졌다.

"그래서 그거 치우려고 이러고 있었던 거야?"

일홍은 세차게 고개를 끄덕였다.

"일홍아."

자상하게 부르며 머리를 쓰다듬는 준서의 손길에 눈물이
왈칵 쏟아져 나올 것만 같았다.

"내가 치워 줄 테니까."

"정말?"

일홍의 눈이 휘둥그레졌다.

"오늘 우리 집에 가서 자자."

"뭐?"

껌뻑껌뻑, 일홍은 두 눈을 껌뻑거리며 준서를 올려다봤다.

"어떡할래? 내가 치울까, 네가 치울래?"

chapter
08

부모님이 돌아가시고 난 뒤, 준서는 무언가를 얻는 것보다 지키는 쪽의 삶을 택했다. 자신에게 다가오는 이들의 저의가 순수하지 못하다는 것을 너무도 어린 나이에 알아 버린 탓이었다.

하지만 그 기준은 언제나 일홍에게는 다르게 적용되었다. 자신과 그녀를 따로 떼어 놓고 생각해 본 적이 없었기에 일홍의 눈길을 얻고, 일홍의 입에서 흘러나오는 따스한 말 한마디를 얻고, 일홍의 미소를 얻는 데에 대한 노력을 게을리하지 않았다. 죽으라면 죽는 시늉도 할 수 있을 것 같았다.

그런 일홍과 연락이 끊기고 난 뒤, 준서는 그 누구의 무엇을 얻기 위해 죽자 사자 노력해 본 적이 없었다. 그렇기에 다른 이의 눈에는 다소 이기적이고, 거만하며, 냉혈한 사람으로 보였을지도 모를 일이다.

그런 성격과 가치관은 그의 집에서도 드러났다. 한강을 바라보고 있는 단독주택에 준서는 혼자 살고 있었다. 고급 오피스텔이나 빌라에 살아도 무방했지만 있어 보이는 이웃과 있어 보이는 삶을 공유하고 싶지 않아서 용지를 매입하고 단독주택을 지었다.

하지만 혼자 살기에는 터무니없이 큰 집이기도 했다. 사람으로 채울 수 없는 집, 준서는 그만의 방식대로 집을 꾸몄다.

먼저 주택 지하에 있는 주차장에는 용도에 따라 쓰임이 다른 다섯 대의 자동차를 세울 수 있는 주차 공간이 있었다.

주로 개인적인 용무를 위한 아우디 S8, 간단한 회의를 할 수 있도록 뒷좌석이 2열로 마주 보고 있는 벤츠 S600 마이바흐 풀만, 가끔 요양원에 계신 할머니를 모시고 어딘가로 이동할 때 쓰기 위해 개조한 레인지로버, 사 놓기는 했어도 탈 일은 거의 없었던 람보르기니 아벤타도르, 그리고 출퇴근용 롤스로이스 팬텀까지.

주차장까지만 출입이 허락된 수행비서가 다섯 대의 차를 관리하기 위해 디테일링 세차 기술을 배웠을 정도였기에 차들은 반질반질 윤기가 흘러내렸다. 언제나 정해진 자리에 주차를 했기에 준서는 오늘도 딱 한 자리 비어 있는 곳에 타고 온 S8을 주차했다.

일홍은 약간은 긴장한 얼굴로, 그렇지만 그 긴장감을 꼭꼭 숨겨 보겠다는 얼굴로 조수석에 앉아 있었다.

당연히 쥐 끈끈이는 준서가 치웠다.

"너 병아리도 징그럽다고 했잖아!"

준서가 병아리를 징그러워한 이유는 그 작은 부리와 조류 특유의 징그러운 발 모양 때문이었다. 그런데 그걸 털이 달린 작은 동물조차 징그러워하는 것으로 받아들인 거라면? 그냥 그렇게 내버려 두기로 했다.

"그래, 나 병아리도 무서워해. 그런 내가 치워 주겠다고. 어떡할래? 내가 치워? 아니면 네가 치우든지."

재킷 소매를 걷어붙이며 한 질문에 일홍은 주저했다. 준서는 일홍의 눈동자가 불안하게 바라보고 있는 곳으로 성큼성큼 발걸음을 옮겨 갔다.

가엾고 더러운 작은 생쥐 한 마리가 딱 붙어 있는 끈끈이를 접어서 종량제 쓰레기봉투에 넣은 뒤 가게 밖 쓰레기를 모아 두는 곳에 던져 놓고 오기까지 걸린 시간은 불과 5분도 되지 않았다.

그 5분으로 두 사람의 인생이 전혀 다른 방향으로 흘러가게 되었다는 것을 준서는 확신했고, 일홍은 혼란스러워하는 것 같았다. 혼란을 잠식시키는 방법은 명확한 기준과 테두리를 만들어 주는 것뿐.

그 첫 번째 테두리 안에 지금 일홍이 들어와 있었다. 그 누구도, 심지어 할머니조차도 들어와 본 적 없는 준서의 집에 말이다.

"여기 혼자 살아?"

"그럼 내가 누구랑 같이 살아?"

"혼자 살기엔 조금 커 보여서."

준서는 미소를 머금었지만 대꾸는 하지 않았다. 차에서 내려 조수석 문을 열어 주자, 일홍이 어색하게 차 밖으로 내려섰다. 지하 주차장에 주차된 차들을 바라보는 그녀의 눈빛은 이채로웠다.

그런 눈빛으로 무슨 생각을 하고 있는지는 굳이 묻지 않았다. 엘리베이터 안에 들어서서 준서는 친절히 버튼에 관해 설명했다.

"제일 아래 P는 지하 주차장, G는 그라운드 층, 1층이야. 필로티가 있어서 기둥이 있는 마당이라고 보면 돼. S는 2층,

실내 수영장이 있고, 3층부터 집이야. 5층은 옥상이고."

준서는 그리 설명하고는 3층 버튼을 눌렀다. 하필 근처에 있는 빌라들이 전부 4층 높이였기에 사생활 보호를 위해서 혼자 사는 집 치고는 높고 넓게 지어 두었다.

또 2층부터 4층까지의 공간에 만들어진 모든 유리창 밖에는 가시광선을 흡수하는 광소재 전동 커튼이 설치되어 있어서 밖에서는 절대 안을 들여다볼 수 없었다.

3층에서 엘리베이터가 멈춰 서자 일홍의 어깨가 흠칫 떨렸다. 준서는 일홍의 어깨를 감싸고 있는 손에 힘을 주어 그녀를 품 안으로 끌어당기며 엘리베이터 밖으로 발을 내디뎠다.

엘리베이터에서 내리자마자 보이는 것은 원형 탁자 위에 놓인 노란색 튤립 꽃병이었다. 그 튤립 꽃병을 중심으로 오른쪽 회랑을 따라가면 거실과 부엌이 있고, 왼쪽 회랑을 따라가면 서재가 있고, 가운데 가장 긴 회랑을 따라가면 침실이 있었다. 각각의 공간에는 욕실이 따로 달려 있기도 했다.

튤립 꽃병을 중심으로 부챗살을 펼치듯 생긴 집은 어느 방향에서건 한강을 바라볼 수 있게 설계되어 있었다. 또 부채의 끝 부분이 유기적으로 연결되어 있어서 어느 회랑을 거쳐 들어가든지 통하기도 했다.

엘리베이터 옆으로는 4층으로 올라가는 계단이 있었고, 4층은 그저 넓은 공간이 텅 비어 있을 뿐이었다. 손님을 초대할 일이 없었기에 손님방 따위도 꾸며 놓지 않은 집이었다. 준서는 곧장 가운데 회랑을 택했다.

회랑의 넓은 벽에는 잭슨 폴록의 유채화가 걸려 있었다. 지극히 추상적이며 대단히 자유롭지만, 그 내면을 이해하기에는 너무도 난해한 작품. 마치 준서 자신의 모습을 대변해 주는 그림 같았다.

회랑 끝에 다다르자 좌우로 뻗은 긴 복도가 또 하나 나타났다. 아까와 같이 왼쪽엔 서재가, 오른쪽에는 거실과 부엌이 있었다. 유리로 된 침실 자동문이 열리자 준서는 일홍의 어깨를 감싼 채 안으로 들어섰다.

지금까지 집의 모습을 본다면 대체 준서의 이기적인 단면이 어디서 드러나는지 모를 일이었다. 하지만 거실에는 커다란 소파 대신에 1인용 리클라이닝 소파만이 자리했고 서재에도 딱 준서를 위한 집무용 가구만이 놓여 있었다.

불행 중 다행이라고 해야 하는지 침실에 놓인 침대는 슈퍼 킹사이즈의 것이었다. 진회색 대리석으로 마감된 바닥에서는 은은한 빛이 났고, 옅은 회색의 패브릭으로 뒤덮인 침대는 단정하게 정리되어 있었다.

천장에는 대략 스무 개쯤 되는 할로겐등이 오와 열을 맞추어 설치되어 있었으며, 침대 옆 양쪽 협탁에는 무드등이 있었다.

문이 열림과 동시에 방 안이 서서히 밝아졌고, 방의 한쪽 면을 가득 채우고 있는 유리창의 전동 스크린이 서서히 위로 움직였다.

반 고흐가 좋아했다던 노란색 빛이 은은하게 퍼진 침실 안에 선 일홍은 아무런 말도 없었다.

"씻을래?"

준서의 질문에 일홍의 눈이 커다래졌다. 그러더니 이내 시선을 내리며 고개를 슬쩍 끄덕였다. 준서는 일홍의 작은 손을 붙들고 욕실 안으로 들어섰다. 욕조가 설치된 곳으로 난 창을 본 일홍은 얼굴을 붉혔다.

"걱정 마, 밖에선 안이 안 보여."

한강을 면하고 있는 곳이고, 도로는 저 아래에 있었다. 욕실 유리창에도 역시나 광소재가 덧입혀져 있었기에 밖에서 누가 들여다보려 한들 볼 수 있는 게 없을 터였다.

"여기 안에 보면 샤워 가운 있어. 씻고 이거 입어. 난 일 좀 보고 올 테니까."

욕실 문을 나서려는데, 일홍의 목소리가 들려왔다.

"어디 가는데?"

낯선 곳에 자신을 두고 어디로 사라지느냐는 불안감 가득한 목소리였다. 이 공간에 일홍이 익숙해지는 데 얼마의 시간이 걸릴까, 익숙해질 수 있을까. 준서는 아주 잠깐 그런 생각을 했다.

"잠깐 서재에. 일단 씻어."

준서는 욕실 문을 닫은 뒤 문에 기대어 섰다. 한숨이 폭 새어 나왔다. 긴장한 모습을 끝내 감추지 못한 일홍처럼 준서도 긴장되기는 마찬가지였다. 심장은 계속해서 터질 듯 뛰었고, 일홍의 목소리가 들려올 때나 그녀의 얼굴이 붉게 물들어 갈 때마다 단전 아래가 뜨겁게 굳어 갔다.

서재에 가겠다던 준서는 곧장 엘리베이터로 향했다. 아침 조깅을 하며 지나쳤던 곳에 있는 편의점으로 달려가는 순간이 낯설지만 두근거렸다. 밤공기가 오늘따라 무척이나 들떠 있는 것 같았다.

편의점으로 들어섰는데, 다행히 남자 아르바이트생이 계산대에 서 있었다. 괜히 머뭇거리는 것은 성격상 맞지 않기에 준서는 진열된 콘돔을 종류별로 하나씩 집어다가 계산대 위에 올려 두었다. 어떤 게 좋은지 모르니까.

아르바이트생은 묘한 얼굴로 바코드를 찍어 대더니 검은 비닐봉지에 작은 상자들을 담기 시작했다. 그러고는 아주 작은 목소리로 속삭였다.

"이거 유통기한 있는 건 아시죠?"

마치 남자들만의 은밀한 대화라도 되는 양 던진 말에 준서는 그저 고개를 끄덕일 뿐이었다. 유통기한 내에 다 쓰면 되는 거 아닌가 하는 생각을 하는 그의 얼굴에는 흐릿한 미소가 떠올라 있었다.

일홍이 기다리고 있을까 싶어서 준서는 서둘러 집으로 향했다. 편의점에 다녀온 시간은 불과 5분, 일홍은 여전히 욕실 안에 있었다. 물이 떨어져 바닥에 부딪히는 소리에 당장 욕실 문을 열고 안으로 들어가고 싶은 것을 준서는 몇 번이고 참았다.

준서가 서재 쪽 욕실에서 샤워를 마치고 침실로 돌아왔을 때도 일홍은 여전히 욕실에 있었다. 물소리는 더 이상 들려오지 않았다. 이윽고 욕실 문이 열리고 일홍이 커다란 샤워 가운을 걸친 채로 문밖으로 나왔다.

마른침이 꿀꺽 넘어갔다. 준서의 사이즈에 맞춘 것이었기에 일홍에게는 터무니없이 큰 샤워 가운을 입은 모습이 묘하게 섹시했다. 드라이어기를 찾지 못한 것인지 머리카락은 젖어 있었다.

"이리 와."

준서는 침대에 앉은 채로 일홍을 불렀다. 맨발이 대리석 타일에 붙었다가 떨어지는 마찰음까지도 매혹적이었다. 일홍이 손에 닿을 만큼 가까워졌을 때, 준서는 그녀의 손을 끌어당겨 허벅다리 위에 앉혔다.

부드러운 목덜미에 얼굴을 묻었는데, 일홍에게서 자신이 쓰는 샴푸와 보디클렌저향이 났다.

매혹적인 여체가 품은 자신과 같은 향.

준서의 입술이 슬쩍 벌어지는가 싶더니 일홍의 목덜미를 베어 물듯 입을 맞췄다. 그 입맞춤에 일홍의 작은 몸이 파르르 떨렸다.

"너한테서 내 냄새 난다."

마치 영역 표시가 된 것 같은 향내에 남자의 본능은 걷잡을 수 없어졌다. 준서는 일홍의 목덜미 뒤를 잡고 고개를 돌려 입을 맞추기 시작했다. 입술부터 시작해 발끝까지 집어삼키고 싶을 만큼, 안으로 집어넣어 모든 것을 소화해 버리고 싶을 정도로 일홍과 가까워지고 싶었다.

자신의 모든 것을 그녀가 취하기를, 그녀의 모든 것을 자신이 취할 수 있기를. 그 일을 목전에 두고 있는데도 불구하고 안달이 났다. 어떻게 하면 더 가까이 할 수 있을지, 어떻게 하면 더 그녀를 깊이 안을 수 있을지, 어떻게 하면 더 소중히 보듬을 수 있을지.

작은 손이 더듬더듬 올라와 어깨를 감쌌다가 준서의 목을 끌어안았다. 허벅다리 위에 놓인 일홍의 엉덩이가 들썩이자 준서는 그대로 그녀의 등허리를 안아서는 침대 위에 눕혔다.

자연스레 입술이 떨어졌다. 준서는 제 침대에 몸을 누이고, 제 베개에 머리를 대고 있는 일홍의 얼굴을 내려다보았다. 애틋하다는 말로도 부족하고, 어여쁘다는 말로도 아쉽고, 갖고 싶다는 말은 저속해 보이는. 한없이 위해 주고 싶고, 따뜻하게 보듬어 주고 싶고, 절대로 떨어지고 싶지 않은 여자.

준서는 일홍의 이마에 입을 맞추며 속삭였다.

"싫으면 말해."

일홍은 제 얼굴에서 입술이 떨어지는 게 싫은 듯 아주 살짝 고개를 저었다. 준서는 천천히 입술을 내려 일홍의 콧잔등과 코끝에 가볍게 입을 맞췄다. 작고 오동통한 붉은 입술에 살짝 입술을 대었다가 떼었을 때, 일홍이 더운 숨을 잔잔히 내뱉었다.

자잘한 입맞춤이 여러 번 오가고, 키스가 짙어지기 시작했다. 단단한 혀가 서로의 입안에서 휘감기고, 입안에 남은 타액을 전부 없애 버릴 것처럼 들이마셨다. 목구멍이 뻐근해질 정도로 빨아들이고, 끌려가기를 반복했다.

움켜잡고 있던 침대 시트를 놓은 준서는 일홍의 작은 어깨를 움켜잡았다. 바스러질 것만 같은 마른 어깨에 심장이 저렸다. 세게 쥐면 부서질까, 뜨거운 손이 닿으면 녹아 버릴까, 애지중지하며 조심스레 가운 깃을 젖혔다.

젖가슴을 부드럽게 움켜잡자 입안으로 일홍의 가느다란

신음이 울려 퍼졌다. 그 청각적 자극이 불러일으킨 욕망은 단 하나였다. 밤새도록 야릇하게 신음하는 일홍의 목소리를 듣고 싶다는 것.

가슴을 움켜잡았던 손으로 검지와 중지 사이에 유두를 끼우고 비틀자, 또다시 신음이 흘러나왔다. 준서는 슬쩍 입술을 떼어 내고는 일홍의 얼굴을 바라봤다.

"불…… 끄고 하면 안 돼? 흐응."

일부러 일홍이 말을 하는 도중에 준서는 검지와 중지 사이에 힘을 주었다. 신음을 내뱉으며 아랫입술을 꾹 깨무는 모습이 미치도록 예뻤다.

"안 돼."

'왜?' 하는 눈빛으로 일홍이 준서를 올려다봤다.

"그럼, 네 얼굴 못 보잖아."

일홍의 눈동자에 놀라움이 어리는가 싶더니 체념한 듯 두 눈을 꼭 감았다.

"천장등은 꺼 줘. 협탁등만 켜도 얼굴은 보이잖아."

안 돼. 그럼 네 몸을 못 보잖아.

이 말을 던졌다가는 울음이라도 터뜨릴 것만 같아서 준서는 협탁 위에 있는 리모컨을 눌러 천장등을 껐다. 은은한 협탁등 빛으로 일홍의 얼굴이 반짝반짝 빛났다. 입술이 파르르 떨리는 모습에 심장이 터질 듯 뛰었다.

"무서워?"

준서의 질문에 일홍은 고개를 저었다.

"그냥······ 처음은 아프대서······."

솔직한 일홍의 대답에 준서는 저절로 입이 벌어졌다. 처음부터 끝까지 천일홍은 민준서의 사람이 될 수 있는 거니까. 준서는 숨을 한 번 고르고는 다정히 속삭였다.

"아프지 않게 할게. 부드럽게 할게."

일홍은 베개에 닿은 머리를 슬쩍 끄덕였고, 준서는 그녀의 목덜미에 얼굴을 묻었다. 부드러운 살결에 입술을 찍어 댈 때마다 일홍의 달뜬 숨소리가 방 안에 울려 퍼졌다. 가슴께에 얼굴을 묻으며 커다란 가운을 일홍의 몸에서 벗겨 내자, 파르르 떨리는 작은 손이 머리카락을 움켜잡는 게 느껴졌다.

앙가슴 위에 입술을 굴리던 준서는 검지와 중지로 희롱하던 딱딱해진 유두를 쭉 빨아들였다.

"흐음."

갑작스러운 자극에 일홍은 야릇한 신음성을 내뱉었다. 그 소리가 더 듣고 싶어진 준서는 연이어 그것을 빨아들이고, 혀로 휘감고, 이로 슬쩍 깨물기를 반복했다. 일홍의 엉덩이가 들썩이고 두 다리가 이리저리 움직였으며, 준서의 머리카락을 헤집는 손길은 다급했다.

준서는 입술을 배꼽 근처까지 옮겨 갔다. 홀쭉해진 배 위에 입을 맞추는데 숨이 가빠진 탓인지 일홍의 가슴이 오르락내리락하는 모습이 눈에 들어왔다. 준서는 손을 뻗어 양손 가득 가슴을 움켜잡았다.

"하아. 준서야."

간드러진 목소리로 불린 이름에 가슴을 움켜쥔 두 손아귀에 힘이 들어갔다. 준서가 입술을 더 아래쪽으로 내리려 하는 순간 일홍이 단단한 팔뚝을 움켜잡았다.

"왜, 싫어?"

울상을 짓고 있는 얼굴이었지만, 그 모습이 너무도 자극적이어서 싫다고 해도 계속 입술을 내리고 싶었다. 일홍은 고개를 끄덕이며 말했다.

"올라와. 키스해 줘."

위냐, 아래냐 선택을 하라고 한다면 지금은 일홍의 뜻을 따르는 편이 낫겠다는 생각에 준서는 몸을 일으켰다. 가운을 벗어서 침대 아래로 던진 그는 일홍의 옆으로 몸을 누였다.

부드럽고 말캉한 몸과 단단하고 뜨거운 몸이 휘감겼다. 입술을 찍어 대던 부드러운 배 위에 단단하게 솟아오른 물건이 닿자 일홍은 허리를 뒤틀어 댔다. 그러는 바람에 생긴 마찰이 준서를 더 자극하고 있다는 것을 알지 못하는 것 같았다.

준서는 자신을 마주 보고 누워 있는 일홍의 몸을 슬쩍 돌려서 등을 대고 바로 눕게 했다. 왼팔로는 그녀의 어깨를 끌어안고, 오른손은 가슴을 쓸어내리며 점점 아래로 내려갔다. 들썩이는 가슴 한가운데를 지나, 홀쭉하게 들어간 부드러운 배꼽 언저리를 훑어 내려간 손끝에 음모가 닿는 순간 온몸에 전율이 흘렀다.

어깨를 잡고 있는 일홍의 손에 힘이 들어갔다.

"괜찮아?"

무엇이 괜찮으냐는 건지는 모르겠지만 준서는 괜찮으냐고 물었고, 일홍은 고개를 끄덕였다. 허락을 구한 듯 준서의 손이 음습한 곳으로 다가갔다. 뜨겁게 젖은 살덩이를 가르자 매끈한 속살이 손끝에 닿았다.

처음이라면서 침대 위에 젖은 채로 누워 있는 일홍의 모습에 뜻 모를 만족감이 몰려왔다. 준서는 검지와 중지로 뜨거운 살점을 서너 번 위 아래로 문질러 보았다. 꾹 다문 일홍의 입가에서 흐음 하는 소리가 흘러나왔다.

가운뎃손가락을 조심스레 밀어 넣자 일홍의 입가가 벌어지는가 싶더니 지금까지와는 밀도가 다른 뜨거운 숨결이 목덜미에서 느껴졌다. 차지할 공간을 미리 가늠하는 것처럼 준서는 손가락을 돌려 가며 꾹꾹 눌러 보기도 하고, 슬쩍 긁어 내려 보기도 하고, 쑥 빼내었다가 별안간에 집어넣어 보기도 했다.

일홍은 두 다리를 오므리려 애썼고, 준서는 그러지 못하도록 그녀의 다리를 단단한 다리에 휘감았다. 말캉하고 매끄럽고 뜨겁고 좁은 안쪽 살을 꾹꾹 누르다 보니 일홍의 다리에 유난히도 힘이 들어가는 부분이 있었다.

준서는 그 부분을 지그시 누른 채로 손목을 흔들어 보았다.

"아아. 준서야. 하아."

일홍의 입술이 목덜미에 와 닿았다. 키스해 달라는 듯 턱을 따라 올라오는 입술을 외면하며 준서는 손목을 흔드는 속도를 더 빠르게 해 보았다. 작은 손이 뒷머리를 휘감았고, 그녀의 왼쪽 다리가 올라오는가 싶더니 허리에 감겼다.

준서는 손가락을 빼내고는 그녀의 몸 위로 포개어 엎드렸다. 일홍의 눈동자에 어린 감정은 분명 정념이었다. 두 사람이 오롯이 느끼고 있는 격정적인 감정에 가슴이 벅차올랐다. 준서는 협탁 위로 손을 뻗어 콘돔 하나를 집어 들었다.

몸을 일으켜 콘돔 포장을 뜯는 모습을 일홍이 물끄러미 바라봤다.

"그건, 어디서 났어?"

이런 것도 집에 있느냐는 물음인 듯했다. 준서는 빙그레 미소 지으며 말했다.

"너 씻는 동안 사 왔어."

그 대답에 일종의 안도감 어린 표정이 일홍의 얼굴에 드러났다.

"의심하지 마, 천일홍. 이 집에 오는 사람도 네가 처음이고, 내가 이렇게 안고 싶은 여자도 너밖에 없었어."

일홍의 얼굴에 어렴풋이 미소가 떠올랐다.

"나도 네가 첫 키스였던 거 맞아."

10년 전에 미치도록 궁금해했던 것을 이런 순간에 답해 주는 여자라니. 순진한 얼굴을 하고는 있지만 꼬리 아홉 개 달린 여우의 현신은 아닐까 하는 생각이 들 정도였다. 준서는 짓궂게 웃으며 일홍의 몸 위에 자신의 몸을 포개었다.

"그 대답을 지금 해 주는 이유가 뭐야?"

"그냥."

일홍은 붉어진 볼이 예쁘게 솟아오르도록 수줍게 웃었다.

"너 어쩌려고 이래. 내가 밤새도록 괴롭히면 어떻게 감당하려고."

"그만해."

부끄러운 듯 시선을 내린 채로 애교스럽게 대꾸하는 모습에 웃음이 새어 나왔다. 그 말이 진심이라는 걸 일홍은 아직도 모르는 듯했다. 그럼 몸소 보여 주는 수밖에.

단단한 두 다리가 일홍의 두 다리 사이에 자리했다. 준서는 왼쪽 팔로 침대 매트리스를 짚은 채, 오른손으로 일홍의 젖어 있는 입구를 다시 한 번 어루만졌다. 적당히 젖어 있는 곳에 미끄러져 들어가기 직전, 준서는 크게 숨을 들이마셨다.

좁은 틈을 비집고 들어가자 일홍이 눈을 꾹 감았고, 그와 동시에 예쁜 입술이 슬쩍 벌어져 탐스러운 입안이 보였다. 준서는 그대로 입술을 내려 그 안으로 혀를 불쑥 집어넣었다. 그리고 허리를 움직여 깊숙이 파고들었다.

위와 아래를 완벽하게 잠식당한 일홍은 끊임없이 신음을 내뱉으며 준서의 어깨를 그러쥐었다. 들어갈 때는 놀라는 듯싶다가, 나올 때는 아쉬운 듯 물어 대는 위와 아래의 조화 때문에 준서는 머릿속이 아득해지는 것만 같았다. 그럴수록 입안으로 쏟아지는 일홍의 신음도 밀도가 높아졌다.

준서는 슬쩍 입술을 떼어 내고 일홍을 내려다보았다. 말갛게 젖은 반쯤 감긴 눈, 붉게 빛나는 볼, 음란한 신음을 내뱉으며 벌어져 있는 새빨간 입술에 심장이 요동쳤다.

"하아. 준서야. 좀 천천히. 으윽."

속도를 낮추라는 말을 하고는 있었지만, 일홍의 얼굴은 더 큰 환희를 기다리고 있는 듯 붉게 물들어 갔다.

"멈출까?"

일부러 그리 묻자, 일홍은 고개를 세차게 저었다. 준서는 천천히 하라는 일홍의 말과는 반대로 허리를 움직이는 속도에 힘을 싣기 시작했다. 더 빠르고, 더 정확하고, 더 깊숙이 찌르고 들어가는 동작에 일홍은 울상을 지으며 소리를 내지르기 시작했다.

"아앗."

한 번씩 그쳐 나오던 신음이 빈틈없이 이어졌다. 일홍은 거의 울부짖는 것처럼 준서의 목을 끌어안고 매달렸다.

"괜찮아?"

건조한 물음에 일홍은 겨우 고개를 끄덕였다. 그렇게 물을 때마다 준서의 움직임이 거세어지고 있다는 것을 일홍은 모르는 듯했다. 준서는 한 팔로는 등허리를 끌어안고, 다른 한쪽 팔로는 일홍의 가슴을 터뜨릴 듯 움켜잡았다.

허리의 움직임은 여전히 음란하고 빨랐다. 속도를 더하며 허리를 비틀어 돌리기도 해 보았다. 벗어나려는 듯하던 일홍의 움직임이 이제는 준서가 움직이는 박자와 조화를 이루며 딱 맞아떨어지기 시작했다.

살이 부딪히며 찰박거리는 소리가 끈적끈적하게 이어졌다.

"준서야."

내지르듯 이름을 부른 일홍의 목소리가 더 이상 흘러나오질 않았다. 꾹 감은 눈꺼풀이 파르르 떨리고 있었고, 입은 반쯤 벌어진 채 숨조차 쉬지 못하는 것 같았다. 그리고 그와 동시에 단단한 물건이 드나들던 좁고 뜨거운 안이 급히 수축하기를 반복했다.

잔뜩 조여 오는 감각에 준서도 파정하며 일홍의 몸 위로 풀썩 쓰러졌다. 쿵쾅쿵쾅 심장이 뛰었다. 아니, 귓속이 요동쳤다. 아니, 일홍이 뛰었다. 아니, 준서 자신이 뛰고 있었다. 맞닿아 있는 몸의 모든 것들이 두근거리는 것 같았다.

준서는 일홍의 입가, 뺨, 목덜미, 입술이 닿을 수 있는 모든 곳에 자잘한 입맞춤을 더했다. 일홍의 입에서 달뜬 숨이 터져 나왔다. 준서는 몸을 일으켜 앉으며 매트리스를 살폈다. 일홍의 몸 아래에 깔린 샤워 가운에 붉은 자국이 선연했다.

"씻자, 일홍아."

수줍게 미소 지으며 고개를 끄덕이는 일홍을 번쩍 안은 채 준서는 욕실 안으로 걸어 들어갔다.

"설 수 있겠어?"

"응."

대답은 그리했지만, 다리에 힘이 풀린 일홍을 바닥에 내려놓자마자 휘청거렸다.

"이것 봐."

준서는 후후 웃으며 일홍을 자신의 몸에 기대게 했다. 따뜻한 물로 일홍의 아래를 정성스럽게 닦으며, 자쿠지 욕조 안에 따로 물을 받았다.

붉은 기가 가신 새하얀 일홍을 안고 준서는 욕조 안으로 들어갔다.

다리 사이에 일홍을 가두듯 앉힌 뒤 수면으로 보글보글 차
오르는 거품을 쓸어다 그녀의 어깨에 얹으며 부드럽게 문질
렀다.

"많이 해 본 솜씨다?"

뽀로통히 말하는 일홍의 목소리에 준서는 또다시 웃음이
터지고 말았다.

"많이 상상해 본 솜씨지."

뒷모습만 보이는데도 일홍의 얼굴이 웃고 있는 것처럼 느
껴졌다. 욕실 안은 수증기로 가득 찼고, 그 덕에 한강의 야경
은 흐릿한 유리창 너머에서 영롱하게 멍울졌다.

"일홍아."

"응."

잔잔히 부른 이름에 일홍은 조용히 대답했다.

"내 옆에 있어."

일홍은 대답 없이 고개를 끄덕거렸다.

"아무 데도 가지 말고. 내 옆에 있어."

준서는 거품이 잔뜩 얹혀 있는 일홍의 어깨 위에 따스한
물을 한 번 끼얹고는 목덜미에 입술을 묻었다. 적당히 촉촉
해진 목덜미는 이루 말할 수 없이 달콤했다.

입맞춤이 진해지자 일홍의 입가에서 얕은 신음이 흘러나

왔다. 일홍은 천천히 고개를 돌리더니 아련한 눈빛으로 준서를 바라봤다.

내가 너를 믿어도 되느냐고 묻는 눈빛, 네가 나를 책임져 줄 수 있느냐고 묻는 얼굴, 우리가 정말 그렇게 함께할 수 있는 거냐는 의심을 내뱉기 직전의 입술을 준서는 슬며시 머금었다.

✳   ✳   ✳

온몸이 뻐근하게 아파 왔다. 슬며시 눈을 떴는데 높다란 연회색 천장이 눈에 들어왔다. 순간 심장이 쿵 하고 내려앉았다. 일홍은 고개를 돌려 옆에 곤히 잠들어 있는 얼굴을 살폈다.

"아⋯⋯."

이곳이 준서의 집이라는 사실을 이제야 알아챈 사람처럼 심장이 두근거렸다. 힘이 하나도 없는 손을 올려 준서의 앞 머리카락을 슬쩍 쓸어 넘겨 보았다. 침대에서 한 번 정사를 치른 뒤, 뜨끈한 물로 목욕을 마친 일홍은 준서의 손에 이끌려 부엌으로 향했다.

먹지 못한 저녁 식사를 하자고 한 준서였지만 샤워 가운을 젖히고 대리석 식탁 위에 일홍의 몸을 눕힌 그는 못 참겠다는 얼굴로 아랫도리를 파고들었다. 식탁 위에서의 짧은 정사가 끝난 뒤에도 준서는 한시도 떨어지고 싶지 않다며 일홍을 허벅다리 위에 앉혀 놓고 식사를 했다.

다시 침대 위로 돌아와서도 몸을 밀착하는 준서에게 일홍은 힘들다며 고개를 저었다. 눈앞에서 밥그릇을 빼앗긴 강아지 같은 눈을 하는 모습에 웃음이 터졌지만, 준서는 일홍의 가슴께에 얼굴을 묻은 채로 한숨을 내쉬었다.

그러다 서로의 몸을 꼭 끌어안은 채로 입술을 비비며 잠이 들었다.

묻고 싶은 게 많았지만, 물을 수 없었다. 아니, 묻고 싶지 않은 것일 수도 있다. 복잡한 일 따위는 아무것도 아닌 것처럼 느껴질 만큼 빠져들었다. 너무 쉽게 금세 빠져 버린 게 아닌가 싶기도 하지만 준서와 함께했던 세월을 생각하면 너무 오래 걸린 게 아닐까 하는 생각도 들었다.

사람과 사람 사이에는 말과 표정, 행동으로 다 보여 주지 못하는 교감이라는 게 있다. 준서와는 어릴 때부터 그런 특별한 교감을 나누던 사이였다. 일홍에게 준서가 겉과 속이 구분되지 않는 클라인 병처럼 느껴졌던 것도 그 때문이었을 것이다.

준서 역시 일홍을 만나자마자 속절없이 빠져 버린 것은 그 교감이 가져다 준 특별함 때문일지도. 일홍은 다시 한 번 준서의 머리카락을 쓸어 넘겼다. 그때 준서가 눈을 반쯤 뜨고 그녀를 바라봤다.

일홍이 미소를 머금은 얼굴로 물었다.

"깼어?"

"더 잘 거야."

준서는 일홍의 작은 몸을 끌어당겨 품에 안았다. 단단하고 매끈한 가슴에 일홍의 코끝이 닿았고, 듬직한 팔뚝이 몸을 감쌌다.

"오늘은 회사 안 가도 돼?"

"너랑 있을 거야."

"난 가게 가야 하는데?"

"누구 마음대로?"

정수리에 입을 맞추는 느낌에 일홍은 미소 지었다.

"준서야."

"응."

"아니야."

이름을 부르기는 했지만, 딱히 할 말은 없었다.

"그럼, 나도 오늘은 쉬어야지."

일홍은 그리 속삭이고는 준서의 가슴팍에 코끝을 비벼 댔다.

"누가 쉬게 해 준대?"

커다란 손이 옆구리를 스쳐 오더니 가슴께를 더듬었다. 적당히 쉰 목소리로 중얼거리자 일홍의 몸이 저절로 움츠러들었다.

"일홍아."

"응."

준서의 부름은 전보다 훨씬 진지했다.

"이제 나한테 기대. 혼자 다 해결하려고 하지 말고. 나한테 와. 내가 다 해 줄게. 내 옆에 있어. 응?"

준서는 고개를 비틀어 일홍의 얼굴을 바라봤다. 머뭇거리며 대답을 내놓지 못하는 모습에 그의 얼굴에 간절함이 어렸다.

"준서야."

"응."

"네 옆에 있을게."

걱정이 어렸던 눈가가 풀어지고, 준서의 입꼬리가 뺨을 타고 올라갔다. 일홍의 입술에 준서의 입술이 내려앉았다.

떨어져 있어서 안타까운 감정이, 둘이 함께하기에 마음에 걸리는 것들보다 크다면…….

같이 있는 게 답인 거다.

chapter
09

아침엔 날씨가 맑다 싶었는데 연보랏빛으로 변한 하늘에서는 어느새 추적추적 비가 내리고 있었다. 준서의 집 부엌 바닥에는 다소 과하다 싶을 정도로 새하얀 타일이 깔려 있었고, 어두운 날씨 탓에 타일은 더 새하얗게 보였다.

일홍은 토스트 조각을 입에 넣고 우물우물 씹으며 계속해서 테이블 옆으로 보이는 바닥을 살폈다. 밥을 먹다가 김칫국물이라도 흘리면 물들기 전에 바로 닦아야 할 것처럼 생겨 먹은 모양새가 부담스럽기 짝이 없었다.

어찌 된 일인지 커다란 테이블가에는 의자가 딱 하나 덩그러니 놓여 있었기에 준서는 서재에서 의자를 끌어와 식사를 해야만 했다.

"있지, 준서야."

"음?"

민준서 단독 주거 공간이라는 것을 암시하는 듯한 느낌이 강해 일홍의 물음은 어지간히 진지했다.

"여긴 왜 다 하나씩만 있어?"

"뭐가?"

"의자 같은 거."

준서가 네모난 토스트 조각을 반으로 잘라 세모꼴로 만들며 대답했다.

"빈 의자 보는 거 싫어서."

일홍의 심장이 쿵 하고 새하얀 타일 위로 내려앉았다. 마주 앉은 의자가 텅 비어 있는 것을 바라보는 흉흉한 기분은 일홍도 잘 알고 있던 터였다.

그저 아무도 앉아 있지 않을 뿐인데, 주인 없이 텅 비어 있는 공간을 바라볼 때면 가슴속 깊은 곳에 커튼을 쳐 놓고 그 뒤에 숨겨 놓았던 쓸쓸한 고독과 마주 앉아 있는 것만 같은 기분이 들곤 했다.

그렇다고 마음에 맞지도 않는 이를 일부러 만나서 그 의자를 채우는 일은 하고 싶지 않았다. 누군가의 비위를 맞추고, 거짓 웃음을 짓고, 다른 이의 고달픔에 억지로라도 안타까움

223

을 지어야 하는. 그런 일련의 과정에서 피로감을 느낄 만큼 일홍의 인생이 녹록지 않은 까닭이었는지도 모른다.

황량한 고독을 똑같이 품은 이와 각기 모양이 다른 의자에 앉아서 식사를 하고 있는 아침이, 일홍은 이상하리만큼 편하고 따스했다.

"나도 빈 의자 보는 거 싫더라."

일홍이 오렌지 주스가 담긴 유리잔을 집어 들며 덧붙였다. 그러자 준서가 피식 웃으며 잼 나이프로 복숭아 잼을 듬뿍 퍼서 세모꼴 토스트에 발라 일홍에게 건넸다.

"근데 왜 그릇이랑 수저는 많아?"

일홍은 토스트를 한입 베어 물었다.

"넌 그럼 왜 그릇이랑 수저가 집에 많아?"

"설거지를 매번 할 수 없으니까, 귀찮아서."

"나도."

준서는 어깨를 으쓱하며 대답했다. 태연자약한 그의 모습에 웃음이 터져 나왔다. 물질적으로 풍요로우나, 그렇지 못하나 두 사람 모두 의지가지없이 외롭기는 마찬가지였다.

"일해 주시는 분은 없어?"

"왜 있어야 하는데?"

이렇게 넓은 집을 혼자 쓸고 닦고 가꿨을 준서를 상상해 보니 괜히 웃음이 났다.

"밥은 거의 밖에서 먹고, 청소는 로봇 청소기가 하면 되고, 빨래는 세탁기가, 설거지는 식기세척기가 다 하는데 뭐하러 귀찮게 사람을 들여."

말을 늘어놓으며 준서는 멋쩍은 듯 토스트를 잘게 조각내고 있었다.

"너 할 일 되게 없구나?"

일홍의 되물음에 준서는 작게 웃음을 터뜨렸다. 주변 정리를 하는 게 그에게 주어진 여가 시간의 전부인 것처럼 보였다. 철저히 혼자라는 사실을 뼈저리게 느끼고 싶었던 사람처럼 보이기까지 해서, 그를 보는 일홍의 가슴 한구석이 뭉클 오그라들었다.

가만히 눈을 맞추고 있자 마치 마음속 깊은 곳에 감춰 놓은 감정을 들킨 사람처럼 준서는 어색한 미소를 지었다.

"우리 밥 먹고 뭐해?"

일홍의 질문에 준서는 미간을 슬쩍 좁히며 대답했다.

"아무것도."

"아무것도 안 해?"

팔짱을 끼며 푹신한 서재 의자에 깊숙이 기대앉은 준서는 일홍을 바라보며 고개를 비스듬히 기울였다.

"왜, 뭐하고 싶어?"

"글쎄."

뭘 하고 싶으냐는 물음에 일홍은 단번에 얼굴이 붉어졌다. 횅한 이 집에서 할 수 있는 게 뭐가 있을까를 떠올리다가 어젯밤과 새벽 그리고 아침의 뜨거웠던 장면들이 머릿속을 스치고 지났기 때문이었다.

"천일홍, 생각보다 훨씬 야하네?"

일홍은 목구멍에 탁 걸린 토스트 조각을 삼키려 가슴을 퉁퉁 쳤다.

"어이구, 천천히 먹어. 야한 게 뭐가 어때서? 내 앞에서만 야한 천일홍, 난 적극 찬성인데?"

"아, 아니거든."

"아니긴 뭐가 아니야."

준서는 일홍의 몸을 아래위로 훑으며 노골적인 휘파람 소리를 냈다. 말문이 턱 막혀 버렸다. 일홍의 몸에는 준서가 건네준 깨끗한 면 티셔츠 한 장만 걸쳐져 있을 뿐이었다.

"속옷도 안 입고 아침 먹고. 예뻐 죽겠네."

음흉한 미소를 짓는 준서에게 일홍은 가볍게 눈을 흘겼다. 그의 저런 눈빛을 받는 것만으로도 아랫도리가 축축하게 젖어 버리는 것만 같아서 일홍은 궁둥이를 움찔거렸다.

"아무것도 안 하는 게 대체 뭐야."

일홍은 투덜거리며 달라붙은 빵가루를 털어 내려 손을 탁탁 부딪쳤다.

"아무것도 안 하고 최대한 게을러지는 게 오늘 할 일이야."

의미심장한 미소를 짓고 있는 준서의 얼굴을 바라보며 일홍은 고개를 살짝 비틀었다.

"게을러지는 거?"

"어."

준서는 부엌과는 전혀 어울리지 않는, 무게감이 느껴지는 서재 의자에서 일어나 일홍의 곁으로 다가섰다. 그러고는 일홍을 일으켜 세워서 그녀의 손을 꼭 잡고는 거실 쪽으로 발걸음을 옮겨 갔다. 마치 호리병처럼 생긴 부엌 공간을 빠져나오자 탁 트인 공간의 거실이 나왔다.

거실 벽에는 현관에서 침실로 향하던 회랑의 것과 비슷한 그림이 두 점 더 걸려 있었다. 딱 하나 있는 진회색 리클라이닝 가죽 소파와 마주한 벽에는 120인치 TV, 그리고 홈시어터 시스템이 마치 예술가의 조각품처럼 멋들어지게 자리를 차지하고 있었다.

"이리 와."

준서는 소파에 몸을 기대앉으며 일홍을 끌어다 허벅다리 위에 앉혔다.

"의자 하나 더 살 생각은 없니?"

일홍의 물음에 준서는 당연하다는 듯 대답했다.

"없어."

준서의 어깨와 목덜미 사이에 얼굴을 묻었던 일홍은 고개를 들어 그의 얼굴을 빤히 쳐다보았다.

"그럼, 천일홍이 내 무릎 위에 앉으려고 하지 않을 것 같아서."

장난스러운 대답에 일홍은 준서의 어깨와 목덜미 사이에 다시 얼굴을 묻으며 빙그레 미소 지었다.

"그럼, 우리 오늘 하루 종일 이렇게 있어?"

"왜, 그럼 안 돼?"

"넌 바쁜 사장님이잖아. 회사 안 나가도 돼?"

"오늘 일요일이야. 나도 일주일에 하루 정도는 쉬어. 보통은 출근했지만."

"주말에 할 일 없어서 회사 갔구나?"

일홍의 되물음에 준서는 그녀의 콧잔등을 엄지와 검지로 슬쩍 쥐고 흔들었다.

"너무 많이 아네, 천일홍."

준서가 무언가 버튼을 누르자 징 하는 진동 소리와 함께 소파가 뒤로 젖혀졌고, 소파의 아랫부분이 올라와 다리를 받쳐 주었다. 울어진 소파에 편히 누워 의자 모양이 된 준서의 위에 일홍이 기대 누웠다.

"게을러지기 딱 좋은 자세네."

후후 하고 웃은 준서가 일홍의 이마에 입을 맞추고는 그녀의 작은 어깨를 꼭 끌어안았다. 어깨를 어루만지던 손길이 등허리를 쓸어내리자, 일홍의 입에서 작은 한숨이 불거져 나왔다.

"있지, 준서야."

"응."

"나 되게 부지런하게 살았다?"

자랑이라도 되는 양 일홍은 재잘거리기 시작했다. 준서는 작은 손은 어루만지며 그녀의 이야기에 귀를 기울였다.

"횡단보도 신호등 있잖아. 막 10, 9, 8, 이렇게 숫자가 내려가는 게 보이면 무조건 뛰었어. 다음 신호 기다리는 시간이 너무 아까워서. 그런데 5, 4, 3, 이렇게 숫자가 후드득 떨어지면 뛰기엔 너무 촉박하니까 어쩔 수 없이 다음 신호를 기다리곤 했는데, 그게 그렇게 아깝더라."

준서의 가슴에서 쿡쿡거리는 웃음소리가 울려 났다. 넓은 가슴에 머리를 기대고 있던 일홍은 그 소리가 너무 듣기 좋아서 빙그레 미소를 머금었다. 그러면서도 뽀로통하게 쏘아붙였다.

"왜 웃어? 이게 웃겨?"

"그게 부지런한 일화야? 성질머리 급해서 말만 한 처녀가 횡단보도 질주한 게?"

"들어 봐. 이것만 있는 게 아니니까."

일홍은 토라진 듯 말을 하고는 다시 준서의 가슴에 얼굴을 기댔다.

"그리고 지하철에서도 빨리 내리려고 문 앞에 서 있고, 내리자마자 뛰고, 카드 찍고, 또 막 출구로 빠르게 걸었어. 그러다 가게에 도착하면 문 열고, 쓸고, 닦고. 온종일 쉴 새 없이 움직였다? 근데도 가게엔 할 일이 태산인 것 같고, 집은 엉망인 거야."

일홍의 말이 점점 빨라졌다.

"근데 있지. 생각해 보니까 난 일을 찾아서 하고 살았나 봐. 그런 일이라도 없으면, 내 존재감을 느낄 만한 곳이 없는 것 같아서."

"근데 문은 왜 안 고치고 살았어?"

"시간이 없었다고 핑계는 댔지만……. 근데 곰곰이 생각해 보면 말이지. 솔직히 말하자면…… 내가 해야 할 일을 단번에 해 버리면…… 아, 이제 일이 없네, 하고 허탈해지는 거야. 그래서 이상한 버릇이 생긴 것 같아. 중요한 일을 미루는 거. 그럼, 나 내일은 이 일을 꼭 해야지, 하고 삶의 이유가 생기는 기분이었어."

일홍은 열심히 존재의 이유를 찾고자 했는지도 모른다. 그래야 살 수 있을 것만 같았기에.

"에이. 부지런히 산 얘기가 아니라 게을리 산 얘긴데?"

일홍은 고개를 들어 눈을 가늘게 뜨고는 준서를 노려보았다. 그는 그런 그녀의 눈가에 입술을 내려 쪽 소리가 나도록 짧게 키스했다. 무거워진 분위기를 풀어 보려는 듯 그가 빙그레 미소 짓고 있었다.

"예쁜 눈."

그리 내뱉은 준서의 말에 일홍의 눈가는 사르륵 풀어져 버렸고, 입가엔 미소가 머물렀다. 성질머리 급하다고 자신을 나무라는 존재가 곁에 있다는 게, 게으른 거 아니냐고 놀리는 사람이 있다는 게, 눈물이 찔끔 고일 만큼 좋았다.

눈가에 머물렀던 준서의 입술이 슬쩍 내려와 일홍의 입술을 머금었다. 아랫입술을 쪽 빨았다가 윗입술을 슬쩍 깨물었고, 두 사람의 입술이 딱 맞도록 붙었다가 떨어지기를 여러 번 반복했다.

게을러지기로 결심한 하루인 만큼, 두 사람이 나누는 입맞춤도 느릿하기만 했다. 입술을 천천히 핥아 대던 준서의 말캉한 혀가 일홍의 입안으로 불쑥 들어오자 그녀는 손을 뻗어 그의 목에 팔을 두르며 끌어안았다.

이내 얕았던 입맞춤이 깊어지기 시작하는 동시에 손길이 다급해졌다. 일홍이 작은 손으로 준서의 뒷머리를 쓰다듬는 동안 준서의 커다란 손은 일홍의 옆구리를 따라 내려가는가 싶더니, 굴곡진 골반을 훑고는 엉덩이로 내려갔다.

자세가 기울어진 탓에 허벅지까지 내려왔던 면 티셔츠 자락이 일홍의 엉덩이 언저리까지 올라와 있었기에 준서의 손은 당연히 토실토실한 맨살을 쓰다듬고 있었다. 수차례 엉덩이를 쥐었다가 어루만지던 손길이 허벅지 안쪽으로 옮겨 왔다.

부드러운 허벅지 안쪽 살을 쓸어내리던 준서는 망설임 없이 음모를 헤치고, 촉촉하게 젖어 가고 있는 살덩이를 헤집었다.

"으음."

두 사람의 입술이 떨어지자, 일홍의 입에서 짧은 신음이 흘러나왔다. 이미 준서가 온몸으로 전해 준 절정에 올랐던 기억이 있는 일홍이었다. 그렇기에 그녀의 신음 소리에는 어제까지는 없었던 야릇한 기대감마저 담겨 있었다.

그런 기대감을 단번에 충족시켜 줄 생각이 준서에게는 없는 건지, 그의 손가락은 아주 느릿하게 움직였다. 중지 한 마디만을 이용해 속을 헤집으며 긁어 대는 느낌에 일홍은 더운 숨을 한 번 내뱉었다.

"주, 준서야."

"응?"

손가락 마디 하나에 온몸의 세포가 전부 반응을 보이는 것만 같은 기분이었다.

"왜 불러?"

일홍은 아무 대답 없이 준서의 목덜미에 얼굴을 묻었다. 자연스레 일홍의 입술이 준서의 목에 닿았다. 준서의 입에서도 더운 숨이 흘러나왔다. 그러면서도 손가락은 움직임을 멈추지 않았다.

일홍은 두 눈을 질끈 감으며 준서의 목덜미에 입을 맞추기 시작했다. 혀를 내밀어 핥고, 입술로 살짝 머금었다가 뜨거운 숨을 불어넣자 그의 입에서 흐음 하는 소리가 울려 나왔다. 여전히 손가락은 느렸다.

"준서야."

무언가를 애원하듯 일홍의 목소리는 달떠 있었다.

"말해. 왜."

그리 묻는 순간 준서의 손가락이 아주 조금 일홍의 안으로 들어왔다.

"흐응."

일홍은 참을 수 없는 신음을 터뜨리며 준서의 목덜미에 다시 한 번 입을 맞추었다.

"빨리하고 싶어?"

준서의 물음에 일홍이 슬쩍 고개를 끄덕였다.

"그런데 어쩌나, 오늘은 게을러지기로 한 날인데?"

짓궂은 목소리에 일홍은 그의 목을 꼭 끌어안고 있던 손을 내려서 넓고 단단한 가슴을 쓸어 보았다. 단단한 근육이 움찔움찔거리는 게 손끝에서 느껴졌다. 어디서 그런 용기가 난 건지, 일홍의 손이 복근 위를 지나 단전 아래로 향해 갔다.

그도 하고 있는데, 내가 못 할 건 무어란 말인가.

일홍은 준서의 트레이닝팬츠 안으로 손을 쑥 집어넣었다. 이미 단단하게 솟아올라 있는 그의 물건이 작은 손 안에 들어왔다.

"으음."

준서의 입에서 아주 작은 신음이 터져 나왔다.

"천일홍."

"응?"

일홍은 태연하게 대답하며 아래에서 위로 손을 쓸어 올렸다. 단단한 물건이 까닥 움직였다.

"이런 건 어디서 배웠어?"

준서의 물음에 일홍은 야릇한 미소를 지으며 대꾸했다.

"너한테."

"난 이런 거 가르친 적 없는데?"

"네가 지금 나한테. 핫!"

말을 채 마치기도 전에 준서의 손가락이 안으로 불쑥 들어와 버렸다. 그 순간 일홍의 몸이 슬쩍 위로 튀어 올랐고 놀란 탓에 단단한 물건을 꽉 움켜쥐고 말았다. 몸 안에 들어온 손가락이 존재감을 드러내려는 듯 느릿하게 질 내벽을 훑어 가며 돌아가기 시작했다.

"내 계획은 변함이 없는데?"

"그럼, 나도…… 훗. 네 계획에, 따르면…… 하앗."

힘주어 치고 들어오는 움직임에 일홍의 말이 토막토막 끊겼다. 그럴 때마다 일홍의 작은 손은 준서를 움켜잡았다가 놓아주기를 반복하고 있었다.

"제법이네, 천일홍."

준서의 숨소리도 거칠어져 있기는 마찬가지였다.

"근데, 준서야."

"응?"

동그란 이마에 입술을 찍어 대는 준서의 눈동자에는 정념이 가득했다.

"우리, 그거 없지 않아?"

"뭐가?"

"빈 상자만 있던데…… 협탁 위에……."

순간 준서의 손가락이 쓱 빠져나갔고, 일홍은 짧은 신음을 한 번 더 내뱉었다.

"그게 없을까 봐 걱정돼?"

"아니, 그게."

"난 천일홍 당장 임신시킬 생각 없는데?"

준서의 솔직한 말에 일홍은 본인이 열중하던 일과는 어울리지 않게 얼굴을 붉혔다. 후후 하는 준서의 작은 웃음소리가 들려왔다.

"자, 들어가자!"

번쩍 몸이 들렸다. 준서는 일홍을 안은 채 성큼성큼 침실로 향했다. 슬쩍 본 유리창 밖엔 장대비가 쏟아지고 있었다. 벚꽃 다 지겠네. 그 순간 든 안타까운 감정에 일홍은 흠칫 놀라 어깨를 좁혔다.

"왜?"

그걸 준서도 느낀 것처럼 보였다.

"그냥, 비가 많이 와서."

침실에 도착하자 준서는 일홍을 침대 앞에 세워 두고는 협탁 서랍을 열어 보였다.

"이게 다 뭐야?"

"어제 너 씻는 동안 편의점에 갔는데, 뭐가 좋은지 몰라서."

"그래서 이걸 다 샀어?"

각기 색깔이 다른 정사각형 모양의 상자들이 예닐곱 개는 되어 보였다.

"알바가 뭐라고 안 하디?"

피식 웃으며 던진 물음에 준서는 짐짓 진지한 얼굴로 대답했다.

"이거 유통기한 있는 건 아냐고 묻더라."

"그래서?"

"뭐 유통기한 생각해야 할 만큼 뒀다 쓸 건 아니니까."

이런 대답을 너무도 태연하게 하고 있는 준서의 모습에 일홍은 기가 차서 헛웃음을 내뱉었다.

"왜 이러지, 천일홍? 아까 소파에서 몸 달아서 나한테 매달렸던 여자는 어디 갔나?"

일홍은 괜히 목을 가다듬으며 그런 적 없다고 시치미를 뚝 뗄 작정이었다. 그런데 입을 채 열기도 전에 준서의 입술이 그녀의 입술을 덮어 버렸다.

진한 입맞춤이 계속되자, 서랍 속을 어지럽히고 있는 물건들로 인해 식었던 몸이 다시 뜨겁게 달아올라 버렸다. 준서의 몸이 기울어졌고, 그 무게감에 일홍의 몸이 풀썩 침대 위로 쓰러졌다.

면 티셔츠는 너무도 쉽게 바닥으로 떨어져 버렸고 준서도 발가벗은 몸이 되어 있었다. 키스를 나누며 서로의 코끝에서 흘러나오는 거친 숨소리에도 피가 끓어오르는 것만 같았다.

거침없다는 말이, 거리낄 게 없다는 표현이 지금 이 순간에 딱 어울릴 것만 같았다.

딱 붙어 있던 입술이 떨어지고, 준서가 거칠게 숨을 몰아쉬며 물었다.

"딸기, 아님 사과?"

"응?"

"둘 중에 뭐가 더 좋아?"

침대 위에서 던지는 질문 치고는 정말이지 뜬금없었다. 그렇지만 준서가 대단히도 대답을 원하는 눈치라 일홍은 아주 잠깐 고민하다가 입을 열었다.

"난 사과."

"그럼 사과."

준서는 손을 뻗어 포장 겉면에 '사과향'이라고 쓰여 있는 콘돔을 집어 들었다. 포일 포장지에 빨간 사과 그림이 그려져 있는 것을 보고, 일홍은 웃음이 터지고 말았다.

"그걸 물은 거야?"

"어."

키득거리는 웃음이 두 사람의 입에서 동시에 흘러나왔다. 찌릿찌릿한 느낌은 미친 듯이 솟아오르는데, 편안함이 공존했다. 앞에 있는 남자에게 잘 보이고 싶어서 가슴이 두근거려 죽겠는데, 있는 그대로의 제 모습을 들여다보고 있는 준서가 고맙기까지 했다.

"준서야."

"응."

준서가 일홍의 몸 위에 자신의 몸을 포개며 그녀의 얼굴에 자잘한 입맞춤을 했다.

"고마워."

일홍의 말에 준서는 고개를 들고는 그녀를 내려다보며 의뭉스럽다는 표정을 지었다.

"너무 이르지 않아?"

"뭐?"

그 긴 세월을 떨어져 지냈음에도 불구하고 한시도 떨어지지 않았던 것처럼 서로를 보듬을 수 있는 이가 있다는 게 고마울 뿐인데. 준서는 너무 이르지 않느냐며 미간을 찌푸렸다.

"잊어버릴까 봐 고맙다는 인사 미리 하는 거야? 알았어. 그럼 최선을 다해서 천일홍을 보내 줘야지."

"민준서, 진짜! 흡."

나무라는 말을 하려는 순간, 뜨겁고 단단한 물건이 몸을 관통했다. 입술은 그의 입술로 잠식당했고, 어느샌가 뭘 따져 물으려고 했는지 잊을 만큼 거센 움직임이 밀려왔다.

발끝이 말려들어 가고, 눈이 질끈 감기고, 머릿속이 텅 비어만 갔다.

그토록 찾아 헤맸던 존재감을, 삶의 이유를 일홍은 온몸으로 느꼈고, 준서는 그게 당연하다는 듯 그녀를 보듬었다.

절정의 순간, 자신을 내려다보고 있는 준서의 눈빛에 일홍은 심장이 녹아내리는 것만 같았다. 풀썩, 준서의 몸이 일홍의 몸 위로 내려앉았다. 말캉한 몸에 닿은 단단한 가슴속의 심장이 빠르게 뛰고 있는 게 느껴졌다.

 진부한 표현으로 다시 태어난 것 같은 기분이었다. 존재감을 몰라서 안달하던 심장이 녹아내리자, 그 심장을 준서가 잘 보듬어 자신의 것과 똑같은 박자로 뛰도록 만들어 다시 가슴속 깊이 넣어 준 것 같았다.

 그렇게 두 사람의 심장은 닮아 있는 박자로 뛰었다.

 준서는 고개를 들어 일홍의 이마, 발그레한 두 뺨, 탁한 숨소리를 내고 있는 입술에 입을 맞췄다.

 "아쉽다."

 일홍의 입에서 흘러나온 말에 준서가 피식 웃었다.

 "천일홍, 밝히기는."

 "아니이."

 "아니긴 뭐가 아니야?"

 꼭 감았던 눈을 뜨며 일홍이 대답했다.

 "비가 많이 와서 이제 벚꽃이 다 떨어질 것 같아 아쉬워."

 준서는 몸을 일으켜 콘돔을 빼내어 협탁 위에 올리고는 일홍의 옆으로 누웠다. 자연스레 준서의 팔을 베고 누운 일홍의 손은 빠르게 뛰는 그의 심장박동을 느끼려 애쓰는 중이었다.

"벚꽃은 왜?"

"있지, 준서야."

"응."

다정한 대답에 일홍은 괜히 눈물이 핑 돌 것만 같았다.

"나 얼마 전까지 벚꽃 되게 싫어했어."

"왜?"

"벚꽃 피는 계절만 되면, 여기저기 연인이나 가족들로 붐비잖아. 뉴스를 봐도 벚꽃 구경 나온 사람들 때문에 차가 많고 길도 막힌다고 하고. 막 행사도 많다고 하고."

"그래서."

"봄이 여러 번 되풀이되는 동안에도 나는 변함없이 혼자인 거야. 평소엔 혼자라는 사실이 그렇게 서럽지가 않았는데, 근데, 그렇게 남들이 꽃피는 봄을 만끽하는 순간에 나는 혼자라는 사실을 깨닫게 되는 게 너무 싫어서."

작은 어깨를 끌어안고 있는 준서의 팔에 힘이 들어갔다.

"근데 지금은 아쉬워?"

일홍은 준서의 단단한 가슴 위에 얼굴을 기대며 끄덕거렸다.

"너랑 같이 있으니까 아쉬워."

침대에 등을 대고 바로 누워 있던 준서가 몸을 돌려 누우며 일홍을 꼭 끌어안았다.

"준서야, 나 이제 알 것 같아. 사람들이 왜 그렇게 벚꽃 피는 4월을 기다리는지."

준서는 일홍의 마른 등을 쓸어내리며 속삭였다.

"다들 피서 가는 뜨거운 여름도 기다려질 거야. 알록달록 단풍 드는 가을도 기다려질 거고, 온 세상이 하얗게 변해 버리는 겨울도 기다려지게 될 거야."

일홍은 슬쩍 얼굴을 들어 준서를 바라봤다.

"일홍아, 그렇게 매 순간 기다려지게 해 줄게."

"음."

짧게 대답한 일홍은 준서의 가슴에 다시 얼굴을 묻었다. 몸이 노곤해지며 졸음이 몰려왔다.

슬쩍 눈을 떠 보니, 어스름한 가운데 정장을 한 준서가 보였다.

"어디 가?"

일홍의 물음에 준서가 다정하게 웃으며 되물었다.

"일어났어?"

"회사 가? 무슨 일 있어?"

"벌써 오후 5시야. 나가서 저녁 먹자."

재촉하는 준서 때문에 일홍은 서둘러 준비를 마쳤다. 멋지게 차려입은 그에 비해 자신의 옷차림은 터무니없이 초라한 게 아닌가 하는 생각을 하고 있을 때였다.

"너무 예뻐."

일홍의 이마에 쪽 하는 소리가 나도록 입을 맞춘 준서는 빙그레 웃으며 그녀의 손을 붙들고 지하로 향했다. 차에 오르자 준서는 선루프를 가리키며 말했다.

"위에 잘 봐."

"위에 뭐 있어?"

"보라면 봐."

"알겠어."

지하 주차장을 빠져나오자, 선루프 위로 빗방울이 내려앉기 시작했다. 달리는 속도 때문에 내리는 즉시 씻겨 나가서, 유리 위는 방울졌다가 투명해지기를 반복했다. 차가 남산을 향해 올라가고 있을 때였다.

"와."

일홍의 입에서 찬탄이 흘러나왔다.

선루프 가득 하얀 벚꽃 잎이 가득 찼다. 아주 가끔 빗방울에 휩쓸린 벚꽃 잎이 그 위로 내려앉기도 했다. 일홍은 마치 어린아이가 된 것처럼 좋아하며 벚꽃 잎이 내려앉은 유리에 손을 가져다 대 보기도 했다.

"내년엔 여기 걸어서 가 보자."

"응."

대답하는 일홍의 목소리에서 웃음이 묻어났다.

"한 바퀴 더 돌까?"

"어."

신호 대기에 차가 멈춰 서자 일홍은 선루프 너머로 보이는 보랏빛 하늘과 새하얀 벚꽃 나무를 찍기 위해 휴대전화를 꺼내 들었다.

촬영 버튼을 누르려는 순간이었다.

〈재희.〉

휴대전화 화면에 재희의 이름이 반짝거렸다. 일홍은 잠시 전화를 받아야 하나 말아야 하나 고민했다.

"누구야? 왜 안 받아?"

"어, 재희. 잠깐만."

일홍은 준서에게 잠시만 조용히 해 달라는 눈짓을 한 뒤 전화를 받았다.

"여보세요? 재희."

—일홍아.

평소처럼 '이롱이롱' 하며 반기는 말투가 아니었다. 서늘한 목소리에 일홍은 목덜미에 소름이 돋아나는 것만 같았다.

"어, 재희야."

―잠깐…… 나 좀 볼 수 있어?

"지금?"

그리 물으며 일홍은 슬쩍 준서를 바라봤다.

"갑자기 왜? 무슨 일 있어?"

―나, 있잖아. 나.

울먹이는 재희의 목소리에 일홍의 눈이 커다래졌다.

chapter
10

 조금 전까지 선루프를 올려다보며 해사한 미소를 짓고 있
던 일홍의 얼굴에 그늘이 드리워졌다. 새하얀 벚꽃 빛을 닮
아 있던 그녀의 사근거리는 목소리도 검푸른 하늘빛처럼 어
두워졌다.

 "지금 갈게, 재희야. 응. 어디? 알겠어. 얼른 갈게. 그래.
조금만 기다려."

 무슨 일인지 일홍은 지금 당장에 재희가 있는 곳으로 가겠
다 말하고 있었다. 전화를 끊는 그녀의 얼굴이 파리하게 굳
었다. 걱정 어린 얼굴을 하는 것만으로도 준서는 심장이 오
그라들어 버리는 듯했다.

"왜, 무슨 일인데? 지금 어딜 가?"

내일 아침까지 꼭 붙어 있을 거라 생각했건만, 일홍은 입술을 잘근 씹으며 머뭇거렸다.

"재희한테 무슨 일 있는 거야? 정식이랑 부부 싸움이라도 했대?"

차 안은 조용했다. 준서는 비상등 버튼을 누르고 갓길에 차를 세웠다.

"무슨 일인데 그래?"

"재희가…… 그러니까 재희가."

울먹이는 일홍의 목소리에 준서의 심장이 빠르게 뛰기 시작했다. 재희한테 무슨 일이 생긴 건데 왜 네가 이렇게 울려고 해, 하고 물으려는 순간, 일홍의 입에서 힘없는 말들이 쏟아져 나왔다.

"일단 가자."

준서는 급히 차를 출발시켰다. 빗속을 달리는 동안 일홍은 아무 말 없이 훌쩍이기만 했다. 일홍이 슬퍼하는 모습을 보는 것 자체만으로도 괴로웠다. 무조건 행복하게만 해 주겠다고 다짐하고 또 다짐했는데, 뜻하지 않은 곳에서 불어닥친 시련으로 일홍이 눈물짓고 있는 모습에 가슴이 답답해졌다.

일홍의 주변을 둘러싼 모든 것들을 제어하고 통제하고 싶은 마음마저 생겨났다. 지금까지의 고달픈 삶만으로도 충분히 아팠던 사람이다. 더 이상의 아픔은 없었으면, 그저 자신의 곁에서 가슴이 뻐근하도록 행복하기만 했으면 하는 게 준서의 바람이건만.

그 바람이 무색하리만큼 일홍은 어두운 얼굴을 하고 있었고, 불안한 듯 손톱 끝을 맞대고 누르고 있었다. 준서는 오른손을 뻗어 일홍의 손을 꼭 잡아 주었다. 그러자 그녀가 어렴풋이 미소 지으며 고개를 돌려 준서를 바라봤다. 준서도 일홍에게 슬쩍 시선을 주었다가 다시 검은색 아스팔트로 시선을 옮겨 갔다.

"걱정 마. 나도 있잖아."

"응."

일홍이 고개를 끄덕이자 눈가에서 굵은 눈물방울이 후드득 떨어졌다. 이렇게 여린 여자가 대체 그동안 어떻게 이 험한 세상을 혼자 버텨 온 건지, 준서는 심장이 바스락거리며 산산이 부서지는 기분이었다.

손톱을 꾹꾹 누르며 불안해하던 일홍은 준서의 커다란 손을 이리 잡았다, 저리 잡았다 하며 한숨을 내쉬었다. 준서는 오른손에 힘을 주어 그녀의 작은 두 손을 꼭 붙잡았다.

지금까지는 혼자 버텨 왔겠지만, 이젠 내가 함께하니까.

그렇게 마음을 다잡아 보아도 일홍이 훌쩍이는 소리에 가슴이 요동쳤다. 준서는 갑갑한 감정이 흘러나오지 않도록 꾸역꾸역 한숨을 집어삼켜 댔다. 그런 모습을 보이면 착해 빠진 천일홍은 준서에게 미안해할 게 뻔했기에.

남산 벚꽃 길을 출발한 차는 동작대교를 너머, 산부인과 전문 병원 주차장에 멈춰 섰다. 일홍은 소맷부리로 눈가를 닦아 내며 물어 왔다.

"나 운 거 티 나?"

"이리 봐 봐, 한번."

준서는 말간 일홍의 얼굴을 살피며 대답했다.

"티 안 나. 나도 같이 들어갈까?"

"아니. 아직 너랑 만나는 거 재희는 몰라. 같이 들어가면 많이 놀랄 거야. 전화할게."

"그래."

일홍이 차에서 내려 병원 입구 쪽으로 달려가는 모습을 준서는 그저 물끄러미 바라보기만 했다. 그리고 괜한 부아가 치밀어 올랐다.

친정 부모님을 부르든가, 정식이가 오면 되는 거지.

안 그래도 고달픈 일홍을 찾아 대는 이유가 대체 뭐란 말인가.

여기 계속 있다 해서 뭐가 달라지는 것도 아닌데, 준서는 주차장에서 꼼짝도 할 수 없었다. 병원으로 뛰어 들어간 일홍의 뒷모습이 자꾸만 눈에 밟히고 지금쯤 어떤 얼굴을 하고 있을지 신경이 쓰여서.

전화를 걸어 볼 수도 없어 준서는 일홍에게 문자를 한 통
보냈다.

〈통화할 수 있을 때 연락해.〉

문자를 보내고 30분쯤 흘렀을까. 일홍에게서 전화가 왔다.

"여보세요?"

—어, 준서야.

까끌까끌한 모래라도 삼킨 듯 가라앉아 있는 일홍의 목소
리에 숨이 턱 막혔다.

"어떻게 된 거래?"

—갑자기 하혈을 해서 병원에 왔는데 유산이래. 태아는 낭
상물에 싸여서 이미 배출된 상태고. 이따가 수술 들어가야 한
대. 자궁을 깨끗하게 해야 한대서. 소파 수술이라고 하더라.

의사가 한 말을 그대로 전하는 듯하던 일홍의 입에서 무거
운 한숨이 흘러나왔다.

"정식이는?"

—지금 상해로 출장 가 있는데, 원래 다음 주 수요일에 돌
아오는 거였나 봐. 비행기 표가 없어서 못 오고 있대.

"상해?"

—어.

안타까움을 품은 목소리에 심장이 떨려 왔다. 일홍이 누군
가를 안타까워하는 일조차 준서는 마음이 아팠다.

—아, 재희 검사 마치고 나온다.

뭐라고 대꾸하기 전에 전화는 뚝 끊겨 버렸다. 준서는 통
화 종료 문구가 깜빡거리는 휴대전화를 물끄러미 바라보다
가 정식에게 전화를 걸었다. 첫 번째는 통화 중, 두 번째는
신호 한 번이 채 울리기도 전에 전화가 연결됐다.

—여보세요?

"너 상해라며?"

—어, 어떻게 알았어? 일홍이한테 들었어?

"어, 재희가 전화했을 때 같이 있었어. 난 지금 병원 주차장이
고."

—그래……. 고맙다.

고맙다는 정식의 말에 뜨거움이 울컥 올라왔다.

만약 일홍과 결혼해서 아이를 가졌는데, 그 아이를 잃은
상황이라면……. 제정신일 리 없겠지.

지금 당장 재희가 얼마나 보고 싶을지, 타국 공항에서 발
을 동동 구르고 있을 정식을 생각하니 좀 전에 정식과 재희
를 못마땅하게 여겼던 것이 미안해졌다.

"어디야? 푸동 공항이야?"

─어. 일단 대기 걸어 놨는데 일요일이라 그런지 귀국 표가 없네.

"일단 홍차우 공항으로 가. 푸동발이면 인천 도착이잖아. 홍차우발은 김포라 그게 병원이랑 가까워. 너 이동하는 동안 표 구해 놓을 테니까 전화 꺼 놓거나 하지 말고."

상해에 한식 프랜차이즈 식당을 오픈하면서 여러 번 그곳을 방문했었기에 한국행 비행 일정을 대강 파악하고 있었다.

─뭐라고?

"일단 홍차우로 가라고. 여권 정보는 사진으로 찍어서 나한테 보내 줘. 얼른 택시부터 타."

전화를 끊자마자 준서는 비서실장에게 전화를 걸었다. 지금 당장 상해 홍차우 국제공항에서 김포로 오는 항공권을 무슨 수를 써서라도 구하라는 말에 비서실장은 단 5분 만에 일등석 표를 발권해서 준서에게 보내왔다.

탑승 수속을 밟고, 이제 막 출국장을 통과했다며 이 은혜는 절대 잊지 않겠다는 낯간지러운 문자메시지가 정식에게서 도착했을 무렵, 준서는 일홍의 곁에 앉아 있었다.

"안 올라와도 된다니까."

"재희 수술하는 동안만."

둘이 부둥켜안고 울기라도 한 건지 일홍의 눈시울은 이미 빨갛게 물들어 있었다. 안 그래도 비쩍 마른 천일홍, 후 하고 불어 버리면 날아갈 것처럼 위태로워 보여서 준서는 그녀의 어깨를 꼭 감싸 안았다.

"재희, 괜찮을 거야."

"응."

짧은 대답에서 또다시 울음이 묻어났다.

"재희 부모님이 결혼 엄청 반대하셨거든. 정식이 어머니는 아프시고, 아버지는 경비일 하신다나 봐. 정식이는 전역하고 나서 어머니 아프셔서 대학도 제대로 못 마쳤고. 고생길 훤해 보이는데 시집 못 보낸다고, 재희 집에서 난리였어."

어쩐지 딸이 유산했다는데도 병원에 오지 않는 부모님이 이상하다 싶었다.

"근데 임신하고, 손주 안겨 드리면 부모님 마음 돌아서겠지 하면서 재희 무지 좋아했었어. 방 두 개짜리 빌라로 이사도 하고, 정식이도 회사에서 인정받아 여기저기 출장 많이 다니고, 월급도 많이 올랐다고. 근데 임신한 거는 아직 친정 부모님께 말씀 못 드리겠다고 했었어."

"왜?"

"속상하실까 봐 그랬대. 아파트 전세도 아니고, 겨우 따닥따닥 붙어 있는 빌라 전셋집 구해서 애까지 가졌다고 하면 또 한소리 하실까 봐. 그런 싫은 소리, 이제 재희도 듣기 싫다고. 그래서 머뭇거리다가……."

일홍은 눈물을 삼키는 듯 입술을 꾹 깨물었다. 반대한 결혼에 임신 사실도 알리지 못하고, 게다가 유산해서 수술실에 있는데도 그게 죄스러워서 부모님께 전화 한 통 못 하고 있다니. 옆에 있어야 할 남편은 타국에 있고.

준서의 마음도 무겁게 가라앉았다.

"정식이는 다행히 비행기 표 구했다더라."

어휴, 하는 한숨을 내뱉는 일홍에게 준서는 그저, '그래?' 하고 되물을 뿐이었다. 정식의 귀국 티켓을 구해 준 사람이 자신이라는 영웅담은 그냥 넣어 두기로 했다. 여기서 그런 공치사는 볼썽사나운 일이 되어 버릴 것만 같아서.

"고마워."

뜬금없이 고맙다고 속삭이는 일홍을 준서는 물끄러미 바라봤다.

"뭐가?"

"여기 같이 있어 줘서."

그리 말하며 일홍은 빙그레 미소를 머금었다.

"평생 고마워해라."

"평생 고마워할 만큼은 아닌데?"

평생 함께할 테니까 평생 고마워하라는 뜻이었는데. 눈치 없는 척 말을 돌리는 일홍의 콧잔등을 준서는 엄지와 검지로 가볍게 쥐었다가 놓았다.

"아, 하지 마. 나 비염 있어. 그렇게 잡으면 아프단 말이야."

"너 비염 있어? 예전엔 없었잖아."

"몰라. 생겼어."

전에 없던 무언가가 생겼다는 말에 준서는 괜히 마음이 쓰였다.

"준서야."

일홍은 무언가 중요한 이야기를 할 것처럼 머뭇거리며, 신발 끝으로 병원 바닥을 툭툭 건드렸다.

"너 없었으면 나 여기서 아마 또 신세 한탄하고 있었을 거야. 한심하게."

한숨을 한 번 폭 내쉰 일홍이 바닥을 내려다보며 조용히 말했다.

"왜 내 주변에는 이런 일들만 일어날까. 나 때문인가, 하고."

아무렇지 않은 척 내뱉고 있었지만, 그 말을 들은 준서의 심장은 날카로운 무언가로 베인 듯 쓰라렸다.

"되게 바보 같지? 근데 자꾸 좋지 않은 일이 반복되면 그런 생각이 들 때가 있더라고."

반복되면? 이런 생각을 자주 했다는 거야? 일홍의 어깨를 감싼 준서의 팔에 힘이 들어갔다.

"일홍아."

"응?"

"앞으로는 절대 그런 생각 하지 마."

준서의 당부에 일홍이 빙그레 웃었다.

"이미 안 해. 네가 있잖아. 내 인생 최고의 행운을 만난 것 같은데, 지금 봐서는?"

고개를 갸우뚱 기울이며 예쁘게 웃는 모습에 준서는 딱딱하게 굳었던 심장이 사르륵 녹아내리는 듯했다. 그동안 누군가에게 부리지 못한 어리광이라도 부리는 듯, 서른 살 일홍은 갓 스물을 넘겼던 그때보다 더 솔직했고, 더 순수해 보였다.

"그럼, 그 행운 꽉 잡아야겠네."

넌지시 건넨 말에 일홍은 아랫입술을 슬그머니 깨물었다. 무언가 머뭇거릴 때 하는 행동임을 준서는 잘 알고 있었다. 무엇 때문에 또 이렇게 머뭇거리고 있는 걸까?

"근데."

"응, 근데."

무슨 말을 하려는지 모르겠지만, 긍정적인 분위기의 말이 흘러나올 것 같지는 않아서 준서의 심장이 콩닥콩닥 뛰었다.

"내가 너무 욕심을 부리는 걸까 봐서. 왜, 로또 맞은 사람 중에 그거 감당 못 하고 이전보다 더 피폐한 인생을 사는 사람들 있잖아."

"일홍아, 내가 너한테 로또야?"

어쩐지 차가운 준서의 물음에 일홍은 아무런 대꾸 없이 또다시 아랫입술을 꾹 깨물었다.

"그래, 내가 너한테 뭐 복권이라 치자. 그럼 로또 말고 연금 복권하면 되겠네. 다달이 받는 거."

능청을 떨며 건넨 말에 일홍은 픕 하고 작게 웃음을 터뜨렸다. 이미 몸을 섞고 마음을 휘저은 관계라지만, 일홍은 갑작스러운 변화가 불안한 듯했다.

서로가 서로의 운명인 듯 삽시간에 빠져들어 버렸지만, 일홍의 마음 한 자락을 온전히 이해할 수 없다면 관계를 오래 지속하지 못할 것이란 생각이 들었다. 오래오래, 아주 긴 시간 동안 함께하려면 서로를 알아 가고, 간극을 좁히고, 존재를 인정하는 데 엄청난 공을 들여야 할 터였다.

"일홍아."

"응?"

이름을 부를 때면 눈썹을 위로 슬쩍 들어 올리며 예쁜 목소리로 '응?' 하고 대답하는 일홍의 존재감에 준서는 미소를 머금었다.

"너무 갑자기 가까워진 것 같아서 불안해? 어떻게 될까 봐서?"

속마음을 들키기라도 한 듯 일홍의 동공이 아주 살짝 흔들렸다.

"급하게 생각하지 말자. 나머지는 천천히 알아 가면 돼."

"충분히 급했던 것 같은데?"

평생 한 여자에게 몰입해서 그 여자를 알아 갈 기회가 주
어진다는 것이 남자에게 얼마나 가슴 벅찬 일인지, 그것까지
말해 주면 천일홍이 기고만장해지려나? 콧대 높아진 일홍의
떵떵거리는 모습을 떠올리자 준서의 미소가 짙어졌다.

"준서야⋯⋯. 너한테 하고 싶은 말, 묻고 싶은 말 많아."

일홍의 목소리에 눈물이 묻어나서 어쩐지 가슴 한구석이
다시 오그라드는 것만 같았다.

"그래. 나도 그래."

"근데 어디부터 말해야 할지⋯⋯ 모르겠어."

막상 입을 떼려니 어렵다는 걸, 가슴속에 응어리진 일들이
술술 흘러나오기는 어렵다는 걸 준서 역시 모르는 바는 아니
었다. 일홍의 성격상 그건 더더욱 어려운 일일 것이다.

"천천히 하자."

준서의 말에 일홍은 알겠다며 고개를 끄덕였다. 그런데 무
언가 다짐을 하는 모양새가 괜히 불안했다. 천천히 털어놓으
란 이야기에 갑자기 거리감을 둘 것만 같은 기분. 새로 시작
하는 마음으로 처음부터 절차를 밟을 것만 같은 모범생 천일
홍의 기질을 너무도 잘 파악한 준서가 나지막이 속삭였다.

"근데, 무르기 없기. 현 상태는 유지하기다?"

"뭘?"

"나랑 잔 거."

솔직한 준서의 대꾸에 일홍은 뺨을 붉게 물들이며 발끝을 모았다가 오므리기를 반복했다. 그사이 재희의 이름 옆에 수술 중이라 쓰여 있던 문구가 회복 중으로 바뀌어 있었다.

"나 이제 내려가 볼게."

"그래, 가서 쉬어."

"정식이 올 때쯤 전화해. 데리러 올 테니까."

일홍은 고맙다는 얼굴로 고개를 끄덕였고, 준서는 그런 그녀의 뺨을 손등으로 한 번 쓸어내렸다. 커다랗고 따스한 손이 전해 주는 든든한 느낌에 일홍은 잠시 눈을 감았다.

누군가가 옆에 있어서 이렇게 좋은 건지, 민준서가 이렇게 좋은 건지.

가슴 한가운데가 뻐근해질 만큼 숨이 벅차올랐다. 일홍은 잠시 감았던 눈을 뜨고는 준서를 올려다보았다. 안타까운 얼굴을 하고 있는 그의 모습에 손끝이 떨렸다. 발이 떨어지지 않는지 준서는 그 자리에 한동안 아무 말 없이 서 있었다.

"얼른 가. 들어가서 쉬어. 전화할게."

"그래."

발걸음을 돌려 걸어가면서도 준서는 몇 번이고 일홍을 돌아보았다. 저대로 돌아가면 그 넓은 집에 준서도 혼자 있을 거라 생각하니 뒷모습이 무척이나 쓸쓸해 보였다. 온종일 서로를 보듬던 시간이 있었기에, 멀어지는 시간은 허탈하기만 했다.

준서가 엘리베이터에 오르고, 그의 모습이 완전히 사라지고 난 뒤 일홍은 크게 한숨을 내쉬었다. 텅 빈 복도를 멀거니 바라보고 있는데 등 뒤에서 누군가의 목소리가 들려왔다.

"정재희 씨 보호자분?"

"네!"

일홍은 간호사의 안내에 따라 회복실로 향했다. 주 수도 얼마 되지 않았고, 수술 결과도 좋기에 깨어나면 바로 퇴원해도 좋다는 의사의 설명이 있었다. 생명을 잃었는데 그 설명은 너무도 간결하여 일홍은 미간을 찌푸렸다.

의사가 다녀가고 얼마 되지 않아 재희가 인상을 잔뜩 찌푸리며 눈을 떴다.

"정신 들어?"

"재희야."

"어, 고생했어. 정식이 좀 전에 비행기 탔대."

남편이 오고 있다는 말에 재희의 눈가가 붉어졌다.

"좀 더 누워 있어. 마취 완전히 깨면 가자. 어지럽지?"

"응."

유산을 했을 뿐인데, 마치 모든 생명을 빼앗긴 것처럼 재희의 입술은 하얗게 말라 있었다. 일홍은 헝클어진 재희의 머리를 쓸어 넘겨 주고는 메마른 입술에 립밤을 발라 주었다.

"고마워. 안 그래도 따가웠는데."

굳이 말하지 않아도 마음이 통하는 친구가 있다는 건 가장 큰 자산이 아닐까. 재희는 일홍을 바라보며 빙그레 웃었다.

한 시간여를 회복실에 더 누워 있던 재희는 커다란 생리대를 차고 병원을 나섰다. 출혈이 심하거나 복부 통증이 있으면 꼭 다시 병원에 와야 한다는 의사의 설명을 들을 때도, 처방받은 약을 받아 올 때도, 원무과에서 계산을 할 때도 일홍은 계속 재희의 곁을 지켰다.

"남편보다 우리 이롱이롱이 훨씬 낫다니까."

"아까 정식이 오고 있다니까, 막 울먹였으면서."

"그건 그거고."

택시를 타고 오는 동안에도 일홍은 목에 두르고 있던 스카프를 풀어서 재희에게 둘러 주고 혹시나 춥지는 않은지, 어디 불편하지는 않은지 끊임없이 물었다.

재희의 집에 도착한 일홍은 친구를 침대 위에 눕혀 주고는 부엌으로 향했다. 유산도 애 낳은 거랑 같다는데, 몸조리해야 하는 친구를 위해 미역국이라도 끓여야겠다 싶어서.

야무지게 살림하는 재희답게 냉장고는 깔끔하게 정리되어 있었지만, 미역은 없었다.

가까운 슈퍼라도 다녀와야겠다고 외투를 집어 들었는데, 주머니 속 휴대전화가 왕왕 울리기 시작했다.

"여보세요?"

—재희네 집 주소 좀 불러 줘.

대뜸 주소를 부르라는 이는 준서였다.

"주소?"

—어.

"잠깐만."

일홍은 식탁 위에 놓여 있는 인터넷 요금 고지서에 적힌 집 주소를 읊어 댔다.

—거기 계속 있을 거지?

"아니, 잠깐 슈퍼 좀 다녀오려고."

—나가지 말고 잠깐만 있어. 30분이면 도착할 것 같다.

대체 뭐가 도착한다는 건지 준서는 옆에 있는 누군가와 이야기를 하며 전화를 끊었다. 일홍은 외투를 손에 든 채로 재희네 집 거실 소파에 걸터앉았다. 준서는 다급히 전화를 끊은 뒤로 연락이 없었다.

30분이면 도착한다고 했으니, 기다려 봐야지.

일홍은 그리 생각하며 멍하니 앉아, 집을 둘러보았다. 아기자기하게 꾸며진 집 안에는 사람 사는 냄새가 물씬 풍겼다. 신혼이라는 걸 그렇게 티를 내고 싶은지 실내화, 소파 위 방석, 쿠션, 컵 등 뭐든 같은 디자인으로 두 개씩 있는 모양새에 피식 웃음이 터져 나왔다.

그와 동시에 머릿속에 준서의 집 풍경이 떠올랐다. 본인은 미니멀리즘 인테리어라고 하지만, 다른 이가 보기엔 휘하니 텅 비어 있는 것 같았다. 그리고 좁고 좁아서 뭘 놓지 못해 본의 아니게 미니멀리즘을 추구하고 있는 자신의 집 안도 떠올렸다.

겉으로 보이는 간극은 어마어마했지만, 결국 외로운 공간인 것은 마찬가지.

혹시 이렇게 아기자기한 공간을 꾸미고, 두 사람이 함께할 수도 있을까 하는 생각을 하며 일홍은 쓴웃음을 머금었다. 그동안 잊고 있던 존재감이 갑자기 불쑥 나타나서였다.

준서의 할머니.

모진 말로 상처를 주고 쌩하니 돌아서서 가시던 그 겨울을 일홍은 똑똑히 기억하고 있다. 아무리 잊으려고 노력해 봐도, 가끔 꿈속에도 나타나는 싸늘한 모습은 그날 그대로의 모습을 재연해 냈다.

절대 엄마가 그런 일을 할 분이 아니라는 걸 알고 있었다. 헛소문이 돌았다는 이야기를 사십구재에 오신 아빠의 동료 교수를 통해 전해 듣기는 했었다.

내가 준서의 할머니였어도, 좋은 여자랑 짝 지어 주고 싶었겠지.

그렇게 모진 분을 이해하려 노력해 보기도 했었다. 그런데 준서가 다시 나타나 버렸다. 잔뜩 욕심내도 된다는 듯, 영원까지 함께해 줄 것처럼 구는 준서의 모습에 가슴이 떨리고 심장이 두근거렸다.

살면서 도움을 주고 싶어 했던 이들이 아주 없었던 것은 아니었다. 아빠의 동료 교수였던 분, 일홍을 내쫓았던 아빠의 의붓형과는 달리 안쓰러운 얼굴로 그녀를 찾아왔던 그의 아들, 그리고 어렵게 살기는 마찬가지인 이모들.

그런데 누군가의 도움을 받고 나면, 준서 할머니의 뜻대로 인생을 살아 버리는 것 같아서 일홍은 혼자 헤쳐 나가기를 스스로 강요했다.

절대 그런 사람 아니에요. 우리 어머니도, 나도.

그렇게 살아온 10년인데, 아주 조금씩 욕심이 나기 시작했다. 준서가 가진 물질적 풍요로움이 아니라, 그가 주는 편안함과 안락함, 그리고 따스함에.

작년에 장우가 그랬던 것처럼, 준서도 어느 날 갑자기 떠나 버릴지 모를 일이지만.

평생에 단 한 번 이렇게 따뜻하면서 뜨거운 감정 가질 수 있도록, 나중에 그 끝이 어렵다 할지라도 이렇게 누군가를 애틋하게 여기고, 누군가를 가슴속 깊이 간직할 수 있도록.

힘겨운 나날이 계속되어도 그런 때도 있었지, 하며 추억할 수 있도록.

그것만으로도 충분할 것 같았다.

뜨겁게 달아올랐던 어제부터 허공을 둥둥 떠다니던 마음을 차분히 가라앉히고 나자 가슴속이 편안해지는 것 같았다. 좋든, 나쁘든 결국 좋은 거라는 결론이 내려졌기 때문이었다. 그 모진 10년을 견뎌 온 것도 결국 어찌 되었건 좋은 거라는 긍정적인 사고방식 덕분이었을지 몰랐다.

외로워도 슬퍼도 안 운다는 캔디처럼 언제나 활짝 웃는 얼굴은 아니어도, 그렇다고 자신의 인생을 가차 없이 저평가할 만큼의 바보는 아니었다.

내 인생은 내가 가장 많이 아껴 줘야 하는 거잖아.

일홍은 욱신거리는 손가락 마디를 조물조물 주물렀다. 리본을 만지고, 원석을 갈고 닦으며 생긴 손가락 관절 통증 때문에 생긴 버릇이었다. 곱은 손가락을 주무르며 마음을 다스리며 생각을 정리했다.

게다가 민준서가 있잖아, 지금은.

준서를 떠올리는 것만으로도 일홍의 입가엔 미소가 머물렀다. 그리고 차분히 가라앉았던 가슴에 또다시 파란이 일었다.

어쩐지 정리를 하기는 했는데, 또다시 다른 모양새로 마음이 흐트러져 버린 것만 같아서 일홍은 홀로 어이없는 웃음을 머금었다.

다시 손가락을 꾹꾹 주무르고 있는데, 누군가 집 현관문을 조심스레 두드렸다.

"누구세요?"

재희가 깰까 싶어서 일홍은 조용히 물으며 도어 스코프를 확인했다. 빌라 계단참의 어스름한 불빛에 비친 얼굴은 준서였다.

"어?"

일홍은 고개를 갸웃하며 현관문을 열었다.

"어떻게 된 거야?"

"쉬잇."

준서가 입가로 검지를 가져다 대며 조용히 하라는 시늉을 하더니, 눈을 한 번 찡긋거리며 웃었다. 놀라움보다 반가웠고, 반가운 만큼 심장이 뛰었다.

"이거, 여기 안에 들여놓을 테니까 재희랑 같이 먹어. 나, 간다."

일홍은 급하게 사라지는 준서를 보고 어안이 벙벙했다. 준서가 놓고 간 물건은 아이스박스처럼 보이는 것이었다.

"아이스박스? 이 날씨에?"

일홍은 하얀 뚜껑을 열고 안을 살폈다. 생긴 건 아이스박스인데 안에 담긴 내용물은 뜨끈뜨끈했다. 유리 밀폐 용기에 포장된 건 따뜻한 미역국과 밥, 그리고 반찬들이었다. 그 사이에는 준서의 글씨로 보이는 메모지가 한 장 있었다.

성북동 한식당 주방장님한테 부탁해서 가져온 거야. 네 손에 물 묻히지 말고.

갑자기 주변 공기에 블랙홀이라도 생긴 것처럼 빨려 들어가는 기분이었다. 가슴이 한껏 벅차올라서 침을 삼키기도 어려웠다. 일홍은 소파로 다가가 외투 주머니 속에 있던 휴대전화를 꺼내어 문자를 한 통 보냈다.

〈고마워, 잘 먹을게.〉
〈미역국 양 되게 많아. 냄비에 부어 놔. 정식이 방금 공항에 내렸대. 이따 거기서 나오면서 전화해.〉
〈응, 알겠어.〉

뺨을 타고 올라간 입꼬리가 내려올 줄을 몰랐다. 그때 삐거덕하는 소리와 함께 침실 문이 열렸다.
"누구야? 뭐 배달시켰어?"

"어? 어. 저녁. 잠깐 있어. 금방 차려 줄게."

일홍은 재희를 소파 위에 앉혀 놓고는 음식들 사이에 놓인 메모지를 얼른 주머니 속에 집어넣었다.

2인용 식탁 위에 상을 차리고 재희와 마주 앉았는데, 식탁 위를 바라보는 재희의 표정이 마치 사막에서 오아시스 만난 사람 같았다.

"왜? 얼른 먹어."

"이걸 어디서 배달시켰어?"

"그, 그냥 앱으로 시켰어. 나도 처음 시키는 데라 잘 모르겠다."

거짓말을 기갈나게 잘하는 성격이었으면 얼마나 좋을까 하는 생각을 하는데, 고개를 갸우뚱 기울였던 재희가 이내 미소를 머금으며 말했다.

"가기 전에 알려 주고 가라. 여기 음식 장난 아닌데? 비싸지?"

"아니. 비싸기는."

비싸다고 하면 부담스러워할까 봐 그렇지 않다고 대답을 했지만 재희는 상 위에 오른 음식들을 보며 계속해서 감탄사를 내뱉었다. 요리를 썩 잘하지는 않아도 그 관심만큼은 미슐랭 별자리 셰프 못지않은 재희의 눈빛은 날카롭기만 했다.

"전복 미역국이네. 이건 자연산 송이다. 향이 예술인데?

어머, 웬일이니. 이거 보리굴비잖아. 때깔이…… 천일홍?"

"으, 응?"

"그 남자 부자니?"

은근슬쩍 떠보는 물음에 일홍은 미역국에 말은 밥을 한 숟가락 떠서 입에 집어넣었다.

멍석 깔아 주면 멍석 밑으로 숨어 버리는 천일홍 성격에 입을 열 리가 없지. 재희는 그저 어색한 미소를 머금으며 송이구이를 하나 집어 입에 넣었다.

"으음. 맛있다! 어쨌든 잘 먹겠다, 친구."

재희가 잠에서 깨어난 건 누군가가 집에 찾아와서가 아니었다. 김포 공항에 도착했다고 정식이 전화를 걸어 왔기 때문이었다. 항공권은 어떻게 구했느냐는 말에 사정을 알고 누군가가 구해 줬다고만 했다.

갑자기 항공권을 구해 온 정식, 그리고 고급 한정식집에서나 팔 만한 음식이 차려져 있는 식탁. 민준서네 회사가 요식업계에서 꽤 유명하지, 아마도. 어느 정도 짐작은 하고 있었지만 준서가 이렇게 나오니 그동안 미워했던 마음이 조금은 가시는 기분이었다.

천일홍, 이제 말해도 되는데. 기집애, 입을 아주 꾹 다무네.

하긴 유산한 친구에게 미주알고주알, 달콤한 연애 이야기를 늘어놓을 만한 깜냥이 되는 천일홍은 아니니까.

"잘 먹었다."

밥 한 그릇을 뚝딱 비워 낸 재희에게 일홍은 빙그레 웃으며 약봉지를 내밀었다.

"있잖아, 이롱이롱."

"응."

"나 다음에는 태명을 복이로 지어야겠어."

"복이?"

"응. 이 전복 미역국 덕에 힘나서 금방 가질 수 있을 것 같아."

과장해서 고개를 끄덕거리며 장난스러운 표정을 짓고 있는 재희를 보고 일홍은 작게 웃음을 터뜨렸다.

"회복부터 하셔."

아파도 앞에 앉은 친구 생각에 미소 짓는 재희와 그런 그녀 생각에 달콤해진 일상을 털어놓지도 못하는 일홍은 서로를 바라보며 성긋이 웃었다.

일홍이 개수대에 빈 그릇을 옮기는 동안, 재희는 소파에 앉아서 그동안 열심히 보던 태교 동화를 소파 밑으로 숨겨 버렸다.

"정식이 아까 공항 도착했다더라?"

일홍의 물음에 재희는 그렇다며 대꾸했다.

"근데 버스 타고 오려면 꽤 걸릴 것 같아."

그런 대화가 무색하도록, 순간 현관문이 벌컥 열렸다.

"어? 어떻게 이렇게 빨리 왔어?"

현관에서 신발을 내던지듯 벗고 들어오는 정식을 향해 재희가 깜짝 놀라 물었다.

"괜찮아? 고생했어. 어디 아픈 데는 없어? 밥은 먹었어? 어때?"

울먹이며 질문을 쏟아붓는 정식을 향해 재희는 목소리를 내지 못하고 고개를 끄덕였다, 내젓기를 반복했다. 부부가 부둥켜안고 서로를 보듬는 모습을 바라보다 머쓱해진 일홍은 아무 기척도 내지 않고 부엌에 가만히 서 있었다.

"일홍이 있어."

자그맣게 내뱉은 재희의 말에 정식은 고개를 한 번 끄덕이고는 시선을 돌렸다.

"고마워, 일홍아."

"고맙기는. 난 그만 가 볼게."

"자고 가지."

"넌 나만 오면 자고 가라고 하더라? 갈게."

외투를 집어 들고 현관을 나서는데 정식이 뒤따라 나왔다.

"고맙다, 정말 고마워."

"고맙다는 인사 좀 그만해. 남도 아니고."

"그리고……."

정식은 무언가 할 말이 있는 듯 현관문을 닫고 머뭇거렸
다.

"왜?"

설마 사내놈이 펑펑 울어 버리는 건 아닌가 싶어서, 그러
면 어떻게 해야 하나 해서 일홍이 아랫입술 안쪽의 말캉한
살을 깨물었을 때였다.

"고맙다고 전해 줘. 준서한테."

일홍의 눈이 커다랗게 뜨이고, 입이 저절로 벌어졌다.

"너…… 알고 있었어? 어떻게?"

"네 연락처 준서한테 준 거…… 나야. 아직 재희는 몰라. 노
발대발할까 봐 말 안 했어. 나중에 하자, 재희한테는. 오늘 항
공권 구해 준 것도 준서야. 고맙다, 정말. 너희 둘한테."

일홍은 가볍게 고개를 끄덕였다.

"일홍이 너, 괜찮지?"

정식의 물음이 너무도 많은 것을 담고 있다는 걸 알기에
일홍은 대답을 머뭇거렸다.

"아직 모르겠어."

"그래, 나중에 넷이 볼 수 있으면 좋겠다."

"얼른 들어가. 재희 기다려."

"응."

고개를 끄덕이며 현관문 안으로 사라지는 정식을 바라보는데, 괜히 마음이 불편했다.

혹시나 잘못되더라도 비밀로만 간직하고 싶었던 무언가가 공공연해진 기분이었다. 갑자기 가슴 한구석이 싸해졌다.

터덜터덜 버스 정류장을 향해 걸어 내려가는 일홍의 옆으로 검은색 차가 한 대 멈춰 섰다. 일홍은 정차한 차를 지나쳐 그저 언덕 아래로 걷기만 했다. 타박타박 귀에 익은 발걸음 소리가 들려오는데도 일홍은 상념에 사로잡힌 채 계속 걸었다.

"무슨 생각해?"

"엄마! 깜짝이야!"

"어이구, 왜 이렇게 놀라?"

고개를 돌려 보니 준서가 환한 미소를 띤 채 바로 옆에 서 있었다.

"너, 여기, 왜?"

분명 급하게 사라진 준서였는데, 이게 어떻게 된 일이냐며 일홍은 묻고 있었다.

"금방 나올 것 같아서 골목에서 기다렸지. 계속 따라왔는데 너 전혀 모르더라?"

"그래?"

"무슨 생각 했어?"

일홍은 아랫입술을 잘근 깨물었다.

"무슨 일 있었어?"

머뭇거리고 있다는 걸 대번에 눈치채는 준서다.

"정식이가 고맙다고 전해 달래."

"아······."

준서는 머쓱한 듯 목뒤를 쓸었다.

"타. 가자."

"응."

차에 오른 두 사람의 입에선 아무런 말도 흘러나오질 않았다. 준서는 그저 운전에 집중했고, 일홍은 앞만 바라보고 있었다.

혹시나 오늘도 한남동 그 부채 모양 집으로 가려나 했는데, 차는 일홍의 집 근처 공용 주차장에 멈춰 섰다.

어쩐지 일홍의 마음이 무겁게 가라앉았다. 제삼자가 알아버렸다는 사실에 준서도 무언가 갈팡질팡하고 있는 것은 아닐까 하는 생각이 들었다.

"일홍아."

"응."

"너 내 성격 알지? 사람 성격은 잘 안 변하더라."

일홍은 가만히 준서의 얼굴을 바라보았다. 그는 맞은편에 주차된 다른 차를 바라보며 묻고 있었다.

"그래. 알지. 네가 날 알았던 것만큼 알지."

"나 당장 해야 하는 중요한 일은 절대 돌려서 말 못 하는 거 알지?"

무슨 말을 하려나 싶어서 일홍의 눈동자가 미세하게 흔들렸다.

"짐 싸서 나오자. 여기 너 혼자 못 두겠어."

chapter
11

시동이 꺼진 차 안은 조용했다. 단호한 준서의 시선에 괜한 주눅이 든 일홍은 얼른 고개를 돌려 손끝을 내려다보았다.

"들어가자, 일단."

"저, 저기."

뭐라 대꾸도 하기 전에 준서는 운전석에서 내려 조수석 문을 열어 주었다. 일홍이 머뭇거리자 그가 빙그레 웃으며 자상하게 물었다.

"밤새 차에 앉아 있을 거야?"

"아니. 내려."

차 밖으로 내려서자 준서는 크게 숨을 들이마셨다 내쉬고는 물었다.

"비 그친 후라 그런지 공기가 엄청 맑다."

일홍은 준서가 했던 그대로 숨을 깊게 들이마셨다가 후 하고 내뱉었다.

"그러네."

똑같이 따라 하는 일홍을 바라보며 준서는 또다시 애틋한 미소를 머금었다. 그리고 일홍의 어깨를 감싸며 나긋하게 속삭였다.

"그래도 아직 바람은 차다. 일단 얼른 들어가자."

집으로 향하는 동안 일홍은 어떻게 대답해야 하나 망설였다. 당장 자기 집으로 들어가 살자는 남자의 말에 머뭇거리지 않을 여자가 있을까.

천천히 하겠다 했으면서, 준서는 제 속도를 그대로 내는 듯했다. 한숨이 터져 나올 것만 같아서 숨을 꾹 참았더니 어깨가 부르르 떨렸다.

"생각이 많네, 천일홍."

머릿속을 꿰뚫고 있는 것처럼 준서가 나지막이 속삭였다. 낮게 울리는 그의 목소리에도 역시나 일홍의 것과 비슷한 상념이 어려 있는 듯해서 가슴이 저며 왔다.

현관문을 열고 들어서자 요 며칠 잠잠했던 퀴퀴한 냄새가 진동을 했다. 일홍의 얼굴이 단번에 일그러졌다. 하필 이런 순간에 이렇게 거들 필요는 없는데 말이다. 기분이 상한 얼굴을 하고 있자 준서의 낯빛이 대번에 어두워졌다.

"준서야."

"응."

"지금 당장은 좀 그래."

일홍을 따라 집에 들어선 준서는 아무런 말 없이 부엌으로 가 싱크대 물을 틀더니 그 위에 세제를 흘려 보냈다. 1분쯤 그렇게 집 안에는 물소리만 가득했다.

"생각할 시간을 달라는 거야?"

그리 묻는 목소리는 미안한 마음이 들 만큼 부드러웠다. 퀴퀴한 냄새는 레몬향 세제로 인해 완전히 자취를 감추었다.

"어."

"그래, 그럼."

준서의 입에서 너무도 쉽게 대답이 흘러나와서 일홍의 미간이 어렴풋이 좁아졌다. 옥신각신 말씨름이라도 있을 줄 알았는데 말이다.

"씻어. 너한테 병원 냄새 나더라."

"어? 어."

말문을 턱 막히게 할 만큼 민준서가 능청스러운 친구였던가? 욕실로 들어가던 일홍은 고개를 갸웃하며 문을 열고 다시 밖으로 나왔다.

"있잖아, 준서야."

"응?"

준서는 재킷을 벗고, 드레스 셔츠 단추를 풀어내려 가고 있었다. 혈관이 불퉁하게 튀어나온 남자다운 손을 바라보던 일홍이 급하게 시선을 올려 그의 눈을 마주했다.

"왜?"

어쩐지 얼굴이 화끈 달아오르는 것만 같았다. 살을 부대끼며 알아 버린 뜨거움이 온몸 구석구석에서 느껴졌다.

"씻겨 줘?"

저런 질문을 너무도 진지하게 하는 준서 때문에 일홍은 하마터면 다리에 힘이 풀려 주저앉을 뻔했다.

"아니이!"

"그럼 얼른 씻어. 다시 나오면 나한테 씻겨 달라는 뜻으로 알아듣는다?"

일홍은 새빨개진 얼굴로 얼른 욕실 안으로 다시 들어갔다. 그런데 생각해 보니 갈아입을 옷조차 가지고 들어오지 않았다.

아, 미치겠네. 진짜.

대놓고 뻔뻔해지는 법을 속성으로 가르쳐 주는 학원이 있다면, 간이고 쓸개고 다 빼 주고라도 배워 오고 싶은 심정이었다. 일홍은 두 눈을 질끈 감았다가 뜨며 욕실 문을 열었다.

"어? 천일홍 다시 나왔네."

"옷, 옷! 옷을 안 가지고 들어가서."

"에이. 그럼 나와서 입으면 되잖아. 왜 굳이 또 옷을 가지러 나와?"

저런 능청스러움은 학원을 다녀도 못 이기겠구나.

"씻겨 줄까, 우리 요롱이? 아!"

일홍을 놀리던 준서는 무언가 생각난 듯 미간을 좁히며 심각한 표정을 지었다.

"왜, 뭐?"

일홍은 그런 준서의 표정에 말려들면 안 된다고 생각하면서도 조심스레 물었다.

"벗겨 놓고 보니까 허리 안 길더라. 잘록하던데?"

"진짜! 민준서!"

씩씩거리고 있는데 성큼성큼 두 걸음 만에 준서가 바로 코앞으로 다가왔다.

"야, 뭐, 뭐?"

별 의미도 없는 말이 일홍의 입에서 툭 튀어나온 순간, 준서의 입술이 내려왔다. 입술을 쭉 빨아들였다가 불쑥 혀가 들어왔고, 잘록하다 했던 허리에 준서의 따스한 손길이 느껴졌다.

"으음."

저절로 신음이 흘러나왔다. 그의 입꼬리가 슬쩍 올라가는 게 맞닿은 볼에서 느껴졌다. 준서는 입술을 떼어 내고는 키스의 여운을 음미하듯 입맛을 다셨다.

"얼른 씻고 나와."

거칠게 가라앉은 준서의 목소리에 아랫배가 뭉근하게 조여드는 느낌이 났다. 일홍은 서랍장에서 면 원피스와 속옷을 꺼내어 얼른 욕실로 들어갔다. 심장이 계속해서 쿵쿵 울리는 탓에 손에서 몇 번이고 비누가 달아났다.

겨우 샤워를 마치고 욕실 밖으로 나오자, 싱크대 앞에 서서 무언가를 휘젓고 있는 준서가 보였다.

"너 뭐해?"

"다 됐다."

준서는 냄비에 담겨 있는 무언가를 머그잔에 따르고 있었다. 고소한 냄새가 집 안에 진동했다.

"자, 이거 마셔. 뜨거우니까 호호 불어서 마셔."

"우유 데운 거야?"

"너 오늘 스트레스 많이 받았잖아. 이거 마시고 푹 자라고."

따끈한 우유만큼이나 가슴이 따뜻해졌다. 고맙다는 말을 하고 싶은데, 고맙다는 말을 너무 많이 한 것 같아서 부끄럽기까지 했다.

일홍은 거실 바닥에 앉아 머그잔 안을 호호 불고는 우유를 한 모금 머금었다.

"천일홍."

"응?"

"천일홍의 꽃말이 뭔지 알아?"

준서의 물음에 일홍은 컵 안에 담긴 새하얀 우유를 바라보며 대꾸했다.

"모를 리가 있냐? 내 이름인데."

"이럴 땐 모른 척해야 하는 거야."

"모른 척하는 거 되게 현실성 없거든?"

우유 한 잔에 어린아이가 되어 버린 것처럼 일홍의 목소리에 장난기가 어렸다.

"너희 부모님은 어떻게 이런 이름을 지어 주셨을까?"

"내가 두 분 사랑의 증거물이랬어."

천일홍의 꽃말, 변하지 않는 사랑. 일홍은 그리 애틋했던 부모님을 떠올리자 괜히 마음이 헛헛해지는 것 같았다. 한쪽 무릎을 꿇고 일홍을 내려다보던 준서는 그녀의 이마에 쪽 하는 소리가 나도록 부드럽게 입을 맞췄다.

"일홍아, 나한테는 네가 천일홍 그 자체다."

목구멍이 탁 막혀서 부드러운 우유가 넘어가질 않았다. 갑자기 너무 많은 행복이 다가와서 감당이 되지 않는 것 같기도 했다.

"너 자꾸 신소리하면 내쫓는다."

"나 자고 갈 건데?"

"뭐?"

"네가 우리 집 안 간다며, 오늘은. 그러니까 내가 자고 가야지. 잊었어? 나랑 같이 잔 거, 무르기 없다고 했는데? 현 상태 유지라고."

당연하다는 듯한 표정을 지어 보인 준서는 그대로 욕실 안에 들어가 버렸다. 그가 말한 현 상태 유지라는 게 계속 같이 자야 한다는 뜻이었단 말인가? 일홍은 잠긴 욕실 문을 두드리며 물었다.

"너 내일 일찍 출근해야 하잖아."

"집에 가서 옷만 갈아입고 가면 돼. 칫솔 새것 없어? 네 거 쓴다."

너무도 뻔뻔히, 당연하게 말하면 뭐라 나무랄 수도 없는 건가 보다. 일홍은 물소리가 들려오는 욕실 밖에 멍하니 서 있었다.

집에 두꺼운 요는 한 채밖에 없는데, 차렵이불은 두 채던가? 베개도 하나뿐인데, 바깥에 있는 쿠션은 베개로 쓰기엔 너무 높고.

머릿속이 온통 잡생각으로 가득했다. 욕실 안에서 물소리가 멈춘 것도 깨닫지 못한 채 일홍은 미간을 구겼다. 그러다 벌컥 욕실 문이 열리자, 화들짝 놀라 준서를 올려다보았다.

"까, 깜짝이야."

"여기 계속 이러고 서 있었어? 나 기다린 거야?"

"너, 오, 옷은?"

"여기."

준서는 드레스 셔츠와 드레스 팬츠를 손에 들고 흔들어 보였다. 그럼 너 대체 뭘 입고 있는 거야? 슬쩍 아래로 시선을 내리자, 쓸 일이 거의 없어서 선반 위에 올려 두기만 했던 배스 타월이 준서의 허리에 감겨 있었다.

시선이 그렇게 옮겨 가면 안 되는 건데, 몹쓸 눈동자는 다리 한가운데를 더듬고 있었다.

"천일홍? 뭘 그렇게 봐?"

"보긴 뭘 봐."

일홍은 급히 시선을 옮기며 돌아섰다. 자신이 이렇게나 본능에 충실한 인간이었다는 사실이 놀랍기까지 했다.

"자자."

"엄마야."

거실 쿠션 위로 옷가지를 던져 버린 준서는 일홍을 번쩍 안아 들고는 방 안으로 들어섰다.

"내려 줘. 이불 깔아야 해. 여긴 침대도 없는데."

이불, 침대. 음란 마귀라도 씐 듯 두 단어가 무척이나 야했다. 준서는 일홍을 바닥에 내려놓고는 서랍장 위에 있는 요와 이불을 내려 바닥에 깔았다. 그러면서 숨을 크게 들이마시고는 몽롱한 목소리로 속삭였다.

"천일홍 자는 냄새나네."

"자는 냄새는 뭐야?"

"너 안고 싶은 냄새."

준서는 이불 위로 발라당 누우며 일홍의 작은 몸을 끌어안았다. 그와 동시에 커다란 손이 허벅지를 쓸어 올라오는가 싶더니 면 원피스 안으로 불쑥 들어왔다.

"속살이 꼭 아기 같아. 너무 부드러워. 계속 만지고 싶게."

딸꾹, 일홍의 입에서 딸꾹질이 툭 튀어나왔다.

"추워?"

추운 건지, 놀란 건지 딸꾹질은 계속되었다. 준서는 차렵이불을 끌어다 두 사람의 몸 위로 덮으며 일홍을 더 꼭 끌어안았다.

"딸꾹질을 왜 하는지 알아?"

"아, 딸꾹, 니."

"추워서 하는 경우도 있고……."

또 무슨 엉뚱한 말로 사람을 당황하게 하려는 건지, 준서는 말끝을 뭉뚱그렸다.

"또? 딸꾹."

"너무 흥분하면 한다더라."

쿡쿡거리는 웃음소리가 이마를 대고 있는 준서의 가슴에
서 울려 났다. 일홍이 얼굴을 들어 뭐라고 반박이라도 하려
던 그때, 말문은 또다시 준서에 의해 막혀 버렸다. 입안을 끈
적끈적하게 채워 오는 느낌에 일홍은 저도 모르게 몸을 비틀
었다.

뜨거운 숨이 조각조각 흩어졌다가 다시 미묘하게 섞여 들
었다. 준서가 옷을 입고 있지 않은 탓에 달달 떨리는 작은 손
으로 움켜잡을 수 있는 무언가도 없었다. 부드럽게 등허리를
쓰다듬던 손이 옆구리를 타고 올라와 가슴을 움켜쥐자, 일홍
의 목울대에서 얕은 신음이 울려 났다.

호흡을 전부 앗아갈 것처럼 빨아들이던 준서는 슬쩍 입술
을 떼어 내고 일홍의 입술에 가벼운 입맞춤을 더했다. 그러
면서 그의 입술은 턱 선을 따라 목덜미로 내려갔다. 면 원피
스는 이미 위로 걷어 올려져 있었고, 브래지어 컵도 들려 있
어 뽀얀 가슴이 훤히 드러났다.

젖무덤 위에 부드럽게 입을 맞추며 속삭이는 준서의 소리
는 꿈결처럼 몽롱했다.

"여기가 제일 부드러워."

입술이 지나가는 자리마다 뜨거움이 스쳤다. 일홍은 더운 숨을 내뱉으며 눈을 질끈 감았다. 익숙했던 공간이 야한 소리로 가득 차오르자 끝없이 낯선 공간이 되어 가는 것만 같았다. 부드럽게 젖어 있는 준서의 머리카락 사이로 손가락을 집어넣는데 그의 커다랗고 뜨거운 손이 엉덩이를 움켜잡았다.

얇은 면 팬티를 사이에 두고 느껴지는 그의 손길은 다정했지만, 다급했다. 하지만 거칠게 움직이지는 않아서 충분히 사랑받고 있음을 느낄 수 있었다. 엉덩이를 잡았던 손이 허벅지 위를 스치고 앞쪽으로 옮겨 오는 게 느껴졌다.

"준서야. 하아."

목소리를 내려다 커다란 신음까지 내뱉고만 일홍은 아랫입술을 잘근 깨물었다. 멈추라는 말도 안 했는데, 그저 이름을 불렀을 뿐인데, 엉덩이를 부드럽게 움켜쥐었던 손이 멀어지고 가슴 위를 머물던 입술이 떨어졌다.

일홍은 고개를 슬쩍 들어 준서를 바라봤다.

"일홍아, 나 편의점 갔다 와야겠다."

"편의점은 왜?"

"당연히 오늘 집으로 갈 줄 알고……."

일홍은 화들짝 놀라, 일어나는 준서의 팔뚝을 붙잡았다.

"안 돼!"

"뭐가?"

"너 편의점에 그거 사러 가는 거잖아. 절대 안 돼."

준서는 물끄러미 내려다보기만 할 뿐 말이 없었다.

"나, 이 동네에서 3년이나 혼자 살았어. 웬만한 이웃 얼굴 거의 알아. 너랑 같이 편의점 갔던 거 그 알바랑, 윗집 아줌마랑 다 봤는데. 네가 그걸 사러 간다고? 지금?"

준서는 허탈한 웃음을 지으며 일홍의 옆으로 몸을 누였다. 누가 범생이 아니랄까 봐.

집에 가자고 했을 때, 천일홍이 헤헤거리며 짐 싸들고 따라올 거란 생각은 하지 않았다. 익숙해질 때까지 하루씩 번갈아가며 자는 건 어떨까 하는 생각도 하기는 했다. 그래서 오늘밤은 이곳에서 잠을 청하려 했는데, 뜻밖의 복병이 나타나고야 말았다.

"내가 누군지 아무도 몰라. 아무도 못 알아봐."

"이 동네에 너처럼 고급 양복 입고 돌아다니는 사람 흔치 않거든? 말 나오는 거 한순간이다."

준서는 몸을 일으켜 팔로 턱을 괴며 누워 있는 일홍을 내려다보았다.

"말 나오면 어때?"

"말 나오면 어때, 라니? 넌 이 동네 안 살잖아. 난 이 동네 계속 살아야 할지도 모르는데."

"뭐?"

본의 아니게 되묻는 목소리가 치솟았다. 일홍이 대체 무슨 생각을 하고 있는 건지, 준서는 가슴이 서늘하게 식는 기분이었다.

베개에 머리를 누인 그가 일홍을 품으로 끌어당겨 안았다. 작은 몸이 잔뜩 굳어 있는 게 많이 긴장한 듯 보였다.

"일홍아."

한숨처럼 일홍의 이름이 준서의 입에서 흘러나왔다. 일홍은 대답 없이 그저 가만히 있을 뿐이었다. 천천히 하나씩 물어야 할 순간이 오고 있는 것 같았다.

"부모님, 어떻게 돌아가신 거야?"

"교통사고였어."

"그때, 그날 나랑 통화했던 그다음 날?"

팔뚝 위에 오른 일홍의 머리가 끄덕여졌다.

"그날 눈이 많이 왔어. 차가 많이 막혔는데, 듣기로는 와이퍼가 움직이지 않을 정도로 유리창에 눈이 쌓였다나 봐. 근데 갓길 신호 무시하고 달리던 자동차가 미끄러졌대."

마치 아무 상관 없는 타인의 소식을 전하듯 일홍의 목소리에는 높낮이조차 없었다. 이런 이야기를, 사고 설명을 사람들에게 얼마나 많이 해야 아무렇지 않은 목소리로 말할 수 있게 될까. 준서는 바로 누워 있던 몸을 돌려 일홍을 꼭 끌어안았다.

"다음 주말에 어머님, 아버님 모셔 둔 곳에 나 좀 데려가 줄 수 있어?"

일홍은 잠시 머뭇거리는 듯하다가 입을 열었다.

"왜?"

"인사드려야 할 것 같으니까."

품 안에 있는 작은 몸이 파르르 떨렸다. 준서는 그 떨림을 보듬듯 몸을 웅크려 일홍을 꼭 끌어안았다.

"자자, 오늘 재희 간호하느라 힘들었잖아. 얼른 자."

준서는 일홍의 이마에 쪽 하고 입을 맞추었다. 그저 가만히 안고 자는 것만으로 오늘은 만족해야지 싶었다.

"저기 근데, 준서야."

"응."

"너, 진짜."

"응?"

"이러고 잘 거야?"

조심스러운 일홍의 물음에 준서는 웃음이 터져 버리고 말았다. 생각해 보니 알몸이네?

"왜, 그러면 안 돼? 네 팬티 하나 빌려줄래?"

"주면 입을래?"

"내가 입을 만한 팬티는 있고?"

키득거리는 웃음을 숨길 수 없었다. 일홍도 멋쩍게 웃는 건 마찬가지였다.

"잠깐 기다려 봐."

일홍은 벌떡 일어나 위로 말려 올라가 있던 원피스 자락을 내리고는 서랍장을 한참 동안 뒤졌다.

"찾았다! 이거라도 입어."

작은 손에 들린 천 조각을 본 준서의 미간이 찌푸려졌다.

"이거 남자 팬티잖아?"

뾰로통한 물음에 일홍은 절대 그런 거 아니라며 손사래를 쳐 댔다.

"아니긴 뭐가 아닌데?"

"여관 달방에 살 때 정식이가 여자 혼자 지내는 것처럼 보이지 말라고, 빨래 같은 거 널 때 이것도 같이 널어 놓으라고."

조그맣고 새빨간 어린 입술 사이로 여관 달방이라는 말이 흘러나오자 가슴이 미어졌다. 아픈 표정을 지으면 일홍의 얼굴도 일그러질 게 뻔했기에 준서는 애써 장난스러운 목소리를 내려 했다.

"그래서 이거 정식이 팬티야?"

"아, 아니! 정식이가 사다 준 거야."

"근데 이걸 왜 안 버리고 갖고 있었어?"

"아니, 팬티라서 버리기도 뭐하고. 그러다가 잊어버리고, 짐 풀다 보면 어디서 기어 나오고. 그러다 보니 이사할 때마다 갖고 다니게 됐어. 또 생각해 보니 그 팬티 덕에 험한 일 안 당했나 싶어서."

줄줄이 비엔나소시지처럼 흘러나오는 변명에 준서의 입꼬리가 뺨을 타고 슬쩍 올라갔다.

"그럼, 이거 부적이야?"

"뭐 비슷한 건가."

아랫입술을 깨물었다, 놨다 하면서 일홍은 어서 입으라고 재촉하듯 팬티를 앞에 내려놓았다. 준서는 눈앞에 놓인 사각 트렁크를 날름 집어서는 다리를 끼워 넣었다.

"이제 자자. 됐지?"

"응."

일홍이 고개를 끄덕이며 곁으로 다가오자, 준서는 그녀를 꼭 끌어안은 채로 속삭였다.

"너 나 되게 좋은가 봐? 막 부적을 입으라고 주고."

"얼른 자, 나 피곤해."

내뱉은 말은 그러했지만, 목소리에는 부끄러운 듯 애교가 가득해서 준서는 몸이 둥둥 떠다니는 것 같았다.

"아. 부적 입고 자서 힘이 더 좋아지면 어쩌지? 오늘은 여기서 자니까, 내일은 우리 집이다."

"그런 게 어딨어?"

"어디 있긴, 여기 있지."

준서는 일홍을 꼭 끌어안고는 키득거렸다. 일홍은 이제 대꾸조차 하지 말아야겠다고 생각했는지 아무 말도 없었다.

"일홍아."

불러도 대답이 없다.

"천일홍, 큰일 났어."

"왜?"

"이 부적 팬티, 여자 집에서 홀로 지내느라 그동안 쌓인 게 많은가 봐. 너 내일 각오해라."

낮게 속삭인 말에 일홍은 파르르 떨며 몸을 웅크렸다. 모범생에 소심한 주제에 남자 꼬시는 몸짓은 수준급인데? 준서는 일부러 부풀어 오른 아랫도리를 일홍의 몸에 딱 밀착시켰다.

"아. 얼른 자야, 내일이 오지."

준서는 일홍의 어깨에 얼굴을 묻고 입을 맞추며 키득거렸다.

＊　　　＊　　　＊

지난밤, 준서는 그러고 나서 새근새근 잠이 든 것 같았지만 일홍은 머릿속이 시끄러워서 한숨도 자지 못했다.

준서와 있을 때면 안락하고 편안했지만, 마치 숨겨 놓았던 요새를 적군에게 들킨 것만 같은 묘한 기분이 들 때도 있었다. 게다가 부모님을 모셔 둔 곳에 함께 가자는 말에는 두근 거리던 심장이 한순간에 얼어붙는 듯했다.

그곳마저 너와 함께 가면, 네 흔적이 너무 많이 남아. 그럼, 나중에 난 어떡하라고.

이기적인 생각일지 모르겠지만, 어찌 보면 준서의 집으로 짐을 싸서 들어가는 것도 나쁘지는 않을 것 같았다. 만에 하나 끝이 좋지 않아도, 빌라 반지하로 돌아오면 되는 거니까. 하지만 이미 그곳에도 준서와 함께 보낸 시간이 존재한다는 게 문제라면 문제였다.

월요일, 평일 수강생들로 가게는 바빴고 고민할 틈조차 허락되지 않았다. 저녁 7시가 되어 가게 문을 닫으려는데 어김 없이 준서가 유리문을 열고 들어섰다.

또다시 피곤함이 가득한 얼굴, 그런 준서의 얼굴을 마주하자 심장이 덜커덩거렸다.

"피곤해 보이네."

"어. 좀 그러네. 갈까?"

"응."

해쓱한 얼굴을 하고 있으면서도 준서는 손수 가게 셔터를 내려 주고 자물쇠도 걸어 주었다.

"내가 해도 되는데."

미안한 마음을 담아 내뱉은 말에 준서는 빙그레 미소만 머금을 뿐이었다. 오늘따라 그의 분위기가 무척이나 차분했다. 회사에서 무슨 심각한 일이 있었나 싶어서 일홍은 심장이 콩닥콩닥 뛰었다.

"저기, 준서야."

"응?"

"나 갈아입을 옷은 챙겨 가야 할 것 같은데…… 아침에 챙겨 나오는 걸 깜빡했어."

"그래, 그럼. 집에 잠깐 들를래?"

"응."

일홍은 고개를 끄덕이며 준서를 올려다보았다. 어젯밤에 말했던 것처럼, 준서가 일홍을 잘 알고 있듯이 일홍도 준서를 잘 알고 있었다.

돌이켜 보건대, 준서는 어려운 일이 생길 때마다 일홍을 찾아왔었다. 아주 어릴 때는 미주알고주알 무슨 일이 있었는지 다 말했었지만 머리가 크고 나서부터는 그저 말없이 마주 앉아 있다가 갈 때도 있었다.

그럴 때마다 일홍은 말도 안 되는 소리를 해 보고, 엉뚱한 장난도 쳐 가며 준서의 기분을 풀어 주려 노력했었다. 대표적인 걸 떠올려 보자면 햄버거 가게 케첩 이벤트 정도.

"우리 햄버거 먹을래?"

일홍의 물음에 준서는 피식 웃으며 고개를 끄덕였다. 후문 골목을 따라 죽 내려가면 학창 시절 자주 가던 브랜드의 햄버거 가게가 있었다.

"난 치킨 버거, 넌 와퍼지? 반 잘라서 나눠 먹자. 햄버거는 내가 산다?"

"그러든가."

준서는 뭐든 좋다는 듯 어깨를 으쓱해 보였다.

"세상에, 웬일이니. 가격이 배는 오른 것 같아. 뭔 햄버거가 이렇게 비싸? 우리나라 물가 장난 아니다, 그치?"

"그러네."

준서는 까끌까끌하게 돋아난 턱수염을 어루만지며 메뉴판을 올려다보고 있었다. 그때도 수염이 나긴 했었지만, 푸릇하게 수염이 돋아나 있는 남자다운 턱을 보며 든 생각에 일홍은 얼굴이 붉어졌다.

키스하면 따갑겠다.

"왜 그렇게 봐?"

준서는 고개도 돌리지 않고 물었다.

"어?"

"아무리 봐도 너무 잘생겼어?"

"어우, 야!"

일홍은 준서의 팔뚝을 가볍게 한 번 치고는 햄버거 쟁반을 들었다.

"케첩 많이 주세요."

그리 말하는 목소리가 파르르 떨렸다. 잘생긴 건 부정할 수 없는 거니까. 오늘따라 초췌한 얼굴과 수심 가득한 낯빛은 섹시해 보이기까지 했다. 쟁반을 들고 돌아섰는데, 준서가 쟁반을 낚아채며 어이없다는 듯 웃었다.

"아니, 이 케첩은 다 뭐야?"

"일단 앉자."

저녁 시간이어서 그런지 매장 안에는 사람이 꽤 많았다. 구석진 곳에 앉고 싶었던 일홍의 바람과 달리 둘은 햄버거 가게 한가운데 자리를 잡았다.

"우리 어릴 땐 햄버거 잘라서 줬는데, 이젠 플라스틱 칼을 주더라."

일홍이 햄버거를 반으로 나누어 건네자 준서는 아무 말 없이 그것을 게 눈 감추듯 먹어 치웠다.

"너 혹시 점심 안 먹었어?"

"응."

"그럼 햄버거 말고 든든한 걸로 먹을걸. 괜찮아?"

그 물음에 준서의 얼굴에 환한 미소가 떠올랐다.

"괜찮아. 얼른 먹어, 너도."

"응."

초췌했던 얼굴 위로 미소가 떠오르자 일홍의 가슴속에 켜

켜이 쌓였던 무언가가 사르륵 녹아내리는 듯했다.

햄버거에 감자튀김까지 싹 비우고 난 뒤, 준서가 쟁반을 정리하려는 듯 손을 뻗었다.

"잠깐!"

"왜?"

"케첩 되게 많이 남았다?"

일홍의 장난스러운 물음에 준서는 픽 하고 웃음을 터뜨렸다.

"아, 천일홍, 정말."

쟁반 위에 남은 작은 케첩은 무려 열한 개, 가위바위보에서 이긴 사람이 원하는 걸 못 들어주면 진 사람은 이 케첩을 다 먹어야 하는 둘만의 패스트푸드점 게임. 가위바위보에 마가 낀 것인지 준서는 단 한 번도 일홍에게 이겨 본 적이 없었다.

"안 져 준다, 천일홍."

"치, 맨날 지기만 했으면서."

어느새 준서의 얼굴에는 즐거움이 가득했다. 일홍은 손바닥을 들어 하늘을 가렸다가, 두 손을 깍지 끼고 비비 꼬아서 손가락 사이를 들여다보았다. 그렇다고 뭐가 보이는 것도 아닌데.

야심차게 가위바위보를 외친 순간, 미소를 지은 건 준서 쪽이었다.

"민준서, 너 늦게 냈지?"

"무슨 소리야, 같이 냈거든?"

"다시 해, 다시 해."

"그래, 다시 해."

가위바위보. 또 졌다.

준서는 피식 웃으며 일홍을 바라봤다. 갑자기 재수 없단 생각이 드는 건 왜일까? 부자에, 잘생긴 놈이 가위바위보까지 잘하면 이거 너무 불공평한 세상 아닌가?

"자, 그럼 이 오빠가 소원을 말해야 하나?"

"해 봐, 어디."

뭐 딱 한 번, 아주 딱 한 번 준서가 이겼던 적이 있었던 것 같기도 하다. 그때 민준서는 겨우 '쟁반은 네가 치워라' 정도의 아주 쉽고 간단한 소원을 빌었었다. 그래서 일홍은 그 소원이 별다를 것 없을 거라 여겼다.

"키스해 줘."

"뭐 어렵지 않네."

"여기서."

"뭐?"

일홍의 눈이 커다래졌다. 의자에 기대앉아 있던 준서가 대뜸 테이블 앞으로 몸을 기울이며 입술을 삐죽거렸다.

"내가 마신 케첩이 몇 개더라? 분명히 안 져 줄 거라고 아까 말했는데?"

"너 되게 치사한 거 알아? 초등학생들도 있는데 여기서 무슨 키스야?"

"그럼 딴 거 말해?"

저절로 고개가 끄덕여졌다.

"오늘 네가 위에서 해 봐."

"뭐? 뭘 위에서 해?"

"이 케첩은 그럼 내가 챙긴다."

"뭐라는 거야?"

맙소사. 내가 생각하는 위가…… 그 위가 맞는 건가요.

일홍은 쓰레기통 앞에서 쟁반을 정리하고 있는 준서의 다부진 뒷모습을 멀거니 바라봤다. 얼굴이 새빨갛게 달아오른 채로 앉아 있는 일홍을 돌아본 준서가 피식 웃음을 터뜨렸다. 쟁반을 다 비우고 성큼성큼 그녀를 향해 다가간 그가 허리를 숙여 일홍의 귓가에 나지막이 속삭였다.

"제법이네, 알아들었나 봐? 제대로 못 하면 이 케첩 다 마셔야 한다?"

chapter

12

빛 한 점 흐르지 않는 방 안에는 살과 살이 쓸리는 소리와 거친 숨소리, 그리고 끊어질 듯 이어지는 신음 소리가 야릇한 조화를 이루고 있었다. 여백이 많은 커다란 방이지만 두 사람이 이루는 행위로 인해 방 안의 밀도는 점점 높아졌다.

준서는 손을 뻗어 리모컨 버튼을 한 번 눌렀다. 암흑만이 가득했던 공간에 어스름한 빛이 나타났다. 침대 아래에 설치된 간접 등이 켜지자, 암회색 벽에 가녀린 여체의 그림자가 너울지기 시작했다.

눈꺼풀을 내리고 있는 일홍의 얼굴은 힘겨운 환희로 일그러져 있었다. 남자의 몸 위에 올라타 허리를 놀리는 일은 처음이었기에 그녀의 움직임은 서툴기만 했다. 그러면서도 자신의 움직임으로 인해 일어나는 쾌락의 흔적을 그녀는 아주 충실히 따르고 있었다.

그녀가 허리를 올렸다가 내릴 때마다 젖가슴은 빙그르르 돌며 짜릿한 호선을 그려 냈다. 준서는 그 광경을 홀린 듯 바라보았다. 바람에 흔들리는 한 떨기 꽃이 이보다 더 매혹적일까. 손을 뻗어 눈앞을 어지럽히는 젖가슴을 움켜잡았다.

"하앗."

일홍의 입에서 신음이 터져 나왔다. 가라뜬 눈에서 흘러나온 그녀의 몽롱한 시선이 준서에게 내려앉았다.

"힘들어?"

준서의 물음에 그녀는 고개를 저었다. 이럴 땐 저런 고집은 안 부려도 될 텐데. 그녀는 무슨 사명감을 가지고 있는 것인지 준서를 만족시키려 부단히 노력하는 듯 보였다. 그런 모습이 너무도 요염해서 준서는 될 수 있는 한 오래, 절정을 유예시키고 싶은 심정이었다.

그런데 안타깝게도 일홍은 저 혼자 고지에 올라 숨을 헐떡였다. 신음조차 내뱉지 못하고 아랫도리를 조여 오던 그녀는 준서의 가슴 위로 풀썩 쓰러졌다. 작은 몸이 단단한 가슴 위에서 파르르 떨렸다. 준서는 둥지에 놓인 아기 새를 보듬듯 일홍의 등을 쓸어내렸다.

"으음."

일홍의 입에서 만족스러운 신음이 흘러나왔다.

"혼자 좋네, 천일홍?"

준서는 일홍의 몸을 끌어안은 채로 침대 위에서 몸을 굴렸다. 절정에 닿았던 여인의 얼굴에서는 묘한 빛이 흘러나왔고 그녀의 눈가에는 눈물이 고여 있었다. 준서는 반쯤 감아 뜬 눈에 입을 맞추고는 허리를 움직이기 시작했다.

어쩐지 꼬리뼈에서 시작된 전율은 터져 나오질 못하고 계속 그 자리에만 있었다. 일홍이 혼자 절정에 올라 쓰러질 만큼의 시간이 흘렀건만 준서는 제대로 달리지 못하고 헛발질을 하는 기분이었다.

일홍을 품에 가득 안고, 그녀가 내뱉는 요염한 신음 소리를 듣고 있는데도 불구하고 절정은 쉬이 다가올 생각을 하지 않았다.

준서는 침대 매트리스를 두 팔로 짚으며 상체를 일으켰다. 아래에 누워 있는 일홍의 얼굴이라도 봐야 할 것 같아서였다. 눈을 꾹 감은 채로 미간을 찌푸리고 있는 그녀의 얼굴은 충분히 매혹적이었다.

그런데도 뜻대로 되지 않는 허리 아래의 일 때문에 준서는 머릿속이 복잡해졌다. 아니지, 머릿속이 복잡해서 풀어내질 못하는 것일 수도 있었다.

"일홍아."

"으응."

이름을 부르자, 그녀는 신음 비슷한 대답을 흘리며 눈을 떠 준서를 응시했다. 달뜬 눈동자는 영롱했다.

"내 옆에 있어."

"으응."

그녀는 분명히 대답을 하고 있는 거라는 듯 고개를 끄덕였다.

"어디 가지 말고."

"응, 준서야."

작고 뜨거운 손이 뺨 위에 올랐고, 그녀의 손길로 인해 머릿속이 녹아드는 것처럼 쥐가 나는 기분이었다. 그리고 머릿속을 가득 채우고 있던 상념들은 그녀의 손길이 만들어 낸 뜨거운 골을 따라 흘러내려 갔다.

철벅거리며 살이 부딪히는 소리의 간격이 점점 좁혀졌다.

있겠다잖아, 옆에. 어디 안 가고, 여기 있겠다잖아.

준서는 그리 다독이며 겨우 스스로를 풀어낼 수 있었다. 그는 무거운 몸을 그녀의 작은 몸 위로 스르륵 무너뜨렸다.

작은 손이 뒷머리를 쓰다듬는 게 느껴졌다. 머릿속이 몽롱해지고, 정신이 아득해졌다. 온화한 그녀의 손길을 느끼며 그대로 눈을 감았다.

"헉."

숨이 턱 막혀서 준서는 번쩍 눈을 떴다. 꿈인지 현실인지 분간이 되지 않는 어둠 속에서 침대 위를 더듬거렸다.

있다.

실오라기 하나 걸치지 않은 부드러운 살결이 더듬거리던 손끝에서 느껴지자 안도의 한숨이 흘러나왔다. 혹시 일홍이 깰까 싶어서 준서는 조심스레 그녀의 몸에 자신의 몸을 밀착했다.

일홍아, 일홍아. 아무 데도 가지 마. 다 알게 되더라도. 가지 마.

한숨이 툭하고 튀어나올 것만 같았다. 바보 같은 울음이 입가에서 비어져 나오려고 했다. 준서는 얼른 몸을 일으켜 방을 나섰다. 깊은 잠에 빠져 있다 할지라도 그녀의 옆에서 울음을 터뜨릴 수는 없었다.

어둡고 긴 회랑을 지나, 준서는 2층 수영장으로 향했다. 입구 쪽 불만 켠 채로 그는 곧장 물속으로 뛰어들었다. 25m 길이를 셀 수 없이 반복하며 뺨을 스치는 물에 뜨거운 눈물을 흘려보냈다.

"개 꼬리 3년 둔다고 황모 되란 법 없다."

메마른 얼굴로 매섭게 내뱉던 할머니의 목소리가 귓가를 스쳤고, 수영장 물은 살을 에는 것 같았다. 준서는 팔다리를 휘젓다 말고 수영장 한가운데 멈춰 섰다. 개 꼬리는 일홍을 일컫는 말이었다.

꼿꼿하고 매서운 분이셨어도, 잔정 없고 서늘한 성품이셨어도, 그래도 최소한의 인간으로 해야 할 도리는 알고 계시는 분이라고 생각했었다.

그런데 비서실장을 통해 들은 이야기는 상상도 못 한 세계로 준서를 들여놓았다.

"집주인이 여사님이십니다."

"뭐라고요?"

일홍이 돌아가신 천 교수님의 의붓형제에게 쫓겨난 거라는 정식의 말을 듣고, 준서는 그 집의 현 소유주가 누구인지 알아보라는 지시를 내렸었다. 그런데 명의는 다른 사람으로 되어 있지만, 실소유주는 할머니라는 비서실장의 설명에 머릿속이 텅 비어 버리는 것만 같았다.

덧붙인 비서실장의 말은 더 기가 막혔다.

"여사님 밑에서 일을 하던 임도문이라는 사람이 있습니다."

"임도문? 처음 듣는 이름인데?"

"2차 협력사 대표로 있는 사람입니다. 협력사 자가 평가 자료와 신용 평가 기관을 통한 자료가 상충하는 부분이 있어서 조사를 좀 했습니다."

"그런데요?"

"사실상 유령 회사였고, 여사님이 지시한 일을 외부에 드러나지 않게 처리해 온 것 같습니다."

복잡하게 들렸지만 결국 할머니가 직접 손대기 더러운 일을 임도문이라는 자가 처리했다는 뜻이었다.

"그 시작이 일홍 양 집이었습니다. 그리고……."

끈적끈적한 거미줄이 어디선가 절단된 기분이었다. 그 부분은 무엇으로 이어져야 할까.

"임도문은 천 교수의 의붓형이었고, 이전에는 모리배와 같은 생활을 했다고 합니다. 장례식이 끝나고 여사님 눈에 띄어 그때부터 일을 하고 돈을 챙겨 받은 듯합니다. 사실 집을 일홍 양에게서 빼앗을 아무런 법적 근거가 없던 자였는데, 그 뒤를 꾸며 주신 분이……."

준서는 오른손을 들어 보이며, 비서실장의 말을 멈췄다.
결국, 일홍을 내몬 이가 천 교수님의 의붓형이 아닌 할머니
였다는 말이었다. 한숨이 절로 흘러나왔다.

"장례식이 끝나고 난 뒤, 여사님께서 일홍 양을 찾아간 적 있
다고 들었습니다."

"누구한테요?"

"그 당시 여사님 차를 운전했던, 퇴직한 정창진 이사에게 들었
습니다."

이빨이고 발톱이고 몽땅 빠져서 이제 가죽만 남길 할머니
의 빈껍데기 같은 존재감 때문일까. 파고들기 시작하자 마치
쌀벌레가 기어 나오듯 새로운 사실들이 속속 등장했다.

일이 잘되면 당신의 멋들어진 계획 덕이고, 일을 그르치면
항상 남의 탓으로 단정 짓고 과정을 만들어 가던 분이셨다.
비겁하다 못해 구역질이 날 정도로 소름 끼치는 할머니의 행
적에 준서는 망연자실했다.

그래 놓고 일말의 죄책감도 느끼지 않으셨던 거다. 혹시
나 일홍의 소재를 알고 있느냐고 물으면, 내가 알면 이러고

있겠느냐고 안타까운 듯 연기를 하셨다가, 종국에는 그 애를 왜 그리 찾느냐며 역정을 냈었다.

준서가 물을 때마다, 그렇게 일홍을 찾는 티를 낼 때마다, 그녀의 삶은 더욱 고달파졌겠지.

멀쩡히 살고 있던 월세방에서도 여러 번 쫓겨났다 들었고, 겨우 얻은 반전세 빌라가 갑자기 재건축되면서 길에 나앉을 뻔한 적도 있다고 했다. 그러니까 일홍이, 그 여린 애가 힘들게 살아온 삶이, 우연이 아니라 할머니의 견고하고 확실한 계획 덕분이었다는 결론인가?

목구멍에서 계속 쓴 물이 올라왔다.

"설마…… 사고는, 아니죠?"

"아닙니다. 교통사고는 눈이 많이 온 도로 위에서 일어난 참사였습니다."

불행 중 다행이라는 말을 이럴 때 써야 할까, 사고는 그냥 사고였다는…….

나무 밑에 떨어진 작은 생명을 보듬어 주지는 못할망정, 할머니는 그 생명이 오르고 있는 나무를 송두리째 흔들었다. 그 나무가 왜 흔들리는지도 모르고 일홍은 언젠가는 작은 열매라도 손에 넣을 수 있을 거라며 손끝이 헐고, 피가 나도록 나무 껍데기를 잡고 기어올랐을 테지.

비서실장이 나가고 난 뒤 준서는 할머니에 대한 화 대신 겁에 질리고 말았다. 할머니 곁에서 자란 덕분이었는지, 그는 사람을 믿지 못했다. 종 중에서 가장 우월한 존재라는 인간을 준서는 절대 믿지 않았다.

그런데 일홍에 대한 마음만은 한결같았다. 그 아이는 자신이게 절대 그럴 리 없으니까.

처음 일홍의 처지를 알았을 때, 비겁하게도 돈 많은 옛 친구를 이용해 먹지 않겠느냐는 식의 어리석은 생각도 했었다. 준서에게 있어 인간관계는 고작 누군가를 이용해 먹고, 이용당하는 것에 불과했으니까.

할머니에게조차 준서는 거친 욕망을 채우기 위해, 각본대로 움직여야 하는 마리오네트에 불과했을지도 모른다.

떨어져 있는 세월 동안 몸이 고생했을지언정, 그 맑은 아이는 탁해지지 않았는데 정작 성에 갇힌 남자의 마음은 비워지고 비워져, 바닥까지 드러나고 만 것이다.

발을 딛고 있는 세상이 무너지고, 가슴이 텅 비어 버리고, 하늘이 두 쪽 났을지라도. 그런데도 그런 자신의 세계를 구원해 줄 수 있을지도 모를 존재를, 그런 일홍을 품었다는 생각에 준서는 마냥 좋았던 거다.

그런데 겁이 났다. 할머니가 세상을 잊어 가기 시작한 그 순간보다 더 끔찍하게 두려웠다.

이런 비정하고, 더럽고, 추악한 사실을 다 알고도, 내 곁에 있을까.

할머니는 모른다. 절대 모른다. 이미 제정신을 잃으셨지만 주검이 땅에 묻혀 썩어 나도 모를 거다.

당신이 상처 준 이는 그 누구도 아닌, 당신이 그리도 고결하게 키운 손주라는 것을.

마치 물속에서 누군가가 잡아당기는 것처럼 맥이 풀려 버렸다. 수영장을 빠져나온 준서는 커다란 배스 타월을 몸에 두른 채 1층으로 향했다.

아무도 없는 텅 빈 공간에서 잠이 든 세월 10년, 누군가와 함께 밤을 공유한 지 겨우 며칠. 일홍은 기적이 나지 않는 침대 옆을 더듬으며 몸을 일으켰다. 자리를 떠난 지 한참이 지났는지 시트 위가 차갑게 식어 있었다.

협탁 위에 있는 시계를 보니 이제 새벽 4시였다. 이 시간에 어딜 갔을까. 화장실에 갔나 싶었다. 그도 아니면 목이 말라서 물이라도 한 잔 마시러 나갔겠지 했다. 그런데 30분이 지나도록 닫힌 방문은 열리지 않았다.

일홍은 몸을 일으켜 욕실로 향했다. 침실에 달린 욕실 장 안에는 깨끗한 샤워 가운이 정리되어 있었다. 비록 준서의 사이즈여서 일홍의 몸에는 이불을 두른 듯 컸지만 말이다.

'민준서, 이 정도면 병이다.'

일홍은 깨끗한 샤워 가운을 몸에 두르며 생각했다. 아무리 사람을 들이기 싫어도 그렇지, 혼자서 이런 것까지 정리하고 있을 준서의 모습을 상상하니 피식 웃음이 나왔다. 일홍은 샤워 가운 끈을 질끈 동여매며 어두운 회랑으로 나섰다.

물을 마시고 있을까 해서 들른 부엌, 혹시 외국 지사에 무슨 일이 생겼나, 그래서 일을 하고 있나 해서 들른 서재, 그러다 일홍은 부엌과 면해 있는 거실로 다시 발걸음을 옮겼다. 커다란 거실은 마치 그곳이 생기고 나서는 단 한 번도 사람의 발길이 닿은 적 없는 것처럼 적요했다.

"대체 어딜 간 거야?"

가게를 찾았을 때, 실의에 차 있던 준서의 얼굴이 문득 떠올랐다. 일홍의 미간이 삽시간에 좁아졌다.

"어디 있어, 민준서. 진짜."

무심코 내다본 마당에서 자신이 입은 것과 같은 샤워 가운을 걸치고 있는 준서의 모습이 눈에 들어왔다. 바닥을 내려다본 채로 서 있는 모양새가 창공을 짊어진 아틀라스처럼 보였다.

"왜 그래, 준서야. 무슨 일인데."

일홍은 가만히 유리창 밖을 내다보다 천천히 걸음을 옮겨 갔다. 마당으로 나가는 동안 이유 모를 긴장감으로 심장이 달음질쳤다. 1층 필로티에서 바라본 준서는 아까 그 자세 그대로 바닥을 내려다보고 있었다.

살금살금 발소리를 죽이고 다가갔다. 준서는 여전히 깊은 생각에 빠져 있는 듯했다. 아니, 심연에 빠져서 허우적댈 힘마저 잃은 사람처럼 숨까지 죽이고 있었다. 가슴이 기분 나쁘게 쿵쾅거렸다.

"잠이 안 와?"

바스락거리며 다가오는 소리를 듣지 못한 것은 아니었다. 그걸 자각하고, 고개를 들어, 무언가를 확인할 의욕조차 생기질 않았을 뿐. 그런데 갑작스레 들려온 다정한 목소리에 준서의 시선은 그쪽으로 빨려 들어갔다.

"왜 나왔어?"

"너 없어서. 잠이 안 와?"

마당에 설치된 호박색 등 빛이 옅은 미소를 머금은 일홍의 얼굴로 내려앉았다.

"그냥."

차갑게 말라붙은 커다란 손에 따스하고 부드러운 손이 감겼다. 일홍은 준서의 손을 잡은 채로 슬그머니 걸음을 옮기기 시작했다. 이 자리에 얼마나 서 있었을까. 땅에 묻힌 듯했던 두 발이 움직였다.

달빛이 내려앉은 잘 정돈된 마당을 일홍의 손을 잡고 아주 천천히 걸었다. 달빛을 스치고 지나는 구름만큼이나 두 사람이 걷는 속도는 느리고, 느렸다.

"무슨 일 있어?"

그녀의 물음은 조심스럽기만 했다. 준서는 이렇다 할 대답도 하지 못하고 입을 꾹 다물어 버렸다. 기분을 풀어 주려는 듯 햄버거 가게에서 장난스럽게 웃는 일홍의 노력이 가상해 그녀를 놀려 먹었던 패기는 아예 없었던 것처럼 자취를 감추었다.

너무 미안하고 죄스러우면, 미안하다는 말을 건네는 것조차 어려운 건가.

"회사 일."

어쨌든 회사와 관련된 일이니까. 준서는 그리 말하며 고개를 돌려 일홍을 내려다보았다. 그녀는 고개를 끄덕이며 아, 하고 짧게 대꾸했다.

이기적이게도 그저 일홍의 손을 잡고 걷는 동안 마음 한구석이 사르륵 녹아들고 말았다.

그랬지, 그랬어. 천일홍은 이렇게 아무 말 없이 옆에 있는 것만으로도 편안해질 정도로 나한테는 존재감이 대단한 아이였지.

준서는 일홍의 손을 잡고 있는 손에 꼭 힘을 주었다.

"준서야."

"응?"

천천히 걷던 일홍이 자리에 슬그머니 멈춰 섰다. 쪽, 하는 소리와 함께 볼에 그녀의 입술이 스쳐 갔다. 알몸을 몇 번이고 비벼 댄 사이인데, 갑작스러운 입맞춤에 준서의 심장은 터질 듯 두근거렸고 입술이 스친 자리는 불이 붙은 듯 뜨거웠다.

"힘내라고."

빙그레 웃는 얼굴이 너무도 예뻤다. 머릿속을 가득 채웠던 수심은 어느새 검은 밤하늘에 밝게 빛나는 별들 사이사이로 흩어져 사라진 듯했다. 준서는 작은 손을 끌어당겨 그녀의 몸을 끌어안았다. 입술은 당연히 일홍의 입술 위에 얹혔다.

키스는 동트기 직전의 어두운 밤하늘만큼이나 깊었다. 준서는 품 안 가득 차오르는 그녀를 꼭 끌어안았다. 너무 세게 안은 탓인지 작은 몸이 파르르 떨렸다. 이렇게 꼭 끌어안고 입술을 맞대고 있어도 불안했다. 심지어 그녀의 뜨거운 안을 차지하고 있어도 두려울 정도였다.

내가 너를, 감히 너를, 내가.

그런데도 아직도 난 너를.

눈물이 차오를 것만 같아서 준서는 입술을 슬쩍 떼어 내고 가만히 있었다. 굳게 다문 입술 위로 자잘한 입맞춤이 쏟아졌다.

"준서야……."

떨리는 일홍의 목소리에 심장이 저몄다. 부드러운 목소리에 불안함이 벼려 있는 것 같아서 준서는 얼른 눈을 떴다.

가슴 가득 차오른 불안함과 두려움을, 준서는 밤의 기운이 닿은 흥분으로 포장했다.

"들어가자."

나지막이 울린 목소리를 흥분에 쉬어 있는 것으로 알아들었을 테지.

준서는 일홍을 번쩍 안아 들고는 필로티를 지나 계단을 올랐다.

"안 힘들어? 엘리베이터 타자."

"너 무지 가벼워. 안 힘들어."

그거 아니? 평생을 이렇게 안고 다니고 싶은 심정인 걸, 더러운 땅에 귀한 발 내리게 하고 싶지 않다는 걸……. 이렇게 너를 내 곁에서 한시도 떨어뜨리지 않고, 곁에 두고 싶은 마음인 걸, 알까.

침실에 들어서자마자 두 사람의 가운이 바닥으로 떨어졌다.

침대 위에서 안는 순간에는 절대로 불안해하지 않겠다며 준서는 그녀를 품에 안았다. 따뜻하고, 부드럽고, 여리고, 순수하고, 고귀한. 세상에 있는 좋은 단어를 다 끌어모아 설명한다 해도 부족할 아름다운 여인을 준서는 소중히 그렇지만 격렬하게 보듬었다.

언제나 관계가 끝나고 나면 죽은 듯이 잠이 들던 일홍은 준서의 가슴에 머리를 기대며 속살거렸다.

"준서야."

대답 없이 일홍의 어깨와 등허리를 쓰다듬어 내려가던 준서가 그녀의 머리 위에 슬쩍 입을 맞추었다.

"내가 옆에 있어서 좋은 거지?"

가끔 쓸데없이 눈치가 빠른 구석이 있는 일홍이었다. 자신 때문에 무언가 불안해하고 있다고 생각하는 건지, 그리 묻는 말에 준서의 심장이 오그라들었다.

"당연한 걸 물어. 당연히 좋지."

벅차오른 감정을 이겨 내려는 듯 작은 얼굴을 단단한 가슴에 비비며, 그녀가 웃었다.

"나도 좋아. 네가 있어서."

마른 눈가에 눈물이 핑 돌고 말았다.

"그래. 같이 있자, 계속."

"응."

단단한 가슴속 심장이 쿵쾅쿵쾅 귓가를 울렸다. 일홍은 가만히 그 소리에 귀를 기울이며 미소를 머금었다. 어디 가지 말고 곁에 있으라는 준서의 당부에 가슴 한쪽이 시큰해지고 있었다.

그러다 마당에서 마주한 준서의 얼굴이 활짝 피어나는 것을 보았을 때, 가슴속에 남몰래 쌓아 두었던 둑이 허물어져 버리는 기분이었다.

그동안 이렇게 힘들었는데, 대체 못 할 게 뭐가 있을까 싶었다. 그리고 상처 받은 얼굴을 하고 있다가 일홍의 품에 젖어 들어 평안을 되찾는 준서의 얼굴을 마주하자 그동안 없었던 목적이 하나 생겨났다.

가진 건 아무것도 없으면서, 험한 세상에 부딪힐 수 있는 거라곤 몸뚱이 하나면서.

어디서 그런 자신감이 생겨났는지는 모르겠지만.

내가 지켜 줄게, 준서야.

사랑에 빠지면 무모해진다는 말이 맞는 것 같았다. 자신보다 훨씬 가진 것이 많고, 힘 있는 단단한 남자를 지켜 주고 싶다는 생각이 드는 것을 보면.

일홍은 두근두근 뛰고 있는 준서의 심장 소리에 귀를 기울이며 눈을 감았다. 어쩐지 눈을 뜨고 아침이 되면 전혀 다른 세상이 펼쳐질 것 같은 예감이 들었다.

✳   ✳   ✳

아침부터 유난히도 일홍의 표정이 밝았다. 전에 없던 애교까지 부리며 비위를 맞춰 주는 통에 참을 수 없는 웃음이 계속해서 흘러나왔다.

부지런을 떤다고는 하지만 원래 아침잠이 많은 그녀였기에 준서가 먼저 일어나 사라지곤 했는데, 오늘 일홍은 일찍부터 일어나 아침 식사를 함께하기까지 했다.

불안을 감지하는 것은 동물적 본능일까. 그래서 그걸 지켜 내려 일홍은 저도 모르게 노력하고 있는 것일까.

그런 거라면, 그 노력을 헛되이 할 수는 없었다.

출근하자마자 비서실장이 준서를 따라 들어왔다. 오늘 일정에 대해 브리핑하는 그의 목소리에는 고저가 없었다.

이제 갓 서른이 된 준서에 비해 나이가 스무 살은 더 많았고, 그만큼 노련한 사람이었다.

믿을 수 없는 이와 믿을 만한 이를 매 순간 가늠하며 살아온 준서에게 비서실장은 딱 그 중간에 위치하는 사람이었다. 본인의 업무에만 충실할 뿐, 그 어느 쪽에도 치우치지 않을 사람. 할머니의 일을 보좌하다 준서의 일을 맡아 보고 있음에도 흐트러짐이 없는 이였다.

할머니의 경영 철학과 정반대의 것을 가지고 있는 준서인데도 말이다.

이제 어디에 줄을 서야 하나, 누가 지분을 얼마나 가지고 있나, 나이 어린 대표 대행이 진짜 대표가 되는 꼴을 봐야 하나 하는 의구심은, 없는지 숨긴 건지 알 수 없었다.

그는 그저 묵묵히 그의 일을 수행할 뿐이었다. 일정을 죽 듣던 준서는 오른손을 들어 보이며 비서실장의 말을 멈췄다.

"네."

"우리 회사에 노조 없지요?"

"네, 제가 아는 한 없습니다."

"그게 사측에서 잘해서입니까, 아니면 어떤 압력 때문입니까?"

비서실장이 어떻게 답을 하느냐에 따라 준서는 결정을 내릴 것이다.

"솔직한 대답을 원하십니까?"

준서는 고개를 한 번 끄덕이는 것으로 대답을 대신했다.

"전자는 아니라고 봅니다."

단호한 비서실장의 대답에 준서는 미소를 머금었다.

"회사에 오래 계셨다고 들었습니다. 대표의 뜻이 좋다고 한들 무소부재(無所不在)한 능력이 없으니 말입니다. 제가 비록 정식 대표는 아니지만."

그 말에 이번에는 실장이 미소를 머금었다.

"실장님께서 진행해 주시죠. 있으나 마나 한 어용조합(御用

組合)을 말하는 건 아닌 거, 아시죠?"

"네, 압니다."

"직원들이 회사에 진정으로 바라는 게 뭔지 제대로 알 수 있게 진행 부탁드립니다. 결국 사람이 일하는 곳인데, 사람답게 일해야 하지 않겠습니까?"

준서의 질문에 실장의 미소가 짙어졌다.

"그래서 사람다운 일을 하나 더 부탁하려고 하는데요."

"네."

"임도문이라는 사람, 잘 지켜봐 주십시오."

"지금까지 주시하고는 있었습니다. 회사에 해가 됐으면 됐지, 득이 될 만한 인물은 아니라서요. 더 지시하실 사항 있으십니까?"

"때를 좀 기다려야 할 것 같습니다. 개도 구멍을 보고 내쫓아야지요. 섣불리 움직였다가는."

일홍이 상처를 입을 만한 일이 생기는 것은 막고 싶다고 말하고 싶었다.

"일홍 양 곁에도 사람을 둘까요?"

넌지시 건넨 물음에 준서의 얼굴이 굳어졌다.

"주제넘었다면, 죄송합니다."

"그래 주세요."

실장은 믿음직한 미소를 머금으며 고개를 끄덕였다.

"오늘 저녁 7시에 있는 런던과의 컨퍼런스 콜은 그대로 진행할까요?"

테이트 모던 갤러리에 있는 레스토랑을 잠시 빌려 한식에 관한 푸드쇼를 진행할 예정이었는데, 무리한 요구를 해 오는 탓에 진행이 더뎌지고 있었다. 준서는 그저 고개를 끄덕였다.

요 며칠 일홍과 함께 저녁 시간을 보내느라 회사 일을 소홀히 한 것도 사실이었다. 밤늦게나 일홍을 볼 수 있다는 생각에 심장이 타들어 갔다.

하루가 정말이지 길 것 같은 예감이 들었다.

*　　　*　　　*

토르말린을 은으로 된 이음새로 한 알씩 엮고 있는 일홍의 얼굴에는 온화한 미소가 자리하고 있었다. 그리고 그녀의 머릿속에서는 오늘 아침 준서의 집 부엌 풍경이 쉴 새 없이 반복되었다.

준서를 만난 이후로 그와의 가슴 떨리는 만남을 날마다 머릿속으로 반복하기는 했지만 오늘 아침을 곱씹는 기분은 이전과는 확연히 다른 것이었다.

다가온 행복을 온전히 받아들이지 못하고 불안해하던 때와 그것을 인정하고 지켜 내기로 한 지금. 여태까지 없었던 뚜렷

한 존재감에 일홍의 가슴은 계속해서 벅차올랐다. 그동안 고단함에 내뱉었던 한숨과는 질이 다른 커다란 숨이 계속해서 입 밖으로 불거져 나왔다.

온종일 그 누구에게도 연락이 오지 않았던 날들이 허다했는데, 오늘은 휴대전화를 수시로 체크했다. 혹시나 문자메시지라도 하나 와 있지는 않나, 전화를 했는데 못 받은 것은 아닌가 하는 생각으로 말이다.

준서가 보고 싶은 만큼 휴대전화를 자주 들여다보게 되었다.

점심때가 지나고 가게가 제법 한산한 시간이었다. 갑작스레 울리는 전화벨 소리에 심장이 입 밖으로 튀어나올 듯 치솟아 올랐다. 역시나 휴대전화를 울린 주인공은 준서였다.

"여보세요?"

―점심 먹었어?

"어, 대충."

―왜 대충 먹어, 제대로 먹어야지.

헤헤거리는 웃음이 절로 흘러나왔다.

"너는 점심 먹었어?"

―아직, 이제 먹으려고. 오늘 좀 늦을 것 같은데…….

"그래?"

감추려고 했지만, 실망감 가득한 목소리가 흘러나왔다.

―미안. 늦어도 8시 반까지는 갈게.

어쩐지 준서의 목소리가 들떠 있는 듯했다.

만남이 늦어져 아쉬운 상황인데, 넌 왜 들떠 있니?

의구심이 생겨나려는 순간, 준서의 목소리가 들려왔다.

―나 보고 싶어?

"응."

보고 싶으냐는 질문에 짧게 그렇다고 답했을 뿐인데 나지막이 웃는 소리가 들려왔다. 때늦은 만남을 아쉬워하는 자신의 목소리가 준서는 좋은 건가 보다.

누군가 나를 그리워하고 있다는 감정은 자존감을 끌어올리는 특효약인가.

―나도 보고 싶어. 얼른 마치고 갈게.

"응, 고생해."

―그래, 너도 수고해.

고작 2분도 되지 않는 짧은 전화 통화에 오후를 버텨 낼힘이 생겨났다. 일홍은 의자에 붙이고 있는 궁둥이가 자꾸들썩거려서 자리에서 일어났다. 땅을 내딛고 있는 발끝도 동동 떠다니는 것 같아서 이리저리 거닐었다.

벅차오른 가슴을 누군가에게 털어놓고 싶어서 입꼬리가간질간질했다. 어쩌면 가장 친한 친구인 재희에게 털어놓지못했던 것은, 마음에 확신이 서지 않았기 때문이었는지도.

일홍은 빙그레한 미소를 머금은 채로 재희에게 전화를 걸었다.

—여보세요?

"좀 어때?"

—괜찮아졌어.

"기분은?"

—뭐, 기분이 나쁠 게 있나. 가게 바빠?

"아니, 한가해. 지금은."

누구야? 어, 일홍이. 옆에서 묻는 사람은 정식이었다.

"정식이 출근 안 했어?"

—일주일 휴가 받았다고 집에 이러고 나랑 붙어 있다. 지겨워 죽겠어. 너 좀 와라.

쿡쿡거리는 웃음이 절로 새어 나왔다.

"알겠어."

—그래, 빨리 마치고 와. 저녁 같이 먹게.

"응."

자신의 행복을 돌보지 못하던 시절에는 남의 행복이 온전하게 눈에 들어오지 않았다. 그런데 지금은 남편인 정식이 계속 귀찮게 옆에 붙어 있다며 투덜거리는 재희의 행복한 얼굴이 눈앞에 선연했다.

〈째희, 뭐 먹고 싶은 거 있어?〉

〈이수역 고기튀김.〉

좋은 거 사 주려고 했더니, 먹고 싶은 게 포장마차 튀김이라는 말에 일홍은 피식 웃음을 터뜨렸다.

〈알았어. 사 갖고 갈게. 지금 출발한다.〉

〈벌써?〉

〈응. 이런 날도 있어야지.〉

일홍은 날이 훤히 밝은데도 불구하고 과감히 가게 셔터를 내렸다. 들뜬 기분에 이수역까지 택시를 타기로 마음먹었다. 평일 오후 도로는 그렇게 막히지도, 그렇다고 아예 한산한 것도 아니었다.

포장마차 튀김집에서 고기튀김을 산 일홍은 가벼운 발걸음으로 재희네 집으로 향했다. 제법 먼 거리를 걸어야 했음에도 두 다리가 깃털처럼 가볍게 움직였다.

깊던 물도 얕아지면 오던 고기가 안 오는 법인데, 재희는 일홍의 마음을 변함없이 지켜 주던 작은 물고기 같은 친구였다. 그런 그녀와 전셋집 계약, 가게 오픈, 끝까지 가지는 못했던 결혼 준비 등의 일들을 빠짐없이 함께했다. 그런데 오늘처럼 마음이 뿌듯하게 차오른 적은 없었다. 그저 한고비 넘겼구나 싶었을 뿐이지, 삶의 목적이자 운명에 대해 이야기를 했던 적은 없었다.

그런 일이 없었으니까, 이야기할 기회도 없었던 거다.

마음을 털어놓으려는데 괜히 눈가에 눈물이 맺혔다. 마음속에 담긴 감정을 머릿속으로 풀어내는 동안 자신이 설명하고자 하는 준서와의 서사에 스스로가 너무 감격스러웠기 때문이었다.

결국, 준서랑 나는 운명인가 봐.

이런 낯간지러운 결론에까지 이르렀을 때, 일홍은 재희네 집 현관문을 두드리고 있었다.

"왔어?"

부스스한 얼굴로 문을 연 이는 정식이었다.

"제법이네? 와이프 몸조리해 주려고 휴가 낸 거야?"

"뭐, 그렇게 됐네."

집 안은 두 사람의 따스한 온기가 가득했다.

"이롱이롱!"

반가운 얼굴을 한 재희의 눈동자는 검은색 비닐 봉투에 닿아 있었다.

"이롱이롱이 고기튀김처럼 들린다?"

"헤헤. 들켰어? 정식이가 나 꼼짝도 못 하게 해. 바깥에 잠깐 나가서 콧바람 쐬는 것도 못하게 한다니까. 답답해 죽겠어."

"정식이 말 들어. 넌 좀 쉬어야 해."

거실 한가운데 펼쳐진 하늘색 구름 모양 상 위에 튀김 봉지가 펼쳐졌다. 재희는 두꺼비 파리 잡아먹듯 고기튀김을 먹어치웠다.

"천천히 먹어."

"튀김은, 신발을 튀겨도 맛있을 것 같은데, 고기를 튀겼으니. 이건 정말 예술이야!"

너스레를 떠는 재희의 말에 일홍은 피식 웃음이 터졌다. 정식은 와이프 여자 친구가 왔음에도 불구하고 제 마누라 잡아먹지는 않을까 하는 조바심 어린 눈빛으로 두 사람을 바라보고 있었다.

시시콜콜한 여자 친구와의 대화를 기대했건만, 정식의 감시로 두 사람의 대화는 열심히 코끼리 다리만 긁어 대고 있었다.

"가게는 바빠?"

"아니, 한가해."

"이롱이롱, 요즘 저녁에 뭐해?"

"뭐, 그냥. 이것저것 해."

"어제 저녁은 뭐 먹었어?"

"햄버거."

야, 케첩 안 먹으려고 내가 무슨 짓까지 했는지 알아? 민준서, 걔 엄청나게 엉큼해졌다니까. 아닌가? 원래 엉큼했나?

일홍의 가슴에 답답한 한숨이 쌓여 갔고, 대화는 매끄럽게 흐르지 못하고 뚝뚝 끊겼다.

"정식아, 우유 있어?"

"어, 있어. 줄까?"

정식을 부엌으로 보낸 재희가 한숨을 폭 내쉬며 중얼거렸다.

"흐필 이를 때는 애 집에 읍는 게 읍느(하필 이럴 때는 왜 집에 없는 게 없냐)?"

이를 악물고 조용히 속삭이는 재희의 말에 쿡 하고 웃음이 터졌다.

"느 므 흘믈 있으스 웃지(너 뭐 할 말 있어서 왔지)?"

복화술도 아니고 입술조차 움직이지 않으며 속살거리는 재희를 보고 일홍은 또다시 터져 나오려는 웃음을 애써 참으며 고개를 끄덕였다.

"으느른 느리 으닌그 브(오늘은 날이 아닌가 봐)."

"둘이 무슨 얘기해?"

부엌에 서서 유리잔에 우유를 따르던 정식이 눈치 없이 물어왔다.

"느 늠픈이지만 즌쯔 느치 읍드(네 남편이지만 진짜 눈치 없다)."

재희는 웃음을 터뜨릴 듯하다가 일홍에게 슬쩍 눈을 흘겼다.

"그르드 측흐(그래도 착해)."

뭉뚱그린 말마따나 착한 정식은 재희에게 꿀까지 탄 우유를 갖다 바쳤다.

"좋겠다, 정재희. 공주가 따로 없네."

일홍이 재희의 머리를 쓰다듬으며 빙그레 웃었다.

결국 저녁까지 먹고 늦은 밤이 되어서야 일홍은 집을 나섰다. 준서에 관한 대서사시는 입도 뻥끗하지 못한 채 말이다.

현관문을 나서는 일홍을 재희는 아쉬운 눈빛으로 바라봤다.

"이롱이롱, 내일도 올래?"

"좌 이롱, 우 정식. 놓고 부려 먹게?"

"치."

재희는 입술을 삐죽거리며 일홍에게 눈을 흘겨 댔다.

"내일은 열심히 벌어야지. 나 간다. 정식아, 갈게."

"응, 가라."

아쉬움이 남아 있는 것은 일홍의 뒷모습 역시 마찬가지였다. 현관문이 닫히자 재희는 정식의 팔뚝을 가차 없이 내려쳤다.

"아, 왜 눈치가 없냐? 일홍이 할 말 있어서 온 거잖아!"

"그러게, 이제 말할 때도 되지 않았나?"

"뭘?"

재희는 대체 뭘 아느냐는 식으로 정식을 다그쳤다.

"준서 말이야."

"어머나! 우리 남편 알고 이쩌줘요?"

재희가 정식의 궁둥이를 토닥토닥 두드리며 물었다.

"글엄요. 내가 일홍이 연락처 갈쳐 줘쬐요."

정식은 일부러 과장되게 혀 짧은 소리를 내며 공치사를 하려는 듯했다.

"내 이럴 줄 알았어. 지금이야 일홍이 얼굴이 밝아서 다행인데. 넌 뭘 믿고 민준서한테 일홍이 연락처를 주냐?"

"잘되는 것 같잖아, 저 둘. 일홍이 얼굴 많이 좋아졌네."

"오늘 그 얘기하려고 온 것 같은데 넌 왜 계속 눈치 없이 앉아 있어."

"야, 나도 친군데 같이 들으면 안 되냐?"

"아오, 답답해. 요즘 유행하는 말도 몰라? 낄끼빠빠!"

"낄끼빠빠? 낄낄거리는 아빠라는 뜻이야?"

재희는 갑갑한 듯 가슴을 통통 쳐 댔다.

"센스도 없어. 맙소사. 내가 이런 남자랑 결혼을 했어. 낄 때 끼고, 빠질 때 빠지라고, 이 사람아!"

정식은 재희의 작은 손을 꼭 움켜잡았다.

"왜 그래. 그렇게 치면 아프잖아. 차라리 날 쳐."

작은 손이 정식의 가슴 위에 올려졌다. 답답함에 몸서리치던 재희의 얼굴 위에 어느새 해사한 미소가 그려졌다.

"진짜, 못 말려."

정식은 재희를 꼭 끌어안으며 빙그레 웃었다.

✳   ✳   ✳

한 시간이면 충분할 줄 알았던 컨퍼런스 콜은 9시가 다 되어서야 끝이 났다. 준서가 마른세수를 하며 회의실을 나설 때였다.

"저, 대표님."

비서실장의 나지막한 부름에 준서는 고개를 돌려 그를 바라봤다. 대표님이라는 호칭이 참으로 묘하게 들려왔다.

"곧장 일홍 양 있는 곳으로 가셔야겠습니다."

"무슨 일 있습니까?"

"일홍 양 집에 문제가 생긴 것 같습니다."

상황은 가면서 설명하겠다는 실장의 말에 준서는 그러라며 고개를 끄덕이고는 곧장 주차장으로 향했다.

"그래서 지금 집 밖에 있는 겁니까?"

"네, 동네 주민들도 많이 나와 있는 것 같습니다."

준서의 턱이 굳어졌다. 한숨이 폭 하고 새어 나왔지만, 지금이 기회일지 모른다는 생각도 들었다. 비서실장에게 운전대를 맡긴 준서는 곧장 일홍이 사는 빌라 앞으로 달려갔다. 실장의 말대로 빌라 입구에는 삼삼오오 주민들이 몰려 있었고, 그 가운데 혼이 나간 얼굴로 서 있는 일홍이 보였다.

"무슨 일이야?"

"어? 준서야."

"전화도 안 받고. 걱정했잖아."

"어, 그게. 집에 일이 생겨서……."

어디선가 고약한 냄새가 올라오고 있었다.

그러게, 저 모텔 생긴 이후부터 냄새가 났다니까. 아니, 저 건물 착공 허가는 어떻게 받았대.

하수관 공사를 제대로 하지 않고 지어진 모텔 때문에 하수관이 터졌다는 게 떠드는 이들의 말이었다. 지층인 일홍의 집은 이미 오물이 역류하여 감히 발을 들일 수 없는 지경에 이르러 있었다. 일홍은 하염없이 어두운 지하를 바라보기만 했다.

"가지고 나와야 할 것 있어?"

사람을 불렀다고는 하지만 코빼기도 보이지 않았고, 서서히 오물의 수위는 높아지고 있는 듯했다.

"아…… 그게……."

"뭔데, 말해 봐."

부엌 찬장 중간 서랍에 들어 있는 앨범과 벽에 걸린 엄마, 아빠의 영정 사진이라 읊어 대는 일홍의 목소리에는 힘이 하나도 없었다.

"여기서 기다려."

준서는 성큼성큼 계단을 내려갔다. 머리가 흔들릴 정도로 악취가 심했지만 다행히 오물은 발목까지 차는 정도였다. 준서는 일홍의 집 현관문을 열고 들어가 벽에 걸린 액자 두 개와 서랍 속 앨범을 빼 들었다.

그리고 일홍이 말은 하지 않았지만, 그녀가 애지중지하는 것 같았던 TV 거치대 위 나무 보석함도 챙겼다.

계단을 오르는데, 울음 가득한 얼굴을 하고 있는 일홍이 보였다.

"가자."

가지고 나온 물건을 왼손으로 끌어안은 채 준서는 오른손으로 그녀의 떨리는 손을 꼭 잡았다.

이제 절대 안 놔, 못 놔준다. 일홍아.

chapter
13

　준서는 일홍을 뒷좌석에 태우고 자신도 뒷좌석에 올라탔다. 엉망이 되어 버린 집, 그 속에 들어갔다 나와 역시나 엉망이 되어 버린 준서의 발. 그리고 처음 보는 낯선 이가 운전을 하는 탓에 일홍의 얼굴에는 긴장감이 서려 있었다.

　미안하다는 말이 하고 싶은 건지 옆에 앉은 준서의 얼굴을 바라봤다 다시 손끝을 바라보는 일홍의 입이 벌어졌다가, 이내 꾹 다물어졌다. 아랫입술을 꾹 깨물고 있는 모습에 준서는 그녀의 손을 더 꼭 잡았다.

　"고……마워."

　잔뜩 잠겨 있는 목소리로 그녀가 내뱉은 말은 '고마워'였다.

"그렇게 안 고마워해도 돼."

준서는 잡고 있던 손을 풀고는 그녀의 어깨를 끌어당겨 안 았다. 뒷좌석 가운데가 불룩 솟아 있는 탓에 그녀를 완전히 가슴으로 끌어당길 수는 없었지만, 마음만은 온 힘을 다해 그녀를 보듬고 있었다.

"당장 집에서 필요한 건 내가 준비할 테니까, 걱정 말고."

일홍은 손끝을 물끄러미 바라보며 물었다.

"이거 왜 갖고 나왔어?"

나무 보석함을 가리키는 일홍의 물음에 준서는 빙그레 미 소를 머금으며 대꾸했다.

"네가 아끼는 것 같아서."

"엄마 거였어……. 집에서 나올 때 챙겨 나온 거야."

아련한 표정으로 보석함을 어루만지는 일홍을 바라보는 준서의 가슴은 썩어 문드러지는 기분이었다.

어떡하니, 일홍아. 내가 죄인이 된 것 같아.

일홍은 물끄러미 보석함을 바라보다 준서에게로 시선을 옮겨 왔다. 준서의 미간이 좁혀져 있던 탓이었는지, 일홍은 무안한 얼굴로 조용히 속삭였다.

"미안해, 나 때문에."

"아니야. 괜찮아."

괜찮다고는 했는데, 괜찮지가 않았다. 구정물에 발 한 번

담근 일로 미안하다고 말하면 대체 자신은 이 아이에게 어떻게 용서를 구해야 하는 건지 준서의 가슴이 갑갑해져 왔다.

평생을 너를 위해 살게. 남은 일생을 내 온 마음을 다해서 아껴 줄게.

이것밖에는 답이 없었다.

집 주차장에 차가 멈춰 서자 실장은 필요한 물건은 내일 아침에 보내 드리겠다는 인사를 하곤 사라졌다.

"저 사람은 누구야?"

"비서실장. 앞으로 종종 볼 거야."

"아……."

일홍은 고개를 슬쩍 끄덕였다.

또다시, 결국, 이렇게 또 잃고 말았다. 여러 번 겪은 일이었지만 오늘처럼 혼란스러웠던 적은 없었다. 이렇게 초라한 모습을 보이고 싶지는 않았는데…….

일홍은 현관에 서서 신발과 양말을 벗고, 바짓단을 걷어 올리려고 하는 준서를 물끄러미 바라보다 허리를 굽혔다.

"내가 해 줄게."

그의 바짓단을 직접 걷어 주고 싶다는 생각이 든 것과 동시에 손을 뻗었고 준서는 놀란 듯 뒤로 물러섰다.

"떨어져, 천일홍!"

준서의 목소리가 치솟았다.

"뭐하는 거야, 지금?"

갑자기 버럭 화를 내는 준서의 모습에 일홍은 겸연쩍은 얼굴을 한 채로 몸을 일으켰다.

"불편할 것 같아서…… 내가 걷어 주려고."

그거라도 해야 마음이 편할 것 같다는 말은 차마 입 밖으로 내지 못했다. 일그러진 준서의 얼굴이 보이자 시선을 어디에 둬야 할지 몰라서 일홍의 눈동자가 이리저리 헤엄쳤다.

끝내 바닥을 내려다보고 있는데, 부드럽고 자상한 목소리가 들려왔다.

"놀랐잖아. 네 손에 이런 거 묻는 거 싫어."

"그래도 나 때문에 그런 건데 미안해서."

"들어가자, 이제."

"응."

일홍은 준서를 따라 집 안으로 들어섰다.

"나 먼저 좀 씻을게."

"응."

욕실에 들어가는 준서를 바라보던 일홍은 커다란 침실에 홀로 남겨졌다. 몇 번이고 준서와 사랑을 나눴던 공간인데도 불구하고, 어색하고 낯설게 느껴졌다. 그렇게 그녀는 어디 앉지도 못한 채 준서가 나올 때까지 그곳에 서 있었다.

달칵하고 욕실 문이 열리는 소리에 일홍은 흠칫 놀라 어깨를 좁혔다. 새하얀 수건으로 젖은 머리카락의 물기를 털며 나오던 준서는 그런 그녀를 바라보며 미간을 찌푸렸다.

"여태 그러고 서 있었어?"

"어? 어…… 그게."

어쩐지 사고가 완전히 멈춰 버리고 바보가 되어 버린 것만 같았다.

준서야, 있잖아. 있지. 난.

머릿속은 복잡했고 가슴은 텅 비어진 기분이었다.

예전 같았으면 이제 어디 가서 살아야 할까를 고민하느라 정신이 없었을 것이었다. 피시방에 앉아서 부동산 정보를 찾는다든지, 가재도구를 새로 사는 데 비용이 얼마나 들지, 전셋집 공사는 집주인이 알아서 해 줄지, 아니면 모텔에서 비용을 대고 자신이 해야 하는 건지.

그렇게 당장 먹고살 걱정을 하고 있을 터였다. 그런데 지금은, 그런 걱정을 할 필요가 없었다. 뭐든 다 해 주겠다는 준서가 곁에 있어서. 행복에 겨운 눈물이라도 흘려야 하는데 마음이 편치가 않았다.

저런 얼굴을 하고 있는 준서 때문에.

차라리 실없는 장난이라도 치면 좋을 것 같은데 준서는 한없이 다정했고, 말할 수 없이 부드러웠으며, 미안해하는 얼굴이었다. 마치 자신이 잘못한 일인 것처럼.

어디서부턴가 잘못되어 버린 것 같은데 일홍은 무엇을 놓쳐 버린 것인지 알 수가 없어서 불안했다.

"준서야."

"응."

"나도 좀 씻을게."

"그래."

욕실로 걸어 들어가려는 일홍의 팔뚝을 준서의 커다란 손이 잡아 세웠다. 씻고 난 후여서 향긋한 향기가 물씬 풍기는 준서의 얼굴이 일홍에게로 다가왔다. 동그란 이마에, 붉어진 뺨 위에, 그리고 입술 위에 가벼운 키스가 쏟아졌다.

"얼른 씻고 나와."

일홍은 고개를 끄덕인 뒤 욕실 안으로 들어섰다. 심장이 쿵쿵 울렸다. 파들파들 떨리는 몸 위로 뜨거운 물줄기가 쏟아져 내렸다. 참고 있던 울음이 물줄기 사이에서 흘러내렸다. 물소리에 울음소리를 숨길 수 있을 것만 같았다.

그럼에도 일홍은 혹시나 밖에 있는 준서가 들을까 염려되어 소리 죽여 울음을 터뜨렸다. 너무 오래 안에 있으면 티가 날까 싶어서 눈물이 흘러내리는 와중에도 보디클렌저 거품을 내어 몸에 문지르고 머리를 감았다.

거품이 다 씻겨 내려갈 때쯤 울음도 멈췄다. 한바탕 울고

났더니 뾰족하던 감정이 많이 무뎌진 듯했다. 일홍은 커다란 샤워 가운을 걸친 채 욕실 밖으로 나갔다. 문밖에는 키스를 해 주었던 준서가 그 자리에 그대로 서 있었다.

"여기 계속 서 있었어?"

"어."

"왜?"

"너 나오자마자 안아 주고 싶어서."

준서는 팔을 벌려 일홍을 꼭 끌어안았다. 일홍도 가만히 준서의 너른 품 안에 안겼다. 두근두근 일정한 박자를 내는 그의 심장 소리가 귓가에 울렸다.

"일홍아⋯⋯."

"응?"

어쩐지 이름을 부르는 목소리에 미안함이 어려 있는 듯했다. 왜 그래, 준서야.

"왜?"

"미안해."

뭘 미안하다고 하는 건지, 준서의 샤워 가운 깃을 쥐고 있는 일홍의 손끝이 파르르 떨렸다.

"집이 그렇게 됐는데, 난 솔직히 속으로 좋았다."

"응?"

일홍은 고개를 들어 준서의 얼굴을 바라봤다. 매끄러운 그의 얼굴 위로 환한 미소가 드리워져 있었다.

"이제 너 데리고 살 수 있으니까."

숨김없이 솔직한 준서의 대답에 굳었던 마음이 스르륵 녹아드는 기분이었다. 일홍은 준서의 가슴에 얼굴을 비비며 말했다.

"난 아까 너무 미안했어⋯⋯. 네가 집에 막 들어갔을 때."

"일홍아."

준서의 목소리가 진지해졌다.

"그것보다 더한 것도 할 수 있어. 그런 걸로 미안해하지 마."

그리 말하는 준서의 입술이 정수리에 내려앉는 게 느껴졌다.

"뭐, 감동은 해도 된다?"

장난스러운 목소리에 일홍은 픽 하고 웃음을 터뜨렸다.

"어? 웃었어, 천일홍."

등을 감쌌던 준서의 손이 옆구리를 타고 겨드랑이로 옮겨왔다.

"꺅. 간지러워."

준서의 짓궂은 손길을 피하려다 일홍의 몸이 침대 위로 풀썩 쓰러졌다. 그러자 샤워 가운의 앞섶이 벌어져 새하얀 다리가 그대로 드러났다. 침대로 다가온 준서의 눈빛이 묘한 빛을 띠며 변해 가는 게 보였다.

단단한 몸을 휩싸고 있던 샤워 가운이 바닥으로 떨어졌고, 준서는 일홍의 샤워 가운 끈을 풀어 헤쳤다. 갑자기 화르르 달아오른 감정을 이기지 못한 신음이 입에서 새어 나오자, 부끄러움에 일홍은 손을 뻗어 준서의 목을 꼭 끌어안았다.

현실을 마주할 때면 턱밑까지 차오르는 한숨이 버거웠지만, 침대에서는 언제나 뜨겁고 간결했다. 오롯이 서로만을 바라보고, 서로만을 탐하는 존재가 되어 버리는 것.

일홍은 다리를 벌려 준서의 허리에 휘감았다. 그러자 준서의 뜨거운 손길이 거칠게 움직였다. 맹렬한 그의 손길이 두렵다기보다, 그리도 자신을 원하고 있다는 느낌에 심장이 달음질쳤다.

"준서야."

나른한 목소리의 부름에 봉곳 솟아오른 가슴께에 얼굴을 묻고 있던 준서가 고개를 들어 일홍을 바라봤다. 불러 놓고 아무 말도 없는 일홍을 준서는 가만히 응시했다.

"좋아서."

준서의 얼굴 위로 부드러운 미소가 떠올랐다.

"일홍아."

일홍은 대답 대신 준서를 물끄러미 바라봤다.

"나 믿지?"

"그럼."

고개를 끄덕이자 준서의 얼굴에 걸린 미소가 짙어졌다. 그와 동시에 다정한 그의 손길이 몸 구석구석을 보듬었다. 사서 하는 걱정도 이제 그만해야지 싶었다.

이렇게 다정한 남자가, 이렇게 믿음직스러운 이가, 이렇게 날 아껴 주는 이가 곁에 있는데.

✳　　✳　　✳

다음 날 아침, 준서는 출근 시간을 늦췄고 집에는 온갖 물건들이 배달되기 시작했다. 일홍 역시 준서의 뜻에 따라 오후에나 가게에 나갈 예정이었다. 침실에 달린 욕실 바로 옆에 있는 드레스 룸에는 준서의 옷가지들 옆으로 여자 옷들이 채워졌다.

일홍은 보기 좋게 걸린 촉감 훌륭한 옷을 살피며 입을 다물지 못했다.

"마음에 안 들어?"

"아니, 예뻐. 근데 이런 옷은 대체 언제 입어?"

검은색 새틴 드레스를 바라보는 일홍의 눈빛이 휘둥그레졌다.

"입을 일 있을 거야."

그리고 드레스 룸 한가운데에는 사방에서 열 수 있는 커다란 서랍장이 놓였다.

"이쪽에는 속옷이 들어 있고, 이쪽에도 속옷이 들었어. 물론 이쪽에도 속옷이 들어 있고, 여기도 속옷이야."

"뭐?"

준서의 진지한 설명에서 장난기라고는 찾아볼 수 없었다. 그리고 서랍장의 제일 윗부분은 유리로 되어 있어서 속이 훤히 들여다보였는데, 이상하게 생긴 물건들이 있었다.

벨트같이 생겼는데 반짝거리는 장신구가 달려 있다든지, 퍼 스카프처럼 생겼는데 하고 다니기에는 너무 가늘다든지.

일홍은 고개를 갸웃거리며 가장 가까운 곳에 있는 서랍을 하나 열어 보았다.

"어머나!"

서랍 안을 가득 채우고 있는 건 검은색 망사와 레이스 조각들이었다. 아래 서랍을 열어 보니 빨간색, 그 아래는 하얀색, 그 아래는 살구색, 그 아래는 심지어 펄사, 그리고 반대편 서랍장 안에는 실크 조각들이 넘쳐났다.

"이게 다 뭐야!"

일홍이 어이없다는 듯 준서를 바라봤다.

"속옷."

"이걸 어떻게 입고 다녀?"

"누가 입고 다니래? 집에서만 입어."

뻔뻔한 대꾸에 일홍은 기가 막혀 왔다. 멍한 얼굴로 서랍을 바라보고 있는 그녀를 준서가 꼭 끌어안았다. 일홍의 등 뒤에서 딱딱한 무언가가 느껴졌다.

"왜에? 싫어?"

준서는 일부러 몸을 비비적거리며 일홍을 자극하는 듯했다. 갑자기 아랫배가 뭉근하게 뭉쳐 왔다. 야한 속옷을 입은 채로 침대에 누워 있는 모습과 그 모습을 몽롱한 시선으로 바라보는 준서의 얼굴을 떠올리자, 일홍은 괜히 마른침을 한 번 삼켰다.

그런 모습을 지켜보던 준서는 긴 머리카락을 한쪽으로 그러모은 뒤, 새하얀 살결에 입을 맞추기 시작했다.

"한번 입어 볼래?"

"지, 지금?"

"사이즈 맞는지는 봐야지."

"그, 그럴까?"

못 이기는 척 한번 입어 볼까 했는데 귓가에 키득거리는 준서의 웃음소리가 들려왔다.

"아. 천일홍, 진짜. 이런 거 어떻게 입냐고 막 내숭 떨 때는 언제고 바로 입겠다고 하냐?"

"몰라. 안 입어."

일홍은 몸을 홱 돌려 드레스 룸 문으로 발걸음을 옮겼다.

"아니. 진짜 사이즈는 봐야지. 나 나가 있을게. 한 벌만 입어 봐."

준서가 다시 정색하며 채근했다.

"정말 나가 있을 거야?"

"응, 나가 있을게."

일홍은 준서가 나가는 것을 확인하고 얼른 문가로 달려가 드레스 룸 문을 잠가 버렸다.

"천일홍, 어차피 다 보여 줄 거면서 치사하게 문도 잠그네."

준서의 목소리와 발걸음 소리가 멀어지고 있었다. 일홍은 서랍장 앞에 비장한 표정으로 섰다. 남자는 각자의 판타지를 가지고 있다는 재희의 말이 문득 떠올랐다. 정식의 판타지는 침대가 아닌 다른 가구라나, 뭐라나.

뭐야, 그럼 이게 민준서 판타지야?

일홍은 서랍장을 한창 뒤져 보다가 하얀색 실크로 된 속옷을 집어 들었다. 과감한 것보다 무난한 것을 먼저 시도해 보고 싶어서. 보는 이가 아무도 없을지라도 말이다.

입기도 힘든 실크 브래지어를 하고, 하얀색 실크 T팬티를 입은 일홍은 전신 거울 앞에 서서 몸을 이리저리 비춰 보았다.

"잘 맞네."

거울 속에 서 있는 여자는 무척이나 야했다. 속이 거의 비치는 실크 브래지어에 정점이 도드라졌고 팬티 앞부분은 검은색이 내비쳤다. 아찔한 모습에 머리가 핑핑 도는 것 같았다.

"이제 벗어야겠다."

"벗기는 건 내가 해야지."

갑작스레 들려온 목소리에 일홍은 화들짝 놀라 고개를 돌렸다. 나갔던 곳 정 반대편에 준서가 서 있었다.

"뭐, 뭐야?"

"내가 깜빡하고 말 안 했구나. 세탁실로 통하는 문이 있거든. 이쪽에. 부엌 쪽에서 들어오면 돼."

심장이 쿵쾅거렸다. 준서의 말투는 평소 같았지만, 그의 시선은 무척이나 깊어서 실크 천 조각을 뚫고 들어올 것만 같았다. 드러난 몸과 드러나지 않은 몸이 온통 따가운 기분이 들었다. 성큼성큼 다가온 준서는 기다란 검지를 브래지어 끈에 걸고는 아래로 내렸다가 위로 올리기를 반복했다. 마른 침이 꿀꺽 넘어갔다.

"근데, 아쉽지만 좀 이따가."

귓가에 대고 그리 속삭이는 준서의 목소리에 일홍은 다리가 풀려 주저앉을 뻔했다.

"오늘 하루 쉴까, 같이?"

준서의 물음에 일홍은 머뭇거렸다.

이런 야한 속옷을 입고 앞에 서 있는데도, 미지근하게 굴고 있으면서, 온종일 재미없는 집에서 뭘 하자고.

일홍은 그렇게 생겨난 뾰로통한 감정에 스스로가 놀라울 따름이었다.

사랑하면 변한다더니. 한 번도 입 밖으로 사랑한다 말한 적은 없어도 분명 무언가 변하고 있음에 일홍은 입술을 슬쩍 깨물었다. 그 변화가 싫은 것은 아니었지만 어느 정도는 당황스러웠다.

"뭐하게?"

"그냥."

준서는 이번에는 일홍의 붉은 뺨을 손등으로 쓸어내렸다.

"그러지, 뭐."

부드러운 손길의 유혹에 일홍은 결국 넘어가고 말았다.

"그럼, 그 위에 이 옷 입고 나와."

준서는 아까 일홍이 만지작거렸던 검은색 새틴 드레스를 꺼내어 건넸다.

"이거 입으라고?"

그리고 보니 준서는 이미 반질반질 윤이 나는 검은색 양복을 입고 있었다.

"얼른 입고 나와."

준서는 그리 말하고는 방을 나가 버렸다. 목선부터 팔목, 가

슴선부터 엉덩이까지 늘씬하게 달라붙는 새틴 원피스에 일홍
은 몸을 끼워 넣어 보았다.

"이것도 잘 맞네."

발목까지 내려오는 치마는 허벅지 중간까지 트여 있어서
걷기도 편했다. 그런데 문제는 지퍼를 올릴 수가 없다는 것.
손을 뒤로 뻗으면 북, 뜯어질 것만 같아서 일홍은 끙끙거리
며 몸을 움직였다.

"아직 멀었어?"

"아니, 잠깐만."

등 뒤로 손을 뻗으려는 순간, 준서가 문을 열고 다시 드레
스 룸 안으로 들어왔다.

"뭐해?"

"지퍼가."

짧은 대답에 준서는 빙그레 웃으며 일홍의 드레스 지퍼를
올려 주었다.

"이런 건 앞으로 내가 올려 줘야 하는 거구나."

자상한 목소리에 가슴이 콩닥콩닥거렸다. 지퍼를 올리는
준서의 검지 끝이 등을 타고 올라오는 게 느껴졌다. 그 작은
접촉에도 긴장감이 몰려왔다.

"가자, 이제."

그리 말한 준서는 일홍의 손을 붙들고 지하 주차장으로 향

했다.

"어디 가, 우리?"

"응, 어디 가."

모호한 물음에 모호한 대답이 이어졌다. 준서는 어디로 향하는지 알려 줄 생각이 없는 듯 보였다.

지하 주차장에 이르자, 준서는 이제껏 타던 차가 아닌 다른 차의 뒷문을 열어 주며 빙그레 웃었다. 승용차처럼 생긴 차의 뒷좌석 공간에는 마주 보고 있는 좌석이 있었다. 준서는 앞을 바라보고 있는 좌석에 일홍을 태우고는, 뒤를 바라보고 있는 좌석에 자신이 올라탔다.

"뒷좌석이 엄청 넓다?"

그 말에도 준서는 어깨를 으쓱해 보일 뿐이었다. 이렇게 요란한 복장으로 대체 어딜 가려는 건가 싶어서 일홍은 아랫입술을 잘근 깨물었다.

차가 주차장을 빠져나와 도로에 들어섰을 때까지도 준서는 물끄러미 일홍을 바라보기만 했다. 담백하고, 자상한 그의 시선은 따스했다.

"운전은 누가 해?"

"너랑 안 탈 때, 내 차 운전하는 수행비서."

"근데 왜 오늘은 네가 안 해?"

일홍의 물음에 준서는 그저 미소를 머금을 뿐이었다.

준서의 집에서 출발한 차는 판교에 있는 레스토랑 앞에 멈춰 섰다.

"브런치 복장치고는 이거 굉장히 과하다?"

일홍의 장난기 어린 물음에 준서가 으스대며 대꾸했다.

"원래 이렇게 허세 부리면서 먹는 게 브런치 아냐?"

피시식 웃음이 터져 나왔다. 편한데, 준서가 무척이나 편하게 해 주고 있음이 분명한데, 긴장감으로 떨리는 손끝을 감출 수 없었다.

레스토랑 안은 텅 비어 있었다. 준서의 손을 잡고 창가에 자리를 잡고 나자 기다렸다는 듯 서빙이 시작되었다.

"배고프니까 먹자, 일단."

"그래."

예쁘다 못해 불편하기까지 한 옷을 차려입고 근사한 레스토랑에 와서 식사를 하고 있기는 한데, 무언가 헛헛한 느낌이 드는 건 왜일까. 영화나 드라마 속에서는 보통 이럴 때 반지가 등장한다든지 하는 낯간지러운 이벤트가 있지 않나?

일홍은 브런치로는 다소 과하다 싶은 뵈프 브루기뇽이라는 프랑스 요리를 먹고 레드 와인을 홀짝였다. 피노 누아 품종이라는 준서의 설명에 일홍은 그저 미소를 머금을 뿐이었다.

거한 식사를 마치고, 혹시나 딱 달라붙은 드레스 위로 배가 불룩 올라오지는 않았나 흘끔 아래쪽을 살필 때였다.

"일홍아."

"응?"

준서의 부름에 일홍은 흠칫 놀라 그를 응시했다.

"왜 놀라?"

"아, 아니야."

빙그레 미소를 머금은 그의 얼굴엔 긴장한 기색이 역력했다.

민준서, 너 설마!

테이블 위에 있는 준서의 커다란 손이 사라지자 그 자리에 예상대로 아주 작은 상자가 놓여 있었다.

당연히 반지인 거니?

일홍은 심장이 입 밖으로 튀어나올 것만 같아서 천천히 호흡을 가다듬었다.

"열어 봐."

그럴듯한 멘트도 없이 준서는 아주 신중하게 열어 보라고 말할 뿐이었다. 일홍은 손을 뻗어 작은 상자를 집어 들었다. 지금 입은 드레스와 비슷한 검은색 새틴으로 마감된 상자를 천천히 열어 보았다. 가느다란 손가락 끝에서 느껴지는 상자 끝의 존재감은 정말이지 대단했다.

열쇠?

안에 담긴 내용물을 확인한 일홍이 고개를 들어 준서를 바라봤다.

"이게 뭐야?"

준서는 숨을 크게 들이마시고는 말했다.

"집 열쇠."

"집 열쇠? 한남동 집 열쇠?"

일홍의 물음에 준서는 고개를 가로저었다.

"아니, 너랑 나랑 처음 키스했던, 그 하얀 주물 대문이 있는 집 열쇠."

누군가에게 세게 얻어맞은 것처럼 머릿속이 핑그르르 돌았다.

엄마와 아빠와 살던…… 그 집 열쇠라고?

"맞아. 너희 집 열쇠."

"이걸 왜?"

준서는 천천히 유리창 밖으로 시선을 돌렸다.

"너희 집이었으니까."

고맙다고 해야 할지, 받을 수 없다고 해야 할지 확신이 서질 않았다.

"일홍아. 전부 찾아 줄게."

"뭘?"

"네가 잃어버렸던 거…… 찾을 수 있는 건 다, 전부 되돌려 줄게."

마치 용서를 구하는 이처럼 준서의 표정은 비장했다.

"안 그래도 돼, 난."

어쩐지 속마음을 내비치자니 얼굴이 간질거렸다. 그런데 필요 이상의 노력을 하려고 하는 준서를 말려야 할 것만 같았다.

"난 너만 있어도 돼."

비장했던 얼굴이 사르륵 풀어지더니 다정한 미소가 떠올랐다.

"그건 당연하고. 이제 나가자."

일홍은 준서의 손을 꼭 붙들고 레스토랑을 나섰다. 뒤를 따르며 바라본 준서의 어깨가 무슨 까닭인지 무거워 보였다. 마치 엊그제, 잔디밭에 서서 바닥을 내려다보고 있던 그 모습처럼. 일홍은 준서의 손을 잡은 손에 힘을 주었다. 생각해 보니 고맙다는 말도 전하지 않은 것 같았다.

"고마워……. 이거 내가 어떻게 갚지?"

일홍의 물음에 준서는 나지막이 대꾸했다.

"무슨 일이 있어도, 내 옆에 있기만 하면 돼."

준서의 목소리가 이리저리 흔들렸다. 밝아진 듯했다가 불안한 모습을 언뜻 내비치는 모습에 심장이 저며 왔다. 분명 무슨 일이 있는 것 같은데, 그게 무엇인지 알 수 없어서 일홍은 한숨만 삼킬 뿐이었다.

*　　　*　　　*

준서의 집에서 지낸 지 벌써 일주일이 넘어가고 있었다. 그러지 않아도 된다고 하는데도 준서는 일홍을 가게까지 태워다 주고 출근했고, 퇴근도 꼭 그녀가 끝나는 시간에 맞춰서 했다.

가끔 준서가 늦는 경우에는 대신 그가 보낸 사람이 와서 일홍을 집에 데려다주곤 했다. 호사도 이런 호사가 없었다.

그리고 며칠 전부터는 집안일을 해 주는 도우미 아주머니도 오시기 시작했다. 빨래를 해서 옥상에 있는 건조대에 널고 있다가, 온 집 안을 다 뒤지고 찾아다녔다며 준서가 사색이 되어 옥상으로 올라왔던 바로 다음 날부터였다.

그래서 빨래를 할 필요도 없었고, 음식을 할 필요도 없었고, 하다못해 물 컵 하나 닦을 일도 없었다. 일을 마치고 돌아온 준서는 일홍의 어깨를, 다리를, 목을 주무르며 묻곤 했다.

"가게 일 안 힘들어?"

"힘들 때도 있긴 한데 재미있어."

"서재에 책 많은데. 네가 좋아했던 작가들 책도 많아. 에밀리 브론테 좋아했잖아."

"내가 그랬나? 기억도 안 난다."

자꾸만 과거 어딘가를 더듬으며 미안한 표정을 짓는 준서가 신경 쓰여서 일홍은 그저 기억나지 않는다며 얼버무리곤 했다.

점심 식사를 마치고 가게로 돌아가던 일홍은 어떻게 하면 불안해하는 준서를 다독일 수 있을까 고민했다. 잠가 놓았던 가게 유리문을 열고 들어섰는데, 바닥에 서류 봉투 하나가 떨어져 있었다.

가끔 고지서나 우편물이 분실될까 봐 유리문 밑으로 밀어 넣고 가는 경우가 있었기에 일홍은 발신인이 누구인지 확인조차 하지 않고 서류 봉투를 뜯어 보았다.

삼나무 테이블에 자리를 잡고 앉은 일홍은 서류 봉투에서 꺼낸 A4용지들을 그대로 테이블 위에 올려놓은 채 믹스 커피를 한 잔 탔다. 뜨끈한 커피를 한 모금 머금고 좀 전에 테이블 위에 올려 두었던 A4용지를 살펴보았다.

심드렁했던 일홍의 얼굴이 굳어 갔다.

임도문, 어디선가 들어 본 이름.

아, 그 사람.

그의 회사 명의로 되어 있는 통장 거래 내역 사본이 그곳에 들어 있었다. 열람용 등기부 등본과 부동산 계약서 사본을 마주하자 심장이 쿵쾅거렸다.

일홍은 다시 통장 사본을 살폈다. 입금 내역 옆에는 누군가가 적어 놓은 듯한 메모가 있었다.

'장비 구매 대금 90%'라 쓰인 곳 옆에는 천 교수 집 대금이라는 메모가,

'1분기 Service Charge'라고 쓰인 곳에는 일홍이 월세집 구입비라는 메모가,

'2011년도 Labor Charge'라고 쓰인 곳에는 빌라 재건축 작업비라는 메모가 적혀 있었다.

첫 번째 시기, 집에서 쫓겨났고,

두 번째 시기, 월세집이 갑자기 팔려 길에 나앉았고,

세 번째 시기, 반전셋집이었던 곳이 갑자기 재건축이 된다며 주인은 일홍을 내보냈었다.

그 모든 일이 우연이 아니라고 서류는 말하고 있었다. 일홍은 마치 서류를 보지 못한 것처럼 다시 봉투 안으로 집어넣으려 했다. 그런데 그곳에서 명함 한 장이 삐져나왔다.

임도문. 전화를 해 봐야 할까, 말아야 할까.

일홍은 명함을 앞에 두고 한참을 고민했다. 날이 어두워졌

는데도 간판불을 켜는 것조차 잊은 채 오도카니 테이블 앞에 앉아 있었다. 오랜 시간 망설이던 일홍은 충동적으로 휴대전화를 집어 들었다.

짧은 신호가 몇 번 가고 남자의 목소리가 들려왔다.

—어디십니까?

"천일홍인데요."

탄식 어린 한숨이 수화기 건너편에서 들려왔다.

—잘 지냈니. 그동안은 나도 일이 없어서, 네가 잘 지낼 거란 생각은 했다. 한 번 엮이고 말겠지 했는데 그 노인네가 그렇게 질기고 모질 거라는 생각을 못 했다. 용서해다오. 요즘 그 손주 녀석하고 만난다고 들었다. 그 녀석이 널 많이 아끼는지, 나한테 사람을 붙였더구나. 녀석이 너라면 죽고 못 산다고 노인네가 널 그렇게 괴롭혔지.

미안함을 연기하는 듯한 남자의 목소리에 일홍은 두 눈을 꼭 감았다.

—그래서 부탁이 있는데, 그 친구한테 내 얘기 좀 잘해 주지 않으련? 뭐, 그 친구 어려울 때 내가 도울 수도 있는 거고 말이다. 꼭 좀 부탁……

일홍은 남자의 말을 듣다 말고 전화를 끊어 버렸다. 신물이 올라왔다. 그렇게 괴롭혀 놓고 부탁이라는 것을 하는 남자의 뻔뻔함에 한숨이 비어져 나왔다. 일홍은 삼나무 테이블 서랍을 열고 서류를 쓸어 넣었다.

아무것도 생각하고 싶지 않았다. 이마를 짚으며 테이블에 기대려는 찰나, 유리문이 열리는 소리가 들려왔다.

"어디 아파?"

하필 이런 순간에 들려온 목소리는 걱정스러운 얼굴을 하고 있는 준서의 것이었다.

"아니, 괜찮아."

"얼굴이 많이 안 좋은데?"

준서가 성큼성큼 다가와 이마를 짚으며 말했다.

"열은 없네."

병날 만도 하지. 그리 중얼거린 준서는 시키지도 않았는데 가게 안을 정리하기 시작했다.

준서야, 너 혹시 알고 있었어? 그래서 나한테 다 돌려주겠다며, 미안해한 거야?

일홍은 평소보다 더 분주히 움직이는 준서의 모습을 물끄러미 바라봤다.

"간판불도 안 켜고 있었네. 많이 바빴어? 오늘 힘들었어?"

준서는 일홍의 핸드백을 들며 고개를 비스듬히 기울여 그녀의 얼굴을 살폈다. 언제나 푸근했던 준서에게서 나는 우디향에 일홍은 시선을 피해 버렸다.

"아니."

"진짜, 어디 안 좋은 것 같은데? 왜 그래?"

준서의 얼굴에 걱정이 어렸다. 일홍은 가만히 고개를 돌려 그를 바라봤다.

"준서야."

"응, 말해."

"할머닌 어떻게 지내셔?"

갑작스러운 물음에 당황했는지 준서의 얼굴이 어색하게 굳어졌다. 그동안 입 밖으로도 내기 어려웠던 존재에 대한 질문을 던지는 일홍의 심장은 가슴이 뻐근해질 정도로 쿵쾅거리고 있었다.

"좀 안 좋으셔."

"좀 어떻게 안 좋으신데?"

"알츠하이머야. 본인이 누군지도 모르셔."

준서는 작게 한숨을 내쉬고는 말을 이었다.

"할머니께서 일군 회사라서⋯⋯. 그렇게 되셨다고 하면, 회사에 안 좋을 것 같아 대외적으로는 그냥 몸이 편찮으셔서 잠시 요양 중인 걸로 되어 있어."

"그래서 네가 대표가 아니라 대표 대행이라고 했던 거야?"

일홍의 물음에 준서는 고개를 끄덕였다. 일홍의 입에서 한숨이 비어져 나오자 준서의 눈빛이 흔들렸다.

"할머니는, 갑자기 왜 물어?"

"너랑 같이 지내고 있는데…… 너 키워 주신 분이잖아."

분명 부정할 수 없는 사실이었다. 그 사람이 준서의 할머니라는 것 말이다. 일홍의 대답으로 준서의 얼굴에는 어느 정도의 안도감이 어리는 것 같았다.

"가자, 집에."

일홍은 고개를 끄덕이며 준서를 따라 가게를 나섰다.

집으로 향하는 내내 일홍은 말이 없었다. 그저 묵묵히 앞 유리창만을 응시하는 얼굴에는 아무런 감정도 실려 있지 않았다. 시선도 앞을 향해 있기만 했지, 허공 어딘가에 머무는 듯 멍했다. 운전대를 잡은 준서의 손에 땀이 배어났다.

주차를 한 뒤 운전석에서 내린 준서는 평소와 같이 조수석 문을 열어 주었다. 그런데 무슨 깊은 생각에 빠진 건지 일홍이 미동도 없이 가만히 앉아 있었다.

"다 왔는데……."

"어? 어."

혼이 나간 사람처럼 대꾸한 일홍은 조용히 한숨을 내쉬며 차에서 내렸다. 마치 귀신이라도 본 듯한 그녀의 얼굴에 준서는 서서히 겁이 나기 시작했다.

무슨 일인지 판단을 내릴 수 없었지만, 무슨 일인지 묻는 것조차 겁이 나 그저 저녁 내내 조용한 일홍의 모습을 지켜

보기만 했다.

원래 입이 짧은 탓에 많이 먹지도 않는 일홍이 오늘따라 유난히 더 밥을 먹는 둥 마는 둥 했다.

"그때 그 아귀찜 먹으러 갈까, 내일은?"

"어?"

"아귀찜. 너 그건 잘 먹었잖아."

"어."

짧은 대답만 탄식처럼 흘러나올 뿐이었다.

샤워를 마치고 나온 일홍은 침대에 몸을 누이며 피곤하다고 했다. 마치 절대 옆으로 다가오지 말라고 말하는 사람처럼 말이다.

"어디 아픈 건 아니고?"

"안 아파. 그냥 좀 피곤해."

"일홍아."

그녀를 부르는 목소리가 한없이 떨렸다.

"무슨 일, 있었어?"

일홍은 베개에 댄 머리를 가로저었다. 어쩐지 목소리도 내고 싶지 않아 하는 것 같았다. 준서는 붉은 뺨에 입을 맞추기 위해 슬쩍 고개를 들었다. 그러자 일홍은 다가오는 그를 피해 슬쩍 돌아누웠다.

"자고 일어나면 괜찮아질 거야."

마치 다가오는 준서의 입술을 보지 못했다는 듯이 일홍은 나른하게 속삭였다. 불안함에 손끝이 떨려 오는 것만 같았다. 그녀의 뺨에 닿지 못한 입술이 바짝바짝 말랐다.

준서는 손을 뻗어 일홍의 허리를 끌어안으며, 그녀의 마른 등에 자신의 가슴을 밀착했다.

"덥다, 좀."

일홍은 준서의 손을 풀어내며 그리 말했다.

"창문 좀 열까?"

"그럴래?"

준서는 리모컨을 눌러 전동 스크린을 아주 조금 걷어 낸 뒤, 한 뼘도 되지 않게 창문을 열었다.

"잘 자, 준서야."

잘 자라는 인사가 참으로 어색했다. 서로 몸을 섞다가 지쳐 잠이 들거나, 아니면 몸을 섞고 난 후 오랫동안 서로의 머리카락과 맨살을 보듬다 잠들던 둘이었다.

그런데 오늘 일홍은 지금껏 한 번도 그런 적 없었던 이처럼 굴었다. 준서는 등을 매트리스에 바로 대고 누운 뒤, 까만 천장을 바라봤다. 갑자기 두려운 생각이 한꺼번에 밀려와서 심장을 조였다.

환한 달빛에 밤의 그림자가 길게 늘어졌다.

새벽녘이었다. 스트레스가 많을 땐 잠을 자는 버릇이 있는 일홍이었기에 곧바로 잠이 들기는 했지만, 또 그 스트레스 때문에 새벽이면 잠에서 깨는 버릇이 있기도 했다. 가만히 눈을 떠서 귀를 기울이는데, 규칙적인 준서의 숨소리가 들려왔다.

잠들었구나.

준서가 잠들었다는 생각이 들자, 일홍은 충동적으로 몸을 일으켜 드레스 룸으로 향했다. 빛이 새어 나갈까 싶어서 휴대전화 화면 불빛을 비춰 가며 자신의 옷을 찾았다. 준서가 들여놓은 호화찬란한 것들이 아닌, 이 집에 들어올 때 입고 왔던 아주 수수한 옷 말이다.

청바지에 무릎까지 오는 긴 니트, 거기에 면으로 된 재킷을 걸친 일홍은 세탁실 쪽으로 난 문을 열고 부엌을 지나 회랑을 걸어 1층으로 내려갔다.

대문으로 향하기 전 그녀는 준서가 사라졌던 그 밤, 그가 서 있던 곳으로 시선을 돌렸다.

그러고는 충동적으로 발걸음을 옮겨 갔다.

그랬던 거야. 넌 여기 서 있을 때, 다 알았던 거야. 그래서 그런 표정을 하고 있었던 거야.

갑자기 눈물이 주르륵 뺨을 타고 흘러내렸다. 흐느끼는 울음소리를 감출 수가 없었다. 호흡이 가빠지기 시작하더니 한 두 줄기씩 흐르던 눈물이 여러 갈래로 흩어졌고, 흐느낌은 통곡이 되었다.

그날 복잡한 얼굴로 자신을 내려다보던 준서의 얼굴이 자꾸만 떠올라서 가슴이 아파 왔다. 가슴속에 있는 심장이 베인 듯 쓰라렸다. 쥐어뜯어 빼내어 버리고 싶을 만큼 치미는 고통에 일홍은 왼쪽 가슴을 움켜잡았다.

한참을 목 놓아 울다가, 일홍은 아무것도 들려 있지 않은 빈손을 바라봤다. 어딘가를 떠나야 할 때면 일홍의 손에는 항상 엄마, 아빠의 사진과 앨범, 그리고 보석함이 들려 있었다.

떠나고 싶지 않은 거지……. 그걸 다 알면서도 못 떠나겠는 거잖아.

바보 같은 모습에 또다시 울음이 터져 나왔다. 고통스럽게 살아온 10년의 세월보다, 부모님을 여읜 후 그런 할머니 손에 자란 준서의 삶이 더 안타까웠다.

내가, 내가, 널 어떻게 미워해.

눈물이 마르질 않았다. 일홍은 땅바닥을 향해 떨군 시선을 어찌하지 못하고 힘없이 걸었다. 그러다 문득 어둠에 휩싸인 필로티를 바라봤는데, 검은 인영이 눈에 들어왔다. 그도 일홍을 발견했는지, 천천히 빛이 서린 마당으로 걸어 나왔다.

호박색 등 빛이 닿은 준서는 애써 미소를 머금는 듯했다.

그러고는 양팔을 옆으로 벌려 보였다. 더 다가오지도 않고 그렇게 서 있는 모습을 일홍은 가만히 응시했다.

천천히 움직이는 발걸음은 멈추지 않고 그를 향해 가고 있었다.

마침내 준서 앞에 섰을 때, 단단한 팔이 일홍을 끌어안았다. 준서는 가만가만 등을 다독였다. 일홍은 넓은 가슴에 얼굴을 묻고 한참을 울었다. 너무 울어서 목이 아파 올 만큼 오랫동안.

울음소리가 잦아들자 준서의 목소리가 들려왔다.

"들어가자."

그리 말하는 목소리에서 물기가 느껴졌다.

일홍을 품에 안은 채 집 안으로 들어선 준서는 그녀를 침대 위에 앉히고는 면 재킷을 벗겨 주었다.

"준서야."

울음에 막힌 일홍의 목소리는 탁했다. 준서는 시선을 맞추지 못하고, 일홍의 앞에 무릎을 꿇은 채 그녀의 손을 만지작거리고 있었다.

"응?"

둘 다 더 이상 아무런 말도 하지 못했다. 한참을 그렇게 바보같이 앉아 있다가, 먼저 입을 연 이는 준서였다.

"왜, 안 갔어?"

조심스러운 물음에 심장이 시큰해졌다.

"못 갔어."

울음이 잔뜩 섞인 대답에 준서는 겨우 고개를 들어 일홍을 바라봤다.

일홍은 손을 뻗어 그의 뺨을 작은 손으로 보듬었다. 그 손길에 준서는 두 눈을 꾹 감고는 흠 하고 숨을 멈추었다.

"너 두고 못 가겠어서."

"하아."

내내 바닥에 무릎을 대고 있던 준서가 몸을 일으켜 일홍을 끌어안았다.

"일홍아."

"아까, 가게에 어떤 서류가 왔어. 임도문이라는 사람이랑 통화했는데."

준서의 단단한 팔에 힘이 들어가는 게 느껴졌다.

"나, 다 알겠는데, 다 알아 버렸는데, 근데."

"미안해, 일홍아."

미안하다 말하는 준서의 목소리에 일홍은 고개를 저으며 짜증을 부렸다.

"네가 왜 미안해. 네가 잘못했어? 너 나한테 이렇게 평생 미안해할 거야? 너 나한테 미안해서 잘해 주는 거야? 단지 그거야? 어?"

커다란 손이 뺨을 감쌌다. 준서는 일홍에게 이마를 맞댄 채로 여러 번 고개를 가로저었다.

"아니, 아니야. 일홍아. 그런 거 아니야."

"그럼, 나한테 미안하다는 말 하지 마, 앞으로. 고맙다는 말도 하지 마! 나도 너한테 고맙다는 말 안 할 거야. 너, 너……그러니까."

일홍은 울음을 꾹 삼키며 말을 이었다.

"하나도 안 밉단 말이야. 한 개도 안 미워. 네가 그런 거 아니잖아!"

"일홍아……."

"네가 나한테 미안해하면, 그래서 그렇게 힘들어하면, 내가 어떻게 네 옆에 있어? 어디 가지 말고 있으라며! 그럼, 미안해하지 마."

"사랑해, 일홍아."

마치 말을 잃은 사람처럼 일홍은 입만 벙긋거렸다.

"사랑해. 사랑해서 잘해 주고 싶은 거야. 사랑해서 아무 데도 가지 말라고 한 거야. 사랑해서 내가 너한테 미안했던 거야. 미안해서 잘해 주는 게 아니라."

준서는 마치 일홍에게 말을 가르치는 것처럼 천천히 또박또박, 분명하게 말했다. 뚝 그쳤던 울음이 다시 터져 나왔다. 흐느끼는 일홍을 준서가 꼭 끌어안았다.

"모르게 하고 싶었어. 정말 모르게 하고 싶어서, 말 안 했어. 평생 네가 몰랐으면 했어. 네가 알게 되면 날 미워할까 봐. 그래서…… 그래서 떠날까 봐."

그 말에 일홍의 흐느끼는 소리는 더 커졌다.

"알아도 안 가잖아. 못 가잖아. 너를 두고 내가 어떻게 가."

일홍의 울음소리를 듣고 있던 준서는 그녀의 정수리에 입을 맞추며 물었다.

"가려고 그런 거 아니었어?"

그 물음에 일홍은 대답을 하지 못했다.

사실 드레스 룸으로 발걸음을 옮길 때는 당장 어디론가 사라지고 싶은, 그래서 준서의 가슴에 상처를 입히고 싶은 충동도 있었다. 하지만 겨우 마당까지 나섰는데 겁이 나고, 걱정되었다.

오갈 때 없이 나앉은 자신의 처지가 아니라, 텅 빈 집에 홀로 남겨질 준서가.

"산책하려고 한 거야."

"이 시간에?"

준서의 얼굴에 미소가 번져 갔다. 아주 잠시라도 떠나려는 마음이 들었다는 사실에 미안해져서 일홍은 말도 안 되는 핑계를 대고 있었다.

"나 깨우지 그랬어."

"네가 알아서 나왔잖아, 나 찾으러."

준서는 눈을 가늘게 뜨며 일홍을 나무라듯 바라봤다.

"옷 갈아입고 와. 눕자. 아님, 그냥."

"갈아입고 올게."

일홍은 곧장 욕실로 가서 어푸어푸 소리가 나도록 차가운 물로 세수를 하고, 드레스 룸에 가서 보드라운 실크 잠옷을 꺼내 몸에 걸쳤다. 그러자 한숨이 후드득 새어 나왔다.

바닥까지 떨어져 버리고 말았다는 한숨이 아니라, 이제 바닥을 치고 올라가야 한다는 다짐이 어린 커다란 숨이었다.

침대로 다가가자 잠옷 차림의 준서가 일홍을 반겼다.

일홍은 준서의 팔을 베고 누워 단단한 가슴에 얼굴을 묻었다. 우디향은 다시 향긋해져 있었다.

"도우미 아주머니는 일주일에 세 번만 오시라고 해. 빨래랑 청소만 도와달라고."

"요리는? 직접 하게?"

"응."

"시키기 싫은데?"

가슴에 얼굴을 묻고 있던 일홍이 도끼눈을 하고는 준서를 노려봤다.

"또 그런다!"

"아니, 미안해서가 아니라."

"어쨌든 그렇게 해. 밥은 내가 할 거니까."

"또?"

"소파."

"이제 무릎에 안 앉을 거야?"

"봐서."

떠나려 했던 일홍을 붙잡아 왔을 때보다 준서의 한숨이 더 깊어졌다.

"가게는 오전엔 안 나가고, 오후에만 잠깐 나갈 거야."

"오전엔 뭐하게?"

"뭐, 늘어지게 자든지. 요리 연습이나 좀 해 보든지."

준서가 피식 웃었다. 한바탕 난리를 치고 웃는 웃음이어서 그런지 듣기가 더 좋았다.

"네가 나 먹여 살릴 거 아냐?"

일홍의 물음에 준서의 표정이 밝아졌다.

"천일홍, 요즘은 맞벌이가 유행이야."

"오후에 가게 나갈 거라니까?"

뾰로통한 일홍의 목소리에 준서의 웃음소리가 짙어졌다.

"일홍아."

"응."

"너, 그거 기억해?"

"뭘?"

준서는 일홍의 보드라운 목덜미에 입술을 묻은 채 속삭였다.

"내가 열한 살 때, 집에 가면 무서운 방에서 나 혼자 자야 한다고 하니까."

"그러니까?"

"네가 나한테 '그럼 우리 집 가서 앞으로 나랑 같이 잘래?' 하고 물어봤던 거."

"내가 그랬나? 아! 그랬던 것 같기도 하다. 너 학교 끝나고 집에 가면서, 갑자기 막 울던 날?"

준서는 고개를 끄덕였다.

"그러고 보니 같이 살자고 꼬신 건 천일홍이 먼저네?"

너스레를 떠는 준서의 말에 일홍은 기가 막힌다는 표정으로 그를 노려보았다.

"야, 어릴 때 순수한 마음에 그런 거지. 그건 곡해다."

"그럼 이건?"

"뭐가 또?"

뾰로통해진 목소리로 되묻는 일홍의 이마에 준서가 슬쩍 입을 맞췄다.

"이것도 열한 살 때 일인데, 내가 그때 너보다 작았잖아."

"그랬지, 그땐 내가 너보다 쬐끔 더 컸지."

"너, 내가 너보다 더 크면 나한테 시집오겠다고 했던 거 기억나?"

심장이 크게 울렸다.

"그랬던 것 같네."

"나 너보다 훨씬 커진 지 오래됐다?"

"그럼, 진작 갔어야 했네?"

일홍의 능청스러운 질문에 준서는 피식 웃음을 터뜨렸다.

"될 수 있는 한 빨리, 하자."

일홍은 고개를 슬쩍 끄덕였다.

"나 사실 그 열쇠 주던 날, 청혼하려고 했었다?"

"알아."

"알아? 어떻게?"

"치. 너 그날, 은근히 티 났어."

"근데 왜 안 했게?"

"몰라."

"집 담보로 청혼하는 게 너무 속보이는 것 같아서."

키득거리는 웃음이 두 사람의 입에서 동시에 터져 나왔다. 끔찍했던 지난날의 일들이 밝혀졌음에도 마음은 더 끈끈해진 기분이었다.

서로를 잃는 것보다 더 끔찍한 일은 없으니까.

다만, 서로가, 서로가 될 수 없음이 안타까울 뿐이었다. 민준서가 천일홍이 되지 못하고, 천일홍이 민준서가 되지 못하는. 이렇게 가까이 있는데도, 더 다가갈 곳이 없음에. 서로의 가슴속에 이렇게 깊이 자리 잡았는데도, 온전히 그 사람이 되고 싶은 마음에.

둘은 서로를 꼭 끌어안았다.

chapter
14

　좁은 골목길, 가정집을 개조해 만들었다는 한정식집 안은 고요했다. 일홍은 곱게 빚은 도자기 컵에 담긴 미지근한 옥수수차를 한 모금 머금었다.

　"휴우."

　또다시 한숨이 새어 나왔다.

　"긴장돼?"

　"응."

　고개를 끄덕이자 준서는 일홍의 등을 가볍게 토닥거렸다.

　"걱정 마."

　일홍이 다시 고개를 끄덕이며 숨을 골랐다. 비어 있는 맞은편 자리에 앉을 이들, 이렇게나 일홍을 긴장시키는 이들은 재희와 정식이었다. 좋은 사람이 생겨서 보여 주고 싶다는 말에, 둘은 이곳 한정식집에서 보자고 했다.

밥은 일홍이 사겠다고 하는데도 재희는 자기네가 밥을 사야 할 이유가 있다고 했다.

대체 무슨 이유? 혼자 우울하게 살던 친구가 시집간다니까 고맙나?

삐거덕, 하고 식당의 나무 대문이 열리는 소리가 들려왔다.

"애들 왔나 보다."

준서는 귀한 손을 맞는 사람처럼 옷매무시를 고쳤고 일홍은 마른침을 꿀꺽 삼켰다.

재희가 제발 화내지 않기를, 준서에게 심한 말을 하지 않기를…….

두 사람에게 준서를 소개하기 전에 뭐라 언질이라도 주고 싶었건만 그럴 기회가 없었다. 또다시 한숨이 불거져 나오려는 찰나, 드르륵 나무 미닫이문이 열렸다.

"어, 벌써 와 있었네? 우리도 서둘렀는데."

문밖에서 그리 말하는 재희의 목소리가 들려왔다.

"금방 왔어. 우리도."

그런 재희에게 준서가 너무도 자연스럽게 대꾸했다.

"이여, 오랜만이다. 민준서?"

얼굴을 붉히며 노발대발할 줄 알았던 재희는 준서를 보며 빙그레 웃었다. 일홍은 인사를 건네지도, 아는 척을 하지도 못하고 입만 벙끗거렸다.

"아이고, 우리 이롱이롱이는 아직도 내가 모르는 줄 알아줘요? 기집애."

눈을 가늘게 뜨며 흘겨보는 재희를 바라봤다가, 그저 웃음만 머금고 있는 준서를 멍하니 바라보는 일홍에게 정식은 가엽다는 듯이 말했다.

"우리 재희가 보통 눈치냐? 진작 알았지. 사실 준서한테 연락처 전해 주던 날, 재희가 준서한테 짜증 왕창 내고 갔거든."

"아."

탄식처럼 이제야 알겠다는 듯한 대답이 일홍의 입에서 흘러나왔다.

"일단 앉자."

웃음기 어린 준서의 말에 네 사람은 푹신한 방석 위에 올라앉았다.

"이렇게 보는 게 대체 얼마 만이야?"

"수능 끝나고 우리 넷이 영화 보지 않았어? 뭐였더라? 브루스 윌리스가 귀신인 영화."

"아니지, 그건 그전에 개봉한 거 아냐?"

"아! 우리 수능 끝나고 한강에서 맥주 마시다 얼어 죽을 뻔한 게 마지막인가?"

"어, 맞아."

네 사람의 얼굴에 저마다의 추억이 어렸고 미소가 머물렀다.

"그때 고마웠어. 준서야."

고맙다 말하는 재희에게 준서는 겸연쩍은 얼굴을 하며 고개를 가볍게 내저었다. 멍한 표정을 하고 있는 일홍을 향해 재희가 새초롬한 표정을 지었다.

"준서야, 우리 이롱이롱이 얼마나 깜찍한지 몰라. 내가 막 다 눈치 까고 '너 만나는 남자 부자니?' 하고 물었더니, 당황 안 한 척하려고 무지 애쓰더라."

"어우, 야아."

일홍은 재희를 나무라는 듯 입술을 삐죽거렸다.

"그러게, 눈치 빠른 척은 혼자 다 하면서 좀 둔하기도 해. 그게 우리 일홍이 매력이지, 뭐."

"세상에, 매력이래. 민준서, 말하는 것 좀 봐. 어쨌든 그때 항공권도 고마웠고, 그래서 밥은 우리가 사겠다고 한 거야. 여기 엄청 맛있어."

정식은 고맙다는 얼굴로 빙그레 웃었다.

오랜만에 만난 연인, 그만큼이나 오랜만에 모인 친구들, 그리고 그 속에서 흘러나오는 이야기들에 가슴속이 따뜻해졌다.

아픈 과거를 굳이 들추지 않아도 제 일처럼 아파하는 친구였고, 기쁜 소식을 속속들이 전하지 않아도 눈치채는 이들이었다. 사랑만큼이나 소중한 우정의 모임 앞에 일홍은 몇 번이고 목이 메어서, 계속 옥수수차를 들이켜야 했다.

"결혼은 언제 해?"

"너희 언제 시간 돼?"

"민준서, 너희 결혼을 왜 우리한테 묻냐?"

"하객이 너희밖에 없으니까."

준서의 대답에 재희와 정식은 당황하는 듯하다가 이내 미소를 머금었다.

"야, 언제든 돼. 민준서랑 천일홍이 결혼한다는데. 언제든 되니까 걱정하지 마."

"그럼, 다음 주 토요일에 우리 집으로 와."

"뭐, 준비하게?"

"아니, 그때 결혼하게."

목에 무언가 걸린 듯 정식이 켁켁거렸고, 재희는 그런 그의 등을 퉁퉁 치며 두 사람을 나무랐다.

"야, 성격 한번 급하다? 무슨 결혼을 다음 주에 해?"

"지체할 이유가 없으니까."

준서의 대답은 간단했지만 모든 걸 설명해 주는 듯했다.

식사를 마친 네 사람은 10여 년 전 얼어 죽을 뻔했던 그 한강으로 향했다. 그들이 들락거리던 편의점에는 예쁜 카페가 들어서 있었다.

"웨딩드레스는?"

재희의 물음에 일홍은 뜨거운 커피를 호호 불며 대답했다.

"그냥 간단히 맞췄어."

"근데 프러포즈는 받았어? 얼렁뚱땅 가는 거 아니야? 너 그거 되게 후회한다. 아, 프러포즈도 제대로 못 받고 결혼하다니 내가 미쳤구나. 이런 생각 든다니까?"

"뭐야, 정재희. 나는 너한테 프러포즈했잖아."

"아니이, 우리 자기는 했고, 이롱이롱은 착해 빠져 가지고 그냥 덜렁덜렁 넘어갔을까 봐 그러지."

닭살스럽게 '자기'라는 호칭을 써 가며 정식을 달래는 재희를 보고 준서는 뜨악한 표정을 지었다.

"했어, 준서도."

"했어? 어떻게? 민준서가 프러포즈는 어떻게 했을까아?"

재희의 물음에 일홍은 그저 미소를 머금었다. 커피 잔을 들고 있는 일홍의 왼손 네 번째 손가락에서 앙증맞은 반지가 반짝거렸다.

충동적으로 떠나려 했던 그 밤, 결혼하자는 준서의 말을 일홍은 프러포즈라고 여겼었다. 그런데 며칠 뒤, 준서는 뜻밖의 장소로 일홍을 데리고 갔다.

경기도 용인에 있는 요양원, 그곳에서 일홍은 스러져 가는 준서의 할머니를 만났다. 병원 마당에 있는 휠체어에 앉은 남궁 여사는 볕을 받으며 졸고 있었다. 심장이 쿵쿵 울렸다. 다시는 보고 싶지 않은 얼굴이었지만, 한번은 봐야지, 싶은 사람이었다.

"할머니, 저 왔어요."

준서는 무릎을 굽히고 남궁 여사의 얼굴을 바라봤다. 여사는 꾹 감고 있던 눈꺼풀을 겨우 들어 올리고는 준서를 응시했다.

"되련님, 오셨슈?"

여사의 질문에 준서의 얼굴에는 여러 감정을 담은 미소가 새겨졌다.

"네, 저 왔어요. 오늘은 뭐하셨어요?"

"애기씨 삐딱구두 닦아 놓고, 죙일 되련님 기다렸슈. 애기씨가 되련님 보고 잡다고 했구먼유. 2층 방에 계시대유."

기억의 어딘가를 헤매고 있는 듯, 여사는 계속 횡설수설했다. 어디선가 새소리가 끊임없이 들려왔고, 바람결에 아카시

아 꽃향기가 세 사람을 스치고 지났다. 준서는 일홍이 서 있는 곳을 가리키며 말했다.

"할머니, 오늘은 일홍이 데리고 같이 왔어."

여사는 고개를 돌려 일홍을 바라보더니 화들짝 놀란 표정을 지었다.

"아이고, 애기씨. 왜 내려오셨유. 되련님, 금방 올라가신대유."

그렇게 얕잡아 보고 괄시하던 이를 애기씨라 부르며 벌벌 기는 남궁 여사를 마주하자, 일홍의 마음이 무거워졌다.

"삐딱구두는유, 먼지 하나 없이 깔끔하게 닦아 놨구먼유."

"할머니, 애기씨 아니야. 일홍이야. 내가 제일 좋아하는 일홍이."

준서는 또박또박 말했다.

"나 일홍이랑 결혼할 거야, 할머니. 엄청 잘해 줄 거야. 내가 할 수 있는 한 최고로 잘해 줄 거야."

묵묵히 준서의 목소리를 듣고 있던 남궁 여사의 표정이 묘하게 변해 갔다.

"되련님, 우리 애기씨 잘 부탁한대유."

"응, 일홍이 내가 잘 데리고 살게요."

준서의 대답에 남궁 여사의 눈가에서 눈물이 흘러내렸다. 여사는 갑자기 손을 뻗어 옆에 선 일홍의 손을 꼭 잡았다.

"애기씨."

남궁 여사의 목소리가 덜덜 떨렸다.

"죄송하구먼유. 제가 되련님을 좋아했었구먼유. 그래서 가끔 되련님 오시면 부러 애기씨 없다고도 했구유. 애기씨 시집가문 내쫓길까 봐, 그러기도 했구먼유. 죄송해유."

누구에게 사과하고 있는지는 알 수 없었다. 다만 일홍은 죄송하다 하는 말에 뜨겁게 올라온 무언가를 꿀꺽 삼켰다.

서울로 돌아오는 차 안, 준서는 의사에게 들은 이야기라며 남궁 여사의 이야기를 털어놓았다.

"가끔 할머니가 정신이 돌아올 때가 있으셨대. 요즘엔 물론 거의 없지만."

빈농의 여섯째 딸로 태어나, 열두 살에 서울로 식모살이를 온 남궁 여사는 수십 가구를 돌아다니며 일을 했다고 했다.

그렇게 남의 입맛을 맞추다 보니 음식 솜씨가 좋아졌고, 그러다 식당을 열고, 느지막이 사업 수완 좋은 남편을 만나 한두 개씩 식당을 늘리다 보니 회사도 차리게 되었다고. 그런데 돈 좀 벌었다 싶으니 남편이 떠났고, 삶을 돌아볼 여유가 생겼다 싶으니 아들 내외가 떠났다며 여사는 한숨을 지었다고 했다.

그렇게 모질게 살고 싶지 않았는데, 살다 보니 모질어져서 돌이킬 수 없게 되어 버렸다는 말을 했다는 남궁 여사를 떠올리며 일홍은 한숨을 내지었다.

"알츠하이머가 시작된 게 십수 년 전이었을 거라고 하더라고."

일홍은 대답 없이 차창 밖을 바라봤다.

"일홍아."

"응."

"할머니를 용서해 달라는 말 아니야."

"그럼?"

짧은 되물음에 준서는 오른손을 뻗어 일홍의 손을 꼭 잡았다.

"이해해 달라는 것도 아니야."

"그럼?"

이번에는 울음기가 섞여 나왔다.

"이렇게 하면, 네 마음이 조금이라도 풀릴까 싶어서."

"하아."

한숨과 함께 울음이 터지고 말았다.

"거기 앞에 열어 봐. 안에 휴지 들어 있어."

일홍은 고개를 끄덕이며 조수석 앞에 달린 글러브 박스를 열었다. 그런데 안은 텅 비어 있었고, 주먹만 한 연보라색 상자가 하나 놓여 있을 뿐이었다.

"찾았어?"

흘러나오던 울음이 뚝 그쳤다.

"찾았으면 열어 봐."

일홍은 손을 뻗어 작은 상자를 손에 쥐었다.

"열어 봐."

가만히 상자를 들여다보고 있는 일홍을 준서는 자상한 목소리로 재촉했다. 심장이 쿵쿵 울렸다. 젖어 있는 뺨을 슥슥 닦아 낸 일홍은 소맷부리로 눈가를 찍어 내며 흐릿해진 시야를 맑게 했다.

연보라색 상자에는 은색 테두리가 둘려 있었고, 유리창을 통해 쏟아지는 햇살로 인해 반짝거렸다.

일홍은 침을 꼴깍 삼키며 천천히 상자를 열었다.

"반지네."

바보같이 헤헤 웃어 버리고 말았다.

"오구, 우리 천일홍은 울 때마다 반지 내밀어야겠네? 휴지로 닦는 것보다 효과가 더 좋은데?"

"치."

일홍은 이죽거리는 준서를 한 번 흘겨보았다.

"나랑 결혼하기로 한 거다? 죽을 때까지 네 마음에 드는 짓만 하면서 살게. 천천히, 하나하나 네 마음 풀리게. 하루하루 좋은 날을 쌓아 가다 보면 네 마음 완전히 풀리는 날이 오겠지."

또다시 눈가에 눈물이 고이고 말았다.

"끼워 줘."

주차장에 멈춰 선 차 안에서 준서는 물끄러미 일홍을 바라봤다.

"이거 끼면 이제 못 물러."

"걱정 마, 안 무를게."

"나 사실, 막 결벽증처럼 청소해."

"알아. 그런데도 우리 엄마, 아빠 사진 건져다 줬잖아."

일홍의 대구에 준서는 더 심각한 표정을 지으며 말했다.

"그리고 또, 사실 네가 생각했던 것보다…… 정력도 훨씬 세."

"어오, 진짜. 민준서!"

일홍은 아프지 않게 준서의 팔뚝을 때렸다.

"왜 이래? 좋으면서."

눈을 가볍게 흘기자 준서가 빙그레 웃으며 나지막이 속삭였다.

"이제 끼울 거야."

"응."

그렇게 일홍의 왼손 네 번째 손가락에 반짝반짝 빛나는 프러포즈 링이 끼워졌다. 반지를 끼운 손에 가볍게 입을 맞춘 준서는 더 보여 줄 게 있다며 일홍을 데리고 집 안으로 향했다.

먼저 거실. 그렇게 고집을 부리는 것 같더니만, 결국 커다란 소파가 놓여 있었다.

"와! 드디어 왔네, 소파?"

"생각해 보니까 소파도 할 만할 것 같아서."

"뭘? 아, 야!"

아프게 맞고도 웃어 버리는 준서 때문에 일홍도 어이없는 웃음이 터지고 말았다.

"부엌은 네가 꾸미고 싶은 대로 바꿔."

"부엌만?"

동그랗게 뜬 눈으로 바라보자, 준서는 포기했다는 듯 웃으며 대꾸했다.

"다 네 마음대로 해."

"엄, 그럼. 마당이 너무 휑해. 우리 마당에 피크닉 테이블 같은 거 놓자. 그리고 침실도 삭막해. 페인팅 다시 하자. 아, 거실에 그림 있잖아. 그거 너무 추상적이지 않아? 가끔 미친년 산발한 것처럼 보여서 깜짝깜짝 놀란다니까. 그리고 왜 노란 튤립이야?"

"그냥. 화사해 보이고 좋잖아."

"노란 튤립 꽃말이 헛된 사랑이래. 꽃은 내가 알아서 한다?"

"그러든지."

재잘거리는 일홍을 바라보며 준서는 웃음이 삐져나오려는 입술을 어찌지 못하고, 바보처럼 헤벌쭉 웃어 버렸다. 혼자서 완벽하게 통제하던 공간이 누군가의 손에 의해 무너져 가는 중인데도 말이다.

외로움을 감추려 그랬을 것이다. 누군가 발 들일 틈조차 마련하지 않으며 그리 완벽한 공간을 만든 것은.

그런데 이제는 그럴 필요가 없어져 버렸다. 함께할 공간에 대해 떠드는 일홍으로 인해 그간 결벽증 환자의 집처럼 보였던 곳에 생기가 돋아날 테니까.

"뭐야? 듣고 있어?"

"어, 들어."

"말해 봐. 내가 뭐라고 했는데?"

"수영장. 썬 베드 놓자고."

"아니거든!"

수영장에 대해 일홍이 뭐라고 하는 것 같았는데, 준서는 헤벌쭉 한 얼굴로 그녀를 바라보며 전혀 다른 생각을 하느라 제대로 듣지 못했다.

아, 천일홍. 프러포즈도 했는데, 이제 그만 침실로 가면 안 돼? 죽겠네, 정말.

"애 있으면 수영장 너무 위험해."

"뭐?"

당황 섞인 되물음에 일홍도 짐짓 당황한 얼굴로 말했다.

"아, 아니, 애 생기면, 혹시나 수영장 갔다가 빠지기라도 하면. 너무 깊어서. 문 공사를 새로 해야 할 것 같다고."

"그 애는 언제 생겨?"

뻔한 질문에 일홍의 미간이 찌푸려졌다.

"그 애는 어떻게 생기더라?"

일홍을 번쩍 안아 든 준서가 침실로 향했다. 그 순간 일홍은 자신이 알고 있는 것보다 훨씬 정력이 세다 했던 준서의 말이 새삼 두려워졌고, 동시에 준서는 대체 이 집에 몇 명의 아이들이 뛰어놀게 될까를 상상했다.

그렇게 프러포즈를 받고, 프러포즈를 한 날의 해가 저물었다.

일홍은 그날을 떠올리며, 커피를 한 모금 더 머금었다.

"뭐야아, 이롱이롱. 어떻게 프러포즈 받았는지 말 안 해 줄 거야?"

재희의 채근에 일홍은 그저 미소를 머금을 뿐이었다.

"뭐 은밀하게 했나 보지. 왜 자꾸 물어, 곤란하게."

"어우. 암튼 생각하는 거 하고는, 야, 준서는 안 그러지? 우리 신랑은 정말 어떨 때 보면 기승전 그거야."

목소리를 낮춘 재희의 말에 일홍은 픽 하고 웃음을 터뜨렸다. 커피 잔으로 입가를 가리는 척하며 일홍은 재희에게 입 모양으로 속삭였다. 얘도 그래, 라고.

"어머! 웬일이야!"

"아이고, 아줌마들. 적당히들 하셔. 남편들 앞에 앉혀 놓고 진짜."

정식의 핀잔에 재희는 아랑곳하지 않고 속삭였다.

"나 장어즙 잘 내는 집 아는데, 알려 줘?"

"나 그거 먹으면 우리 일홍이 죽는다."

준서는 일홍의 어깨에 손을 두르며 '그치?' 하고 물었고, 일홍은 '그만해, 저질들' 이라고 속삭였다.

"이롱이롱, 나 잠깐 손 씻으러 갈 건데."

"응, 가자."

"왜 여자들은 나이를 먹어도 화장실을 같이 가?"

핀잔에도 재희는 혀를 날름 내밀며 일홍을 데리고 사라졌다. 그런 둘을 보고 정식은 고개를 절레절레 내저었다.

"신혼여행은 어디로 가?"

"음, 영국."

"영구욱? 어디 남국도 아니고 영국?"

"어, 일홍이 보여 주려고."

"뭘 보여 줘?"

"일홍이 원래 영문학 공부하고 싶어 했잖아. 근데 대놓고

공부 얘기 꺼내면 자존심 센 천일홍 대번에 싫다고 할까 봐
서. 그래서 영국으로 가."

준서의 대답에 정식은 고개를 삐뚜름하게 기울이고는 물
었다.

"천일홍 대학 보내려고?"

마치 자신이 그 대학을 못 가게 한 것처럼, 준서는 미안한
표정으로 고개를 끄덕였다.

"와, 이놈 자식. 하나는 알고 둘은 몰라요."

"뭘?"

"그래, 천일홍이 대학을 간다 치자. 새파랗게 젊은 놈들이
넘치는 델 보내고 싶어?"

"뭐?"

준서의 미간이 순식간에 좁아졌다.

"일홍이 되게 동안이다? 나이는 있는데, 여자가 능력도 좋
아. 와, 어린 남자애들 동경의 대상 아니야?"

"결혼할 건데 무슨 상관이야."

"요즘 애들 무서운 걸 모르네. 결혼했다고 하더라도 덤비
는 것들이 있어요. 그게 고결한 사랑인 줄 알고."

"난 일홍이 믿는다."

한편, 화장실을 핑계로 일홍을 불러낸 재희 역시 열변을
토하고 있었다.

"이미 할 거 다 했지만 그래도, 결혼해서도 말이야. 줄 듯 말 듯 애태우다가 줘야 한다? 역사는 밤에 이루어지는 거야. 베개 밑 공사에도 기술이 필요한 거거덩."

재희의 말에 일홍은 헛웃음을 터뜨렸다.

"째희, 너 진짜 아줌마 다 됐다?"

"어허이, 아줌마라니. 인생을 지혜롭게 사는 여인의 표본이지."

"그래, 뭐. 정식이가 너한테 꼼짝 못 하기는 하더라."

"그치? 초반에 잘 잡아야 한다니까."

"그래! 암, 초반에 잘 잡아야지, 봤지? 재희가 내 말이면 껌뻑 죽는 거?"

준서는 그랬나, 하는 표정을 지으며 정식을 바라봤다. 저 뒤에서 일홍과 재희가 키득거리며 다가오는 게 보였다. 준서가 으흠, 하고 헛기침을 하며 눈치를 주었는데도 정식은 계속 떠들어 댔다.

"어이, 마누라, 이리 와. 하면 바로 치맛자락 살랑거리며 달려오게 만들어야지."

"누가 달려와?"

자리에 앉으며 말간 얼굴로 묻는 재희에게 정식은 빙그레 웃으며 말했다.

"어, 그, 그 우리 빌라 근처에 사는 고양이 있잖아. 꼬리

살랑살랑하면서 오는 애."

"아, 개."

시치미를 뚝 떼고 말을 돌리는 정식의 모습에 준서는 픽
하고 웃음을 터뜨렸다.

잡긴 뭘 잡아, 꽉 잡혀 사는고만.

티격태격하는 부부를 바라보던 일홍과 준서는 서로의 손
을 꼭 붙잡았다. 똑 닮아 있는 부부의 모습에 웃음이 나오기
도 하고 가슴이 벅차오르기도 했다.

우리도 저렇게 닮아 가겠지?

이미 많이 닮아 있어.

그래도 부부는 닮는다니까, 살면서 더 닮아 갈 거야. 그치?

와, 우리 일홍이 나처럼 잘생겨지고 싶은 거야? 내 얼굴이
아무리 좋아도, 그럼 못 써.

어우, 진짜. 민준서 중증이야!

✳   ✳   ✳

햇살 담은 한강은 반짝반짝 빛났다. 하객이라고는 정식과
재희 두 사람만이 지켜보는 가운데 두 사람의 결혼식이 시작
되었다. 새하얀 원피스를 입은 일홍을 보자마자 재희는 울음

을 터뜨렸고, 정식은 말끔한 양복을 차려입은 준서에게 축하한다는 덕담을 건넸다.

주례도, 화려한 장식도 없었다. 부케를 든 일홍과 그런 그녀를 사랑스럽다는 듯 바라보는 준서가 짧게 쓰인 성혼 선언문을 읽어 내려갔다.

"부부가 되어 한평생을 행복하게 살겠습니다."

긴말이 필요 없는 순간이었다.

짧은 결혼식을 마치고 네 사람은 신혼집 거실에 모여 술잔을 기울였다. 축하의 인사가 오갔고, 또다시 선배 노릇을 하려는 정식과 재희의 강연이 이어졌다. 물론 정식과 재희가하는 말을 일홍과 준서는 반은 흘려듣고 있었다.

"에이, 재미없어. 우리 그만 가자."

"그러게. 지금은 콩깍지가 단단히 씌어서 그렇지. 나중에우리 말이 맞았다고 할 날이 올 거라니까."

저 둘은 저래서 부부인가 싶었다. 둘 다 초반 기선 제압에성공해 서로가 서로를 잡고 산다고 생각하니 기가 막혔다.그런데 다르게 생각해 보면, 서로가 서로를 그만큼 배려하고산다는 뜻이 되는 것 같기도 했다.

서로의 성격을 너무 잘 알아서, 싫어하는 행동은 삼가고,서로 어여쁜 것만 보려고 노력한다는 말. 배울 점이 아예 없지는 않았다며 일홍은 고개를 끄덕였다.

"간다. 잘해라, 친구. 평생을 좌우할 밤이다."

대문을 나서며 정식은 은근한 미소를 지었다.

"걱정 마라, 친구. 내 평생은 행복할 거다."

행복을 장담한다는 것은 어리석은 일일지도 모른다. 하지만 준서는 자신이 절대 어리석지 않다고 여겼다.

천일홍이 함께하는 한,

변함없는 나의 사랑인 이 아이가 함께하는 한,

충분히 행복할 테니까.

epilogue
01

스트레스 탓인지 준서는 집에 오자마자 곯아떨어졌다. 경제사범으로 구속된 임도문에 대한 2차 공판이 있던 날이었다.

임도문의 죄가 명백한 상황이어서 공판은 순조롭게 진행되고 있었지만, 준서도 참고인으로 출석해야 했기에 피곤한 하루였을 것이다.

일홍은 잠이 든 준서의 얼굴을 물끄러미 바라봤다. 결혼하고 1년, 준서는 그사이 대표이사 대행에서 대표이사가 되어 있었다.

남궁 여사가 회사 돈으로 범한 일을 스스로 밝히며 물러나고자 했으나, 그를 지지한 건 노조였다. 사람다운 일터를 만들겠다는 준서의 진심이 통한 거라고 비서실장은 말했다.

그사이 남궁 여사는 세상을 등졌다. 아주 추운 겨울날, 그녀는 준서에게 전화를 해 왔다.

—준서야, 그 애 찾거라. 이 추운데 어디 가 있을꼬.

준서는 아무런 대꾸도 하지 못하고 그저 휴대전화를 귀에만 대고 있었다.

—준서야, 듣고 있느냐?

그리 묻는 떨리는 목소리에 준서는 아주 작게 대답했다.

"찾았어, 할머니. 내 옆에 있어."
—좀 바꿔 주련?

마지막이라는 걸 알았는지도 모른다.
준서는 한숨을 폭 내쉬며, 아스라한 얼굴로 일홍에게 휴대전화를 내밀었다.

"네, 할머니."

—아가, 춥다. 따숩게 입고 다니거라. 우리 준서 허튼 거 먹이지 말고, 밥 잘 챙겨 먹게 해라. 할미가 곧 가마. 길이 좀 얼어서 차가 막힐까 염려되는구나.

"네, 조심히 오세요."

일홍은 그저 그렇게 대답할 뿐이었다. 비보가 들려온 건 새벽녘이었다. 어쩐지 예감이 좋지 않다며, 아침 일찍 요양원에 가 봐야겠다고 했던 준서는 걸려 온 전화를 받고 울음을 터뜨렸다.

"미안해, 일홍아."

"뭐가 미안해. 왜, 네가 울어서? 우는 게 당연하지. 너 키워 주신 분인데, 아무리 모진 분이셨어도 이렇게 가셨는데, 네가 안 슬퍼하면 누가 슬퍼? 가자, 얼른."

"넌 있어. 나만 갔다 올게."

"나, 손주 며느리야. 그리고 너 상 안 치러 봤잖아. 내가 있는 게 나아."

그렇게 둘은 차가운 새벽, 용인으로 향하는 차에 몸을 실었다.

3일간의 장례가 끝나고, 일홍은 그 허망한 인생이 불쌍하다고 했다.

"있잖아, 준서야. 따스한 사랑 제대로 못 받아 봐서, 그래서 그러셨을 거야. 모나면 누군가 둥글게 보듬어 줘야 하는데, 그런 사람이 없었던 거야. 외로우셨을지도 몰라. 그게 관심을 끌기 위한 방법이었을지도 몰라."

그리 말하는 일홍을 준서는 포근히 안아 주었다.

"천일홍. 이렇게 착해 빠져서 어떡하니. 넌 온갖 고생 다 했는데, 왜 못된 마음도 못 먹어."
"네가 있으니까."

일홍은 빙그레 웃으며 준서를 바라봤다. 그러곤 까끌까끌한 수염이 돋아난 준서의 뺨에 입을 맞췄다.

6개월 전 그 겨울만큼이나 누워 있는 준서의 얼굴은 안쓰러웠다.

안 그래도 된다고 하는데도, 준서는 일홍을 위한 싸움에 기꺼이 자신을 희생하고자 했다. 그렇게라도 해야 마음이 편하다는 준서였지만, 그런 그를 바라보는 일홍은 마음이 편치

만은 못했다.

　일홍은 준서의 뺨 위에 가볍게 입을 맞췄다.

　"으음."

　몸을 돌려 누우며 준서는 일홍을 끌어당겨 안았다.

　"안 자고 뭐해, 마누라?"

　"남편 얼굴 보고 있었지."

　"너무 잘생겼지?"

　픽 하고 웃음이 터져 나왔다.

　"어? 웃어? 아니야?"

　준서는 커다란 손으로 일홍의 허벅지를 쓸어 올렸다.

　"으음, 얼른 자. 내일 일찍 출근해야지."

　"내가 언제 출근 늦는 거 봤어?"

　"아니, 그건 아닌데, 그래도."

　"아, 내일 MT 간다고 했나?"

　"응."

　"잘 다녀와. 먹는 거 조심하고, 남자 새끼들 조심하고."

　영문학을 전공하겠다 했던 일홍은 금속공예학과에 입학했다. 10년 넘게 해 온 일을 손에서 놓을 수 없다며, 굳이 공부를 한다면 그쪽으로 파고들겠다는 것이 일홍의 뜻이었다. 준서는 일홍의 말이라면 무엇이든 찬성했기에 그러라고 했다.

　늦깎이 대학생이어서 걱정이었는데, 다행히 예대 쪽에는

뒤늦게 공부를 시작한 학생들이 여럿 있었다. 준서는 그런 일홍을 어린애 대하듯 안절부절못했다. 막상 대학을 보내 놓기는 했는데, 물가에 내놓은 애처럼 걱정이 되어서 미칠 노릇이었다.

정확히 짚어 말하자면, 여전히 곱고 예쁜 천일홍을 보고 누군가 침을 질질 흘리지는 않을까 하는 우려였다. 공예과 학생이면서 스스로 일군 공방을 가진 여자였고, 준서의 진득한 사랑 덕분인지 날마다 조금씩 더 예뻐지기까지 하니 누군가 눈독을 들이지 않는 게 이상한 일 아닌가?

"어디로 간다고 했지?"

"동강에 레프팅하러 간대."

"위험한 거 아냐?"

"걱정 마, 난 안 하려고."

"그래, 그럼."

한국에서 대학 생활을 해 보지 못한 건 준서도 마찬가지였다. 따라가고 싶은 마음이 굴뚝같았지만 밀린 업무가 많아 내일은 반드시 회사에 나가 봐야 했다.

"나 없는 동안 밥 잘 챙겨 먹어. 라면 같은 거 먹지 말고."

"라면이 어때서."

"할머님이 너 좋은 거 먹이라고 하셨단 말이야. 허튼 거 먹이지 말고."

정말 착해 빠졌다는 말 말고는 달리 표현할 말이 없는 천일홍이다.

"알았어. 걱정 마. 잘 챙겨 먹을게."

준서는 일홍의 목덜미에 입술을 비비며 크게 숨을 들이마셨다. 가슴을 가득 채우는 일홍의 체향은 언제나처럼 준서를 다급하게 만들었다. 커다란 손이 잠옷 속으로 들어가 팬티를 끌어 내리는 동안, 일홍 역시 준서의 잠옷 윗도리 안으로 손을 집어넣었다.

두 사람의 밤은 그렇게 한참 동안 부산스러웠다.

*　　　*　　　*

동강 근처 펜션에 도착하자마자 술판이 벌어졌다. 바비큐 통 위에서는 돼지 목살이 익어 갔고, 펜션 마당에 마련된 나무 테이블에서는 술자리가 무르익어 갔다.

하필 친하게 지냈던 일홍보다 나이가 두 살 많은 동기는 내일 아침이나 되어야 올 수 있다는 연락을 해 왔다. 그 언니 외에는 살갑게 말을 섞으며 지낸 과 친구가 없었고, 처음 참석하는 MT여서 여간 어색한 게 아니었다.

다른 동기들은 이미 끼리끼리 친해진 듯 보였다. 멀거니 앉아 있는데, 남자 선배 중 하나가 소주잔을 들고 일홍의 테이블 앞으로 다가왔다.

"어이."

"네?"

일홍의 앞에 앉아 있던 동기가 그 선배를 보고는 고개를
갸웃했다.

"저리 옮겨 가라고, 나 앉았던 자리로."

"아, 네."

선배 말이 법이라도 되는 양 남자 동기는 자리에서 일어나
쪼로로 달려갔다.

"후배님, 제 술 한 잔 받으시죠?"

"아, 네."

일홍은 어색하게 그가 건넨 술잔을 받아 들었다. 작은 소
주잔에 술이 넘치도록 차올랐다. 술을 따른 선배가 손을 까
딱하며 마시라고 채근했다.

술잔을 든 일홍이 한 방울 남기지 않고 목구멍으로 소주를
넘겼다.

"자, 후배님. 한 잔 더."

"네?"

되물음에 대답도 하지 않고 남자는 소주잔에 술을 따르기
시작했다.

맙소사, 오늘은 저쪽인가 보네. 용석 선배 찍으면 완전 골

로 보내지 않아? 주위에서 그리 속삭이는 소리가 들려왔다.

일홍은 용석 선배가 따라 주는 술을 연거푸 여섯 잔은 마신 것 같았다.

"자, 후배님, 나이 많다고 빼는 거 없기. 나도 후배님만큼이나 사회생활 하고 왔거든요."

"아, 네."

짧은 대답에서도 혀가 꼬부라져 버리는 것만 같았다.

"그리고 난 실제로 후배님보다 나이도 많을 것 같고."

"네, 네."

일홍은 준서보다도 훨씬 더 들어 보이는 외모를 한 용석을 멀거니 바라봤다.

"우리 후배님은 학교 후문에 공방도 있다며?"

"네."

"와, 멋지다."

게슴츠레한 눈으로 바라보는 모양새가 심히 부담스러웠다. 일홍은 어색하게 시선을 돌려 테이블 위에 올려놓은 휴대전화를 바라봤다. 누가 전화 안 하나, 싶은 순간 휴대전화 화면이 반짝거리며 부르르 진동하기 시작했다.

〈준서.〉

휘황찬란한 애칭보다, 일홍은 그의 이름이 훨씬 좋았다. 자기야, 여보, 하고 부르는 것보다 준서야, 하고 부르는 걸 준서도 더 좋아했다. 일홍은 양해를 구하고 전화를 집어 들었다.

"준서? 남자네?"

그새 액정을 봤는지 용석의 물음에 일홍은 어색하게 웃었다. 친하지 않은 이들에게 신변을 떠벌리고 다닐 만한 성격이 아니었고, 이렇게 과 사람들과 어울리는 자리도 처음이었기에 결혼했다는 사실을 알릴 기회도 없었다.

"받아요."

"네."

허락을 구하려고 한 건 아니었는데, 일홍은 용석의 눈치를 보며 전화를 받았다.

"여보세요?"

─집이 휑해.

픽 하고 웃음이 새어 나왔다.

"저녁은 먹었어?"

─응, 대충.

"대충 먹지 말라니까!"

─저녁이 무슨 상관이야. 마누라가 나 버리고 MT 갔는데.

치.

어린아이처럼 뾰로통해진 준서의 목소리에 계속해서 미소

가 흘러넘쳤다.

"우리 예쁜 후배님, 술잔 찼네?"

일홍이 통화하는 모습을 지켜보던 용석이 짓궂게 휴대전화에 대고 속삭였다.

—뭐야? 누구야?

준서의 물음이 수화기 너머에서 들려왔다.

"어허? 후배님, 술잔 안 비워?"

"아, 네. 잠시만요."

—거기 펜션 이름이 뭐야?

"여, 여기? 강촌 패밀리였나?"

일홍이 용석의 눈치를 보며 펜션 이름을 말한 순간이었다.

"1학년 핸드폰 걷어라."

"넵!"

용석의 말이 떨어지자마자, 2학년 선배들이 휴대전화를 검은 비닐 봉투에 담기 시작했다. 일홍 역시 누군가의 손에 의해 통화를 마치지도 못한 채 휴대전화를 빼앗겼다.

"1학년 전체, 소주잔을 맥주잔으로 바꾼다. 하지만 여기 맥주는 없다. 선배가 채운 술잔은 무조건 바닥이 보일 때까지 비우고 내려놓는다. 술잔 안 비우고 내려놓으면, 옆에 있는 동기가 한 잔 더 마셔야 할 거다."

소주 마시는 것을 두고 연대책임을 운운하는 게 기가 막혔지만, 나이가 가장 많아 보이는 용석의 말에 다들 찍소리도 못 하는 듯했다.

그렇게 술자리는 계속해서 이어졌다. 용석은 무조건 술을 마시게 하려는 의도는 아닌 것 같았다. 비워진 술잔은 아주 느린 속도로 채워졌고, 그러는 동안 용석의 입에서는 제법 진심 어린 충고가 이어졌다.

예술을 하는 이로서 자신만의 세계를 고수할 것인지, 적당히 대중과 타협하고 상업적 세계에 뛰어들 것인지. 자신만의 세계에 갇힌 이는 대중은 상업성 높은 작품에만 관심을 쏟는다고 후회할지 모르고, 대중과 타협을 하다 보면 자신의 작품이 상업성뿐 아니라 예술성도 뛰어나다며 개탄하게 될지도 모른다고.

남과 비교당하기 쉬운 자리에 있는 것이 예술가인 만큼 심지가 굳지 않으면 해내기 어려운 일이라는 말도 덧붙여졌다.

그리고 용석의 말이 잠시 끊겼다 싶을 때, 일홍은 천천히 자리에서 일어났다.

화장실에 가려고 걸음을 옮기는데 누군가 뒤에서 그녀의 팔을 낚아챘다. 왜 그런 생각이 들었는지 알 수 없었으나 용석인 것 같았다.

"선배, 저 화장실 좀."

"여기가 패밀리 펜션이야?"

"어?"

갑자기 들려온 익숙한 목소리에 일홍은 고개를 돌렸다.

"어쭈? 남편 손도 몰라? 누가 선배야?"

"어떻게 왔어?"

"대체 술을 얼마나 마신 거야? 계속 술 먹인 놈은 누구고? MT가 원래 이런 거야?"

"소주 두 병 정도 마신 것 같아. 선배 때문에 동기들 다 마셨어. 그렇다고 나쁜 사람은 아냐. MT가 원래 이런 건지는…… 나도 처음이라."

"허이구, 대답은 잘한다? 얼마나 찾았는지 알아?"

"왜?"

일홍의 되물음에 준서는 어이가 없다는 듯 되물었다.

"왜? 왜에? 여기가 패밀리 펜션이야? 피날레 펜션이지."

"그, 그런가. 너 근데 여기까지 왜 왔어? 왜 이렇게 화를 내. MT 와도 된다며?"

준서의 얼굴에 노기가 서렸다.

"잔뜩 취한 목소리로 전화받았지, 남자가 옆에서 뭐라고 하지. 게다가 넌 여기서 잘 건데, 너 같으면 안 오겠어?"

'나 못 믿어?' 하고 발끈하려고 했는데, 입가에 미소가 걸리고 말았다.

"나 걱정돼서 온 거야?"

"그래. 펜션 이름도 엉뚱하게 말해서 얼마나 헤맸는데. 가자."

"어딜 가?"

"집에 가야지, 여기서 자려고?"

입이 꾹 다물어지고 말았다.

"그럼 나도 여기서 자지, 뭐."

"뭐어?"

공동 화장실 앞에 서서 옥신각신하고 있는데, 다가오는 무리의 목소리가 들려왔다.

"어이, 여기서 뭐해?"

그리 묻는 이는 용석이었다.

"네? 아, 저 그게."

"누구세요? 누구신데 여기서 이 여자분 붙들고 계세요? 여기 오늘 우리 과에서 다 빌렸는데, 우리 과 학생은 아니시죠?"

용석의 눈가가 매서워졌다.

"그 손 놓고 이야기하시죠?"

준서는 어이가 없다는 듯이 대꾸했다.

"이 여자 남편인데요?"

"아, 남편이요? 제가 못 알아봤네."

그리 말한 용석은 자신의 동기들에게 눈짓을 하더니, 준서와 일홍 사이를 가로막고 섰다. 그와 동시에 용석의 동기이

자 일홍의 선배들이 그녀를 에워쌌다.

"요즘 이게 신종 범죄라더라? 내 여자 친구예요, 내 와이프예요, 하고 여자 데려가서 몹쓸 짓 하는 거. 너 조심해라, 천일홍. 순진하게 생겨 가지고."

"아, 아뇨. 저 그게…… 진짜 남편인데."

"왜? 이놈이 안 따라오면 어떻게 하겠다고 협박이라도 했어? 겁도 없이 펜션까지 들어왔네. 야, 경찰에 신고해!"

"천일홍, 너 결혼했다고 말 안 했어?"

어이가 없다는 듯 웃기만 하던 준서의 입에서 차가운 목소리가 흘러나왔다.

"아, 아니. 그게…… 말할 기회가 없었어."

둘의 대화가 이상하다 싶었는지, 용석의 낯빛이 변해 갔다.

"마누라 걱정돼서 달려온 거니까 범죄자 취급은 하지 말죠. 지금도 충분히 망신스러운데, 경찰서 가서 개망신당하고 싶지는 않거든요."

모두가 어색하고, 모두가 겸연쩍은 상황이 되고 말았다. 준서를 나무라고 싶은데 사람들 앞에서 남편에게 뭐라고 할 수도 없고, 일홍을 혼내 주고 싶은데 학교 선배들 앞에서 얼굴을 붉힐 수도 없는 노릇이었다.

"죄송해요. 서로 친해지자고 오는 MT인데, 잘 몰라서 이런 일

이……. 진짜 이 펜션에 저희밖에 없어서, 오해했습니다. 전 금
속공예과 4학년 최용석입니다."

"초면에 저도 실례가 많습니다. 천일홍 남편, 민준서입니
다."

깍듯한 인사를 나누기는 했는데, 어쩐지 상황은 더 어색해
져 버렸다. 순간 이동 마법이라도 부릴 수 있다면 어디론가
도망가 버리고 싶을 만큼 손발이 오그라들었다. 그런데 그런
상황을 용석이 부드럽게 이끌었다.

"괜찮으시면 저희랑 술 한잔하시죠? 여기까지 오셨는데."

딱히 거절을 할 수도 없는 상황이었다. 상대가 이렇게 나오
는데 '아니요, 저는 우리 마누라 데리고 가야겠는데요?' 할 수
는 없으니, 준서는 그러자며 용석의 뒤를 따랐다. 그 뒤로는
일홍이 쭈뼛거리며 걸음을 옮기고 있었다.

아, 정말요? 첫사랑이요? 와. 멋지다.

세상에 서른하나요? 맙소사. 저보다 어린 줄 알았어요.

저도 학교를 늦게 들어와서 지금 스물아홉이거든요.

준서는 이 학교 학생이 아니었으니, 굳이 용석이 선배가
되는 것도 아니었다.

맙소사, 거기 사장님이세요? 저희 공예과 취업하기 힘들어
요. 부인을 위해서 새로운 분야로 진출하시는 건 어떠세요?

아, 아버님이 인문대 교수님이셨구나.

술자리는 동트기 직전까지 이어졌다.

다음 날, 준서는 시퍼런 20대 남자들 사이에서 눈을 떴다. 머리가 핑그르르 돌았지만 펜션 지하에 있는 식당에서 해장을 할 수 있다는 소리에 몽롱한 정신으로 계단을 내려갔다.

일홍이는 어디 갔나.

지하에 도착하자, 이미 여학생 무리와 아침밥을 먹고 있는 일홍의 모습이 눈에 들어왔다.

으이그, 하는 입 모양을 해 보인 일홍은 눈을 가늘게 뜨고 준서를 쏘아보았다.

"언니, 남편 내려오셨네요. 완전 잘생겼다."

"너무 잘생겨서 숨긴 거죠? 부럽당."

"아니야. 진짜 말할 기회가 없었어."

어제 술자리 이후 선배, 동기와 부쩍 친해진 일홍이었다. 물론 거기에는 준서가 아주 큰 몫을 했다.

서울로 향하는 길, 운전대를 잡은 준서는 연신 하품을 해 댔다.

"어떻게 책임질 거야?"

"뭘?"

"이럴 줄 알았어. 어제 일 기억 안 나지?"

준서는 후 하는 한숨을 내쉬었다. 기억이 나질 않는다는 듯 답답한 감정이 어린 한숨이었다.

"내가 뭘 책임져야 하지?"

"하, 미치겠네. 진짜."

"왜? 말해 봐, 빨리."

"회사 차려 주겠다면서요. 우리 과 학생들 우선 채용해 주시겠다면서요? 방짜유기부터 시작해서 소품까지, 프랜차이즈 사업장에 넣을 거랑, 케이터링 사업장에서만 사용하는 거 직접 만들게 할 수 있다고 막 그랬잖아. 어떡할 거야, 이제?"

일홍은 한숨을 폭 내쉬며 중얼거렸다.

"어떻게 술김에 그런 말을 해? 사업이 어디 애들 장난이야? 미쳤어, 진짜 미쳤어. 민준서 이제 금주야!"

씩씩거리는 일홍을 향해 준서가 픽 하고 웃으며 물었다.

"그래, 사업 애들 장난 아니야. 내가 아무 생각 없이, 술김에 한 말 같아?"

"그럼?"

"천일홍, 세상에 공짜는 없다. MT 다니면서 놀라고 학비 대는 거 아니다, 나."

"뭐?"

일홍의 목소리가 높게 치솟았다.

"그 사업부 너한테 맡길 거야. 열심히 공부해. 경영 복수

전공도 해라."

말문이 턱 막힌 일홍은 준서를 멍하니 바라봤다.

"네가 나보다 훨씬 공부 잘했잖아. 또 알아? 네가 나보다 사업도 더 잘할지."

일홍의 가슴이 다른 의미로 두근거리기 시작했다.

"왜 그래. 내가 사업을 어떻게 한다고."

"왜 못 해. 물리학 전공이었던 나도 이러고 있는데. 그리고."

"그리고?"

"앞으로 MT 금지, 술도 용석이 있으면 마시고, 없으면 마시지 마."

"허이구."

어제 형님, 아우 할 때부터 이상하다 싶더니만.

"그새 프락치 심은 거야?"

"그래, 심었다. 프락치. 너 학교에서 뭐하고 다니는지 용석이가 다 나한테 보고하기로 했어. 조심해, 천일홍. 남자한테 눈길만 줬단 봐."

"어우, 진짜! 민준서. 이럴 거면 대학은 왜 가라고 했어?"

"투자라니까. 미래 인재에 대한 투자."

옥신각신하는 사이, 준서의 차는 강촌에 있는 리조트 주차장에 멈춰 섰다.

"여긴 왜?"

"나 도저히 어제 무리해서 못 가겠다. 우리 좀 쉬었다 가자."

차에서 내린 준서가 미리 잡아 놓았다는 방으로 가면서도 일홍은 전혀 알지 못했다. 그날이 두 사람에게 운명적인 날이 될 거라는 사실을 말이다.

epilogue
02

"엄마! 으앙!"

아이가 우는 소리에 일홍은 서재로 달려갔다.

"왜 울어, 우리 정안이."

"이잉. 아빠가, 아빠가, 으앙."

"아빠가 왜?"

준서는 서재 의자에 앉아서 딴청을 피우고 있었다.

"여보."

아이가 태어나고 준서야, 준서야, 할 수는 없어서 두 사람은 여보, 당신이라는 호칭을 사용했다. 일홍은 부드럽게 미소 지으며 준서를 바라봤다. 그는 어이없다는 얼굴을 하고는 어깨를 한 번 으쓱해 보일 뿐이었다. 일홍은 다시 한 번 눈짓을 하며 무슨 일인지 말해 보라고 준서를 채근했다.

"아빠가 가위바위보 세 번 이겼어. 으앙!"

딸 정안은 올해로 일곱 살이 되었다. 그때 그 강촌 리조트에서 일홍은 준서에게 붙들려 3일 동안 문밖으로 나오지 못했고, 그 결과 정안이 생긴 것이다.

누굴 닮아 승부욕이 이렇게 절절 끓는지는 모르겠지만, 정안은 아빠에게 지는 걸 가장 분하게 여겼다. 울음을 터뜨리는 모습이 너무 귀엽다며 준서는 아이를 은근히 놀려 대기도 했다. 일홍은 아이의 통통한 볼을 타고 흐르는 눈물을 닦아 주며 다정히 속삭였다.

"자, 정안아. 가위바위보 할 때, 정안이는 아빠가 뭐 낼지 알 수 있어?"

"아니요."

"아빠도 정안이가 뭘 낼지 몰라. 가위바위보는 이기고 싶다고 이길 수 있는 게 아니야. 아빠가 정안이 놀리려고 일부러 이기신 것도 아니고. 계속 진 게 그렇게 속상했어?"

"응. 아빠가 자꾸 놀려요."

"뚝, 오늘 정안이 친구 우리 집에 오기로 했잖아. 울지 말고, 뚝."

친구가 온다는 말에 정안은 그제야 울음을 그쳤다.

"자, 욕실 가서 세수하고 나와."

"네!"

욕실로 달려가는 정안에게 '뛰지 말고, 넘어진다' 하고 외친 일홍은 준서를 노려보았다.

"애 좀 그만 놀려."

"귀엽잖아. 부르르 떠는 게, 꼭 어릴 때 너 같아."

"어우, 정말 못 말려."

준서가 일홍의 허리를 잡아당기며 볼에 쪽 입을 맞추는데, 이번에는 거실에서 울음소리가 들려왔다.

다섯 살 난 쌍둥이 아들 중 한 명인 시안이 울음을 터뜨린 것이었다.

"응, 우리 시안이 왜 울어?"

"엄마, 지안이가. 아앙."

지안의 손에는 시안이 평소에 애지중지하는 미니카가 들려 있었고, 바퀴가 하나 빠진 상태였다.

"여보오!"

그제야 서재에서 나온 준서는 일홍을 바라보며 고개를 갸웃했다. 애들은 좀 울고 싸우면서 크는 거라고 하는데도 일홍은 애 울음소리가 날 것 같은 분위기만 조성되어도 달려갈 준비를 하는 것처럼 보였다.

"아빠, 투입! 물리학도 투입."

"아, 물리학도는 또 왜 찾아?"

"미니카 바퀴가 빠졌어. 얘 좀 고쳐 줘."

"그럼 투입. 시안아, 아빠가 고쳐 줄게."

준서가 거실 바닥에 자리를 잡고 앉아서 쌍둥이를 돌보는 사이, 일홍은 세수를 하고 나온 정안의 얼굴에 로션과 선크림을 발라 주었다.

"친구 오면 사이좋게 노는 거야. 우리 집에 오는 손님이니까 장난감도 빌려주고. 정안이 거라고 못 만지게 하고 그러면 안 돼?"

"네."

빗질한 긴 머리를 빨간 리본으로 묶어 갈 무렵, 이번에는 침실에서 울음소리가 들려왔다.

"엄마, 수안이 깼나 보다."

"어, 그런가 보다."

일홍은 재빨리 침실로 달려갔다. 낮잠을 자고 있던 돌쟁이 수안이 아기 침대 안에서 앙앙 울어 대고 있었다.

"어이구, 우리 막내 깼어요?"

수안은 엄마 품에 안기자마자 울음을 뚝 그쳤다.

"왜 자꾸 막내래, 막내 아닌데."

문간에 서서 그리 말하는 준서를 일홍은 뜨악한 표정으로 노려보았다. 애가 벌써 넷인데, 준서는 하나 더 낳아서 다섯을 만들자는 소리를 하고 있었다.

"민준서 씨, 양심 좀 있어 봐. 수안이가 막내야. 알겠어? 끝, 막내!"

그리 말하는 사이 초인종이 울렸다.

"왔나 보다!"

일홍과 준서는 아이들을 데리고 대문으로 나갔다.

"왔어?"

"언니, 잘 지냈죠?"

정안의 유치원 친구 부모가 아이들을 데리고 들어서며 환한 미소를 지었다. 그 집 첫째는 정안과 동갑, 둘째는 쌍둥이와 동갑, 그리고 막내 역시 수안과 같은 돌쟁이였다.

아이들은 화창한 날씨가 좋다며 마당에서 뛰어놀고 싶어 했고, 일홍과 정안의 같은 반 친구 엄마인 오르는 마당 한쪽에 놓인 테이블에 자리를 잡고 앉았다. 다둥이 엄마들은 아이들을 뛰어놀게 한 뒤 수다 삼매경에 빠졌고, 그러는 동안 아빠들은 부엌에서 점심 식사를 준비했다.

"미쳤나 봐. 다섯을 만들잔다."

"와. 형부도 대단하시다. 우린 셋으로 끝, 그렇게 합의 봤어요."

아이 키우는 이야기에 열을 올리다 보니 어느새 점심시간이 되었다.

"점심 드시죠!"

아내들이 육아에 전념하는 동안 남편들은 요리를 해야 할 기회가 많아졌기에, 두 남자는 자연스레 부엌과 친해져 있었다. 오늘 두 남자가 준비한 요리는 로제스파게티와 망고크림 샐러드, 그리고 닭날개 오븐 구이였다.

"와, 맛있겠다. 잘 먹겠습니다!"

겨우 두 집이 모였을 뿐인데 아이들은 일곱이나 되었다. 준서는 식사를 하는 아이들의 모습을 흐뭇하게 바라봤다.

"이 사장님."

"네, 민 사장님."

"우리 열 채웁시다."

"그럴까요?"

미쳤나 봐, 미쳤어. 미쳤어. 여자들은 아이들이 있어 차마 그리 내뱉지는 못하고 서로의 남편을 흘끔 노려볼 뿐이었다.

"아, 맞다. 언니! 나 보여 줄 거 있는데."

"뭐?"

환한 미소를 지으며 오르는 일홍에게 휴대전화를 내밀었다. 아이들은 이미 밥을 다 먹고 마당으로 뛰쳐나갔고, 식탁 앞에서는 두 부부와 돌쟁이 아이들만 있었다.

"어머, 이게 뭐야?"

"우리 다가 직접 그린 건데, 내가 너무 웃겨서 찍어 놓은 거야."

오르의 아들 이름은 '다'였다. '그들의 전부'라는 의미로 '다'라는 이름을 지었는데, 뒤에 아이가 둘이나 더 태어날 줄은 몰랐다고. 둘째 딸은 다가 이름 붙인 '사랑'이 되었고, 셋째는 '영원'이 되었다.

휴대전화 화면 안에 있는 그림은 웨딩드레스를 입은 여자와 턱시도를 입은 남자였다. 그리고 그림에는 이렇게 적혀 있었다.

다 정안 연인.

"어머, 웬일이니? 다는 진짜 영특하다! 다정안이래!"

사진을 흘끗 본 준서는 미간을 구겼다.

"아직 우리 딸 줄 생각 없는데?"

"아이고, 민 사장님, 왜 이러십니까? 열심히 키울 테니, 우리 다 마음 아프게 하지 마세요."

다의 아버지인 이타의 살가운 말에 준서는 묘한 얼굴로 말했다.

"그럼 우리 쌍둥이 중 한 명한테 사랑이 줄 거요?"

그 물음에 이타의 표정이 대번에 굳어졌다.

"이봐, 딸 가진 아빠 마음이 이렇다니까."

423

준서의 말에 이타도 웃음을 머금었다. 비슷한 점이 제법 많아서 친형제처럼 지내면서도, 딸 주는 일에는 당연히 인색해지는 건가 보다.

다의 가족이 돌아간 뒤, 잠자리에 들려던 정안이 일홍에게 조심스레 물었다.

"엄마, 결혼하면 엄마, 아빠랑 같이 못 살아?"

"응? 결혼하면 남편이랑 살아야지."

그 대답에 울상이 되어 버리고 마는 정안이었다.

"난 그럼 다한테 시집가지 말아야겠다. 난 엄마, 아빠랑 살 건데."

그리 속삭인 정안의 말에 일홍은 웃음이 터지고 말았다.

"왜? 다가 결혼하재?"

"응, 자기는 엄마, 아빠들처럼 애도 많이 안 낳을 거고, 둘만 행복하게 살면 된다고."

깜찍하게 둘만 같이 살자는 말을 했다는 똘똘한 다의 얼굴을 떠올리자, 일홍은 참지 못하고 웃음을 터트리고 말았다.

"정안아, 그래도 다 마음에 상처 주지 말고 사이좋게 지내."

"응, 알아. 다는 날 너무 좋아해서 지금 시집 안 간다고 하면 정말 슬퍼할 거야. 나중에 어른 되면 알려 줘야지. 어른 남자는 잘 안 울잖아."

어른 남자가 안 우는 게 아니라, 울지 못하는 것일 수도 있다는 것을 정안이 알 때쯤이면, 우린 어떤 모습으로 세상을 살아가고 있을까.

일홍은 뭉클해지는 가슴을 안고, 잠이 들려는 아이의 가슴을 토닥거렸다.

쌍둥이와 돌쟁이 수안까지 재운 일홍은 그제야 한숨 돌리며 부엌 식탁 앞에 앉았다.

"고생 많았어."

준서는 한 손으로는 일홍의 어깨를 주무르고, 다른 한 손으로는 따뜻한 감잎차가 담긴 찻잔을 내밀었다.

"고마워."

"당신도 고생 많았어. 애 친구 가족이랑 어울리는 거, 남자들한테는 쉬운 일 아니라던데."

"내가 뭐 한 게 있나."

빙그레 웃으며 겸연쩍어하는 준서를 올려다보며 일홍은 미소를 머금었다.

준서가 커다란 손으로 그런 일홍의 어깨를 꾹꾹 눌러 주물러 주었다.

"아, 좋다."

"뭐가?"

"어깨 주물러 주는 남편 있어서."

본인도 힘들 텐데, 준서는 언제나처럼 일홍을 먼저 살폈다. 밤늦도록 회사에 있다가 들어온 날에도, 회식을 하고 들어온 날에도, 그리고 몸살이 나서 일홍의 간호를 받아야 하는 순간조차도 준서는 그녀의 안위를 먼저 살폈다.

　그리고 결혼하고 하루도 빠짐없이 일홍의 일과와 관심사에 귀를 기울여 주었다. 그렇게 물심양면으로 지원해 주는 남편 덕에 일홍은 세 번의 출산을 겪고도 무사히 대학을 졸업할 수 있었다. 하지만 준서가 제안한 사업을 일홍은 고사했다.

　"부부가 일 같이 하면 많이 싸운다더라. 난 너랑 싸우기 싫어. 그냥 작은 공방이 더 좋아."

　연애할 때는 서로 같은 점을 발견하며 행복해진다지만, 결혼을 하면 다름을 인정할 때 행복해지는 거라니까. 다름을 인정할 수 있도록 두 사람 사이에 어느 정도의 여백은 있는 게 좋을 것 같아 내린 결론이었다.

　"일홍아."

　"응."

　"일찍 잘까?"

　이미 늦은 시간인데 준서는 꼭 분위기를 잡으려 할 때 일찍 자자는 말을 해 왔다. 일홍의 입가에 진한 미소가 머물렀다.

"한 살 터울은 안 된다?"

일홍의 뾰로통한 물음에 준서는 픽 웃음을 터뜨렸다.

"지금 가져서 낳으면 수안이랑 한 살 터울 아니야, 천일홍. 애 낳고 깜빡깜빡하더니, 이제는 애가 생기면 바로 나오는 줄 아나 봐?"

준서의 되물음에 일홍은 어이없는 웃음을 터뜨렸다.

"가자, 우리 수안이 동생 만들러."

"정말 다섯이나 낳아야겠어?"

"그럼. 독수리 5형제도 다섯이고, 후레시맨도 다섯이고, 바이오맨도 다섯이고, 파워레인저도 다섯이다? 또 알아, 우리 애들이 지구 정복이라도 할지?"

너스레를 떨던 준서는 일홍을 번쩍 안아 들었다.

"넌 애 넷이나 있는 남자가 아직도 이렇게 유치하냐?"

"넌 애 넷이나 있는 여자가 그래도 이렇게 섹시하냐?"

"치, 네 눈에만 그렇지, 뭐. 아줌마 다 됐는데?"

"내 눈에만 예쁘면 되지, 딴 놈 눈에도 예쁘길 바라는 거야?"

일홍은 준서의 목을 끌어안으며 빙그레 웃었다.

"아, 좋다."

나른한 일홍의 목소리가 준서의 목덜미에서 울려 퍼졌다.

준서는 일홍을 안은 채 침실로 향했다.

아직도 난, 천일홍이 이렇게 좋은 걸 어쩌냐.
그래도 넌, 나라면 죽고 못 사는구나, 민준서.

—fin

작가 후기

정말 오랜만에 메신저에 접속한 대학 선배가 있었습니다. 얼굴을 본 지도 한참 되었고, 이야기를 나눠 본 지도 정말 오래된 선배였습니다. 잘 지내느냐는 인사로 대화를 시작했는데, 그때 그 시절에 관한 이야기로 하루 일과가 마비될 정도였습니다.

전공이 달라서 같이 들었던 수업은 고작 한 개였고, 제가 동아리 활동을 했던 시절 그 선배는 이미 군대에 가 있어서 그리 친한 사이도 아니었는데 말입니다.

나중에 시간 되면 밥이나 한번 먹자는 지켜지지 않을 약속을 하고, 대화창을 닫고 난 뒤, 제목부터 써 내려간 글이 바로 '아직도 난, 그래도 넌'입니다.

강산이 변한다는 세월이 지났음에도 불구하고, 변하지 않은 마음을 품고 있는 이들의 사랑을 그리고 싶었습니다. 그래서 변하지 않는 사랑이라는 꽃말을 가진 '천일홍'이 여자 주인공의 이름이 되었지요.

처음 시놉을 작성하면서, 여자 주인공 캐릭터를 잡을 때만 해도 일홍은 공부 잘하는 새침데기 모범생이었습니다. 그런 여주의 성격이 모진 세월 탓에 까칠하게 변했으리라 생각했고요.

그런데 글을 쓰다 보니, 일홍의 까칠함이 안쓰러움으로 변해 가고, 그 안쓰러움조차도 사랑스럽다는 생각이 들었습니다(저만 그렇게 생각했을 수도).

그리고 준서 역시, 부잣집 귀한 손으로 태어나, 차가운 환경에서 자란 사람이 마냥 따뜻할 수만은 없겠다고 여겼습니다. 그래서 자신을 이용해도 좋으니 일홍을 곁에 두려 하는 쪽으로 캐릭터를 잡아 나갔습니다.

그런데 역시나, 그 차가움이 녹아내리는 온도 변화를 저는 분명히 지켜본 듯합니다.

책을 읽으신 분들도 그 부분을 느끼셨으리라 조심스레 기대해 봅니다.

무료 연재 사이트에서 이 글을 연재할 때, 일홍이 당연히 떠날 것이라 예상하신 분들이 많았습니다. 하지만 일홍은 떠나지 않았습니다. '아직도 난, 그래도 넌'이라는 제목의 당위성을 이곳에서 찾을 수 있습니다.

10년 세월이 고달팠을지언정, 어렵게 얻은 사랑을 그래도 지켜 내고 싶다는 게 두 사람의 마음이었습니다.

마침표를 찍었지만, 아직도, 그래도, 아쉬움이 남는 글입니다.

본문 완결에서 '내 평생은 행복할 거다'라 말했던 준서의 말에 여운이 남는다 말씀해 주신 분들이 계셨습니다. 그 후의 에피소드들을 에필로그로 풀어냈는데도 불구하고, 그 사이사이에 숨겨진 이야기들이 더 있을 것 같아서 글을 쓴 저도 무언가 헛헛합니다.

저의 아쉬움처럼, 읽으시는 분들 마음에도 여운이 남는 글이 되기를 바랍니다.

덧붙임: 빠듯한 일정에도 꼼꼼히 살펴 주시는 정수경 팀장님, 천일홍의 느낌을 살린 멋진 표지를 만들어 주신 1984님, 무명작가에게도 연재처를 나눠 주시는 그녀의 서재 작가님들, 그리고 이전 작품에 대한 정성 어린 후기를 남겨 주신 독

자님들, 이메일로 감동 주신 뽀뽀로 님, 그녀의 서재 쪽지를 통해 마음을 전해 주신 욱이엄마 님, 진심으로 감사드립니다.

—2015년 가을
이서원 드림.